云麓学术论丛

中国新诗理论批评史

王晓生 著

科学出版社

北 京

内 容 简 介

本书研究了 1949—1966 年的现代新诗理论与批评的历史状况。政治与诗学的紧密纠缠，形成了这时期诗学理论与批评复杂而又单调的特殊光谱。

本书从两个方面来切入因政治与诗学的矛盾运动而产生的特殊时代诗学光谱，即以阿垅、沙鸥为代表的中华人民共和国成立初期的时代大转折中诗学家的复杂诗学思想调整和诗学体系回旋；诗学理论家在复杂的时代政治诗学氛围中如何回答诗歌的基本问题，包括艾青、臧克家对新诗自由的相异理解，何其芳、卞之琳、林庚对新诗格律的不同回答以及沈仁康、安旗对新诗抒情与叙事的各自阐释。特别关注历史情境与诗学生成之间的复杂的相互影响、相互塑造的关系，是本书的方法论视野。

本书为相关诗学研究者以及诗歌写作者走进一段特殊的诗学历史提供了有意义的参考。

图书在版编目（CIP）数据

中国新诗理论批评史 / 王晓生著. —北京：科学出版社，2022.6
（云麓学术论丛）
ISBN 978-7-03-054962-4

Ⅰ. ①中… Ⅱ. ①王… Ⅲ. ①新诗-诗歌理论-文学批评史-中国-1949—1966 Ⅳ. ①I207.25

中国版本图书馆 CIP 数据核字（2017）第 258992 号

责任编辑：张　宁　张　达 / 责任校对：邹慧卿
责任印制：李　彤 / 封面设计：蓝正设计

科学出版社 出版
北京东黄城根北街 16 号
邮政编码：100717
http://www.sciencep.com

北京虎彩文化传播有限公司 印刷
科学出版社发行　各地新华书店经销
*

2022 年 6 月第 一 版　开本：720×1000　1/16
2022 年 9 月第二次印刷　印张：10 3/4
字数：216 000
定价：98.00 元
（如有印装质量问题，我社负责调换）

目　　录

导论 ·· 1

第一章　惊涛骇浪：临界点的诗学秩序 ·· 9
第一节　阿垅的主观诗学 ·· 10
第二节　沙鸥：主体的消失与政治的权威 ·· 27

第二章　仪态万方：现代新诗的自由美学 ·· 36
第一节　艾青的自由诗理论 ·· 37
第二节　臧克家的半自由诗理论 ··· 54

第三章　戴镣跳舞：现代新诗的格律理论 ·· 70
第一节　何其芳的现代格律诗理论 ·· 71
第二节　卞之琳的格律理论：诗歌的"顿"与"两种调子" ··················· 84
第三节　林庚的典型诗行格律理论 ·· 94

第四章　情事两宜：抒情与叙事的面纱 ·· 104
第一节　"抒人民之情"与抒情诗理论的兴盛 ································· 105
第二节　沈仁康的抒情诗理论 ·· 115
第三节　安旗的叙事诗理论 ··· 125

第五章　激情癫狂：新民歌的理论话题 ·· 135
第一节　新民歌的发动：政治号召与诗人集体人格 ··························· 136
第二节　开一代诗风：民族化、群众化、革命化诉求 ························ 140

第三节　重估新诗史：脱群众与洋八股 …………………… 147

第四节　限制的有无：从侧面分歧到概念合流 …………… 153

第五节　主流与支流 ………………………………………… 159

结语 ……………………………………………………………… 164

后记 ……………………………………………………………… 166

导　　论

中国新诗在曲曲折折中走过了百余年的历史，经历过的人和事，诸多诗人的回忆录、口述史、笔谈等都有或细腻或壮阔的记录，专业的学院派研究者也写出了各种风格的新诗史。[①]一段时间以来，百年新诗理论批评史的研究，虽然没有引起特别的重视，但是产生了不少成果。作为老一代诗评家的重要代表，吴思敬在21世纪初连续发表了几篇有关百年新诗理论宏观走向的论文，比如，《20世纪新诗理论的发展途径》[②]《二十世纪新诗理论的几个焦点问题》[③]《中国新诗理论：在现代化进程中的诗学形态》[④]，标志着他们这一代人正在朝着更系统地总结新诗理论的方向努力。其实几乎在同一时间，吴思敬开始的有关新诗传统的思考，也代表着他在对新诗理论做更深层的梳理。[⑤]对新诗传统的总结，尤其是建立在丰富材料基础之上的"粗"线条的总结，其实就是对新诗理论浓缩的理解。也就是在这一时期，关于新诗理论批评的研究正在走向细致和深入。许多重要诗人的理论主张得到深入开掘，胡适、刘半农、闻一多、郭沫若、俞平伯、废名、卞之琳、何其芳、林庚、孙大雨、梁宗岱、朱自清、朱英诞、叶公超、朱光潜、袁可佳、郑敏尤其得到研究者的青睐；与个案诗学主张研究相比，某些重要也更有概况性的诗学理论话题正逐步被深入探讨，如抒情与叙事[⑥]、自

[①] 王光明：《当代中国的新诗史研究》，《厦门大学中文学报》，2015年第1辑。
[②] 吴思敬：《20世纪新诗理论的发展途径》，《淮北煤炭师范学院学报》，2002年第3期。
[③] 吴思敬：《二十世纪新诗理论的几个焦点问题》，《文学评论》，2002年第6期。
[④] 吴思敬：《中国新诗理论：在现代化进程中的诗学形态》，《中国诗歌研究》，2004年第2辑。
[⑤] 郑敏、吴思敬：《新诗究竟有没有传统？》，《粤海风》，2001年第1期；郑敏、吴思敬、谢向红、霍俊明：《关于新诗传统的对话》，《诗潮》，2004年第1期；吴思敬：《新诗已形成自身传统》，《文艺争鸣》，2004年第3期。
[⑥] 张松建：《"新诗的再解放"：抗战及40年代新诗理论中的抒情与叙事之争》，《中国现代文学研究丛刊》，2010年第1期。

由①和格律②、现实主义③和浪漫主义诗学④等。

地基初已坚实，大厦将盖已成必然。撇开"店铺"式诗论家散体式介绍⑤不谈，进入21世纪，伴随着时间的压力及类似于经济发展中"中国模式"的焦虑，宏观扫描中国新诗理论批评的百年轨迹也就蔚然成风，先后产生了潘颂德的《中国现代新诗理论批评史》⑥、常文昌的《中国现代诗歌理论批评史》⑦、杨四平的《中国新诗理论批评史论》⑧。吴思敬2016年出版了《20世纪中国新诗理论史》（上、下）⑨，这部鸿篇巨制对中国新诗理论进行了最新的总结。学者曾评价"《20世纪中国新诗理论史》是到目前为止规模最大、内容最全、最为系统的新诗理论史研究著作，是该研究领域的重要收获"⑩。然而这些理论著作由于篇幅的限制或者总体设计的原因，都未对中华人民共和国成立后近30年的诗歌理论给予充分的阐释。有意思的是，中华人民共和国成立前的新诗理论与批评研究著作可谓汗牛充栋，改革开放新时期的新诗理论与批评也有系统化的研究著作⑪，而对夹在这中间的诗歌理论却少有独立的著作研究。

本书选定1949—1966年的新诗理论与批评为描述对象，也就是说包括对新诗理论的嬗变和批评的状态的考察。实际上，这两者往往是纠结在一起的，要截然分开是困难的，它们互相生成、互为动力、互相支持。因此，论

---

① 吴思敬：《新诗：呼唤自由的精神——对废名"新诗应该是自由诗"的几点思考》，《文艺研究》，2010年第3期；王光明：《自由诗与中国新诗》，《中国社会科学》，2004年第4期；郑成志：《自由诗理念变迁研究（1917—1937）》，首都师范大学，中国现当代文学博士论文，2008年。
② 张桃洲：《内在旋律：20世纪自由体新诗格律的实质》，《文学评论》，2013年第3期。
③ 杨四平：《论四十年代现实主义诗论》，《文学评论》，2008年第4期。
④ 徐玥：《"新诗与浪漫主义"学术研讨会综述》，《中国诗歌研究动态》，2012年第1期。
⑤ 古远清：《中国当代诗论50家》，重庆出版社，1986年；潘颂德：《中国现代诗论40家》，重庆出版社，1991年。
⑥ 潘颂德：《中国现代新诗理论批评史》，学林出版社，2002年。
⑦ 常文昌：《中国现代诗歌理论批评史》，人民文学出版社，2004年。
⑧ 杨四平：《中国新诗理论批评史论》，安徽教育出版社，2008年。
⑨ 吴思敬：《20世纪中国新诗理论史》（上、下），人民文学出版社，2016年。
⑩ 王士强：《新诗理论史研究的重要收获——评吴思敬主编〈20世纪中国新诗理论史〉》，《人民日报》，2016年10月7日。
⑪ 周志强：《当代诗歌理论批评研究（1979—1999）》，暨南大学，文艺学博士论文，2009年。

述起来虽然各部分各有重点，或重于理论，或重于批评，但往往行文中两者交融在一起。

这一时期的新诗创作与中华人民共和国成立前相比，无论外部环境还是自身的风貌都发生了很大的变化，新诗批评也面临着新的语境。共产主义理想、阶级路线的斗争、社会主义和资本主义的斗争等成了主流社会意识形态的思维逻辑。生活在其中的人们大都无意识地把这种思维逻辑内化为自身的血肉，作为先在的思维框架。文学场域作为各种意识形态聚居之地，必然成为斗争和争夺的对象。这个时期，主流意识形态赋予了文学各种现实政治任务，要求文学自觉地为其服务，正如周扬在第一次中华全国文学艺术工作者代表大会（简称文代会）上所说，"文艺作品必须揭发社会中一切的主要矛盾和斗争"，"以感想代政策，对文艺创作来说，是有害的"。[①]其实，绝大多数作家都自觉而高兴地接受这个使命，纷纷反思过去的创作，告别过去，响应党的号召。文学创作和批评一步一步地走向一体化、同质化。

新诗也面临着这样的境况。一些诗人告别过去，去拥抱新的诗歌"规范"。有人这样概括 1953—1957 年诗歌发展的状况，"诗歌表现的情感领域走向单一"，"诗的个性化程度削弱和模糊"，"诗歌把握世界的艺术方法比较单一"。[②]其实用这些话来概括我们要讨论的改革开放前的诗歌发展状况也是比较适合的。与此相似，这期间诗歌批评也呈现出方法单一、个性模糊的面貌。马克思主义的社会政治批评方法占据了绝对的地位，而且往往被庸俗化地扭曲。诗歌批评往往粗暴地把作品、作家身上体现的一般思想情感倾向与不同社会政治倾向联系起来，把诗歌呈现的诸多审美性的因素分别与不同社会政治方向联系起来加以批判。一系列诗歌批判事件就这样发生了。政治性话语对诗学审美性话语的强制制约力空前强大，诗学审美性话语只能寻找可能的缝隙以获得生命。其间，诗歌理论与批评在政治性话语的强大影子中也越来越趋向一体化和同质化，其中虽然也有不同的声音，但很微弱。

正因为这 17 年的新诗理论与批评的整体面貌呈现出一体化和同质化的趋

[①] 周扬：《新的人民的文艺》，原载《中华全国文学艺术工作者代表大会纪念文集》，收入谢冕、洪子诚主编《中国当代文学史料选（1948—1975）》，北京大学出版社，1995 年。

[②] 洪子诚、刘登翰：《中国当代新诗史》，人民文学出版社，1993 年，第 27-29 页。

势，在后面的论述中笔者未采取分阶段的办法。分阶段论述对这一时期的新诗理论与批评发展来说，并不能准确描述内部的演变脉络，其内在发展本身没有呈现应有的明晰的内在诗学阶段特征。鉴于此，本书主要以理论问题为基本的逻辑框架展开论述，具体展开时主要围绕新诗发展的形式问题。所有艺术的一个基本问题是如何获得独有的形式感来表达自己的社会内容，音乐、绘画、戏剧、电影、摄影、雕塑等都是如此。在文学的各种门类中，与小说和散文相比，诗歌是更追求形式感的；因为仅仅从一般的社会内容容量来说，诗歌并没有任何优势，甚至可以说劣势太大了。为了回避这个劣势，或者说为了平衡这个劣势，诗歌只能加强自己的形式感。中国古代的诗歌主流是"格律"诗，各种"格律"要素的鼎革演变，构成了一部中国古代诗歌史。五四新诗革命后，中国诗歌面临着一个前所未有的困境是：所有外在形式都被打破了。

胡适1917年在《文学改良刍议》中提出"文学改良八事"[①]：

一曰，须言之有物。

二曰，不模仿古人。

三曰，须讲求文法。

四曰，不作无病之呻吟。

五曰，务去滥调套语。

六曰，不用典。

七曰，不讲对仗。

八曰，不避俗字俗语。

其中，"须言之有物""不作无病之呻吟"讲的是内容；"不模仿古人""须讲求文法""不讲对仗"讲的是形式；"务去滥调套语""不避俗字俗语"讲的是内容也是形式。也许主要是谈"文学"的革命，胡适并没有将"形式"的因素提到应有的高度。三年后，胡适在《谈新诗——八年来一件大事》[②]中谈到文学革命时，对文学形式的认识发生了一点点变化。

[①] 胡适：《文学改良刍议》，《新青年》（第2卷第5号）1917年1月。
[②] 胡适：《谈新诗——八年来一件大事》，《中国新文学大系·建设理论集》，上海良友图书印刷公司，1935年，第295页。

我常说，文学革命的运动，不论古今中外，大概都是从"文的形式"一方面下手，大概都是先要求语言文字文体等方面的大解放。欧洲三百年前各国国语的文学起来代替拉丁文学时，是语言文字的大解放；十八十九世纪法国嚣俄、英国华次活（Wordsworth）等人所提倡的文学改革，是诗的语言文字的解放；近几十年来西洋诗界的革命，是语言文字和文体的解放。这一次中国文学的革命运动，也是先要求语言文字和文体的解放。新文学的语言是白话的，新文学的文体是自由的，是不拘格律的。初看起来，这都是"文的形式"一方面的问题，算不得重要。却不知道形式和内容有密切的关系。形式上的束缚，使精神不能自由发展，使良好的内容不能充分表现。若想有一种新内容和新精神，不能不先打破那些束缚精神的枷锁镣铐。因此，中国近年的新诗运动可算得是一种"诗体的大解放"。因为有了这一层诗体的解放，所以丰富的材料，精密的观察，高深的理想，复杂的感情，方才能跑到诗里去。五七言八句的律诗决不能容丰富的材料，二十八字的绝句决不能写精密的观察，长短一定的七言五言决不能委婉达出高深的理想与复杂的感情。

也许是三年后认识的调整，也许是为了讨论诗歌革命的需要，胡适在这里将"文的形式"抬到了文学革命的首要位置。在这个结论下，新诗的运动或者说新诗的革命路径必然是"诗体的大解放"。"诗体的大解放"具体展开大约分为两个过程：其一是"古诗体（近体诗）的非格律化和白话化"；其二是"诗体的散文化"。① 第一个过程的本质是脱掉近体诗的平仄并将语言白话化，而诗句仍然以五言、七言为主，而第二个过程是将五言、七言的诗句打破。至此，新诗完成了自身的彻底革命，成为真正的"自由"诗了。这种自由诗将（近体诗）千年来形成的各种形式（感）抛弃了。

接下来的一个问题是，没有了形式（感），如何写诗歌，或者说诗歌如何获得新的展开可能性？在这个大问题下，一系列问题都需要重新考量。比如，新诗还要不要形式？近些年来围绕诗体的重建问题，很多学者提出了各

---

① 王晓生：《语言之维：1917—1923年新诗问题研究》，上海三联书店，2010年，第47-76页。

种诗学讨论甚至具体的方案①，与此针锋相对，维护新诗"自由"本质的声音也不绝如缕②。

在本书要讨论的中华人民共和国成立后17年时间中，新诗的形式问题以一种特殊的面貌在写作实践和理论批评中得到呈现。最高领导者的介入更是使这个问题的探讨变得愈发复杂，本来可能的多样性讨论路径就少了很多③。

中华人民共和国成立后的17年，由于当代主流意识形态内在要求广大群众高度参与各种社会政治实践，为了更好地组织这种几乎是全员参与的社会政治实践，国家动用了各种意识形态工具，文学自然也不例外，诗歌也必然被裹挟进社会的大洪流。诗歌要更好地完成这个服务任务，必须考虑其服务对象。诗歌的形式必须为广大群众所认同。但什么样的诗歌形式能更好地服务且被认同是众说纷纭的。这样，诗歌的形式问题就浮出水面了，由此引发的各种争论甚至斗争不断发生。具体的诗歌形式问题又包括诸多方面，如押韵的安排、顿的安排、节的安排等，但总的来说，归结到一个问题就是诗歌的自由与格律。这是本书要讨论的第一条问题主线。现代新诗到底在自由与格律之间怎样取得平衡，各人的艺术经验不同，各有各的看法。有人主张自由体，如艾青；有人主张半自由体，如臧克家；有人主张格律体，如何其芳、卞之琳、林庚。后面的相关章节分别评述这几家代表性的诗学观点，以期对理论问题有一定的关注，又对有代表性的理论家的观点有整体的把握。

本书第二条问题主线是关于抒情诗与叙事诗的理论。抒情诗与叙事诗作为诗歌中两个最基本的文类，在当代表现出了新的时代风貌；时代也对其提

---

① 吕进：《中国现代诗体论》，重庆出版社，2007年；骆寒超：《论新诗的本体规范与秩序建设》，中国文史出版社，2007年；王珂：《诗歌文体学导论——诗的原理和诗的创造》，北方文艺出版社，2001年。

② 吴思敬：《新诗：呼唤自由的精神——对废名"新诗应该是自由诗"的几点思考》，《文艺研究》，2010年第3期。

③ 1957年，毛泽东在给《诗刊》编委会的信中说："诗当然应以新诗为主体，旧诗可以写一些，但是不宜在青年中提倡，因为这种体裁束缚思想，又不易学。"这一期的《诗刊》"编后记"说："毛主席给编委会的信，我们在征得他的同意后，同他的作品一起发表在创刊号上。这封信对于新诗、旧体诗词，新诗和旧体诗词的关系，表示了明确的意见。这封信，对于我们的诗歌运动，诗歌创作，都是极为重要的。"见1957年1月25日出版的《诗刊》创刊号。

出了前所未有的精神要求。①这样，作为悠久传统凝聚在抒情诗与叙事诗文类中的诸多"惯例"与新的时代精神要求必定产生矛盾。在传统惯例与新的时代精神要求之间怎样取得平衡成了一个不得不面对的实践与理论问题。诸多理论与批评家都进行了自己的探索，去寻找这个平衡点。许多新平衡点诞生且加入抒情诗和叙事诗的传统惯例，使其出现了新的面貌。再加上各种对抒情诗和叙事诗传统惯例当代性的"误读"，新的抒情诗和叙事诗文学惯例很快就形成了。正如有的论者所说，这时期形成了几种基本的抒情方式，"在对生活场景与事件摹写的基础上，来表现新的生活风貌和诗人精神境界的抒情方式"；"在诗歌中努力以阶级的、人民的代言人的姿态出现，自觉地使诗所抒写的感情，带有阶级的、集体的特征，以理性思辨和激情宣泄为主要特征的抒情方式（政治抒情诗）"；"从对具体事物的描绘出发，达到对某一观念、情绪、意态的揭示上的升华，或把这种意旨、情绪，寄寓于具体的描绘之中"。②本书选取两位代表性的理论家为个案，力图揭示当代新的抒情诗和叙事诗理论惯例的形成过程，厘清在这个过程中选择了哪些惯例，又生成了哪些惯例，进而看清这诸多新旧抒情诗和叙事诗理论惯例如何相互纠结甚至扭曲而又相互生成。

总之，本书采取的是理论问题加理论家列传式的结构方式展开写作。这种以个案论述当代诗学理论问题的框架，当然有其优点：既可以梳理历史问题，又可以反映出重点诗学理论家的理论全貌。笔者认为一部比较理想的当代新诗理论与批评研究著作既要梳理出诗学本身存在的问题，又要把重要的诗歌理论与批评家的观点全面展示出来。但是，笔者也明显意识到这个方法带来的局限。重要的诗歌理论与批评家作为诗学史上重要的"节点"，自有其重要的意义，但选择几个"节点"来描述当代新诗理论与批评发展的"心

---

① 董乃斌：《论中国文学史抒情和叙事两大传统》，《社会科学》，2010 年第 3 期；王德威：《现代性下的抒情传统》，《复旦学报（社会科学版）》，2008 年第 6 期；王德威：《"有情"的历史：抒情传统与中国文学现代性》，台北《中国文哲研究集刊》，2008 年第 33 期；张桃洲：《论穆旦"新的抒情"与"中国性"》，《首都师范大学学报（社会科学版）》，2008 年第 4 期；张松建：《抒情之外：论中国现代诗论中的"反抒情主义"》，《文学评论》，2010 年第 1 期；茅盾：《叙事诗的前途》，《文学》，1937 年第 8 卷第 2 号；王荣：《中国现代叙事诗史》，中国社会科学出版社，2004 年。
② 洪子诚、刘登翰：《中国当代新诗史》，人民文学出版社，1993 年，第 24-25 页。

灵"，毕竟是非连续性的观照，各个理论问题的具体延伸难以得到连续性的把握。其实，各个理论问题在历史中是连续展开的。因此，理论连续性的展开与本书非连续性的观照之间必定会产生某些错位。说简单一点，就是说很多丰富细腻的诗学问题和大大小小的诗学人物被无情地遗忘了。这是必须说明的一件事。不过，如果采取连续性的方式来梳理理论问题，一些重要理论与批评家的丰富面貌就难以展现开来。所以说，本书的视角选择又获得不得不如此的理由。

本书在讨论1958年前后的新民歌理论时，采取了与前面代表人物列传式写作不同的事件史事写作方式。新民歌作为一个批评性的当代新诗事件，当代新诗理论与批评中的全部矛盾在其中都有新的展开；它是一个综合性的矛盾体，关于它的阐释可以从一个重要的侧面得到当代新诗理论与批评的诸多信息。1958年新民歌的讨论使得当代诸多诗歌理论与批评矛盾爆发式地展开，给予重点的关注是必然的。这也从一个方面丰富了本书的论述框架——从批评事件来切入理论问题。中华人民共和国成立初期和反右派斗争时期对当代新诗批评研究来说是两个比较重要的时段：中华人民共和国成立初期新的诗歌精神逐渐形成，本书力图借考察阿垅的诗学观点来透视新的诗歌精神形成过程。反右派斗争扩大化使很多文人的精神受到冲击，在这种冲击下许多诗学家的理论立场经常发生激烈的摇摆，诗歌批评风雨动荡，失去了稳健性的理论品格。沙鸥在这期间登上诗评领域，并写了许多诗歌批评的文章。这些文章大多数都带有时代风雨的痕迹，诗歌批评成了政治事件的风向标。本书通过对其诗歌批评的考察揭示了那段特殊的历史是如何扭曲诗歌批评的。对阿垅和沙鸥诗歌理论与批评的考察组成本书的第一部分，笔者试图通过两个个案去反映这两个重要时期的诗歌理论与批评的生存环境及其本身的发展态势，展示时代政治统摄诗歌理论与批评的力量，展示诗歌理论与批评工作者身上蕴含的时代脆弱。

中华人民共和国成立以后前17年的诗歌理论与批评的历史是一段矛盾与冲突的历史，有激烈的政治与诗学的碰撞，也有猛烈的诗学与诗学的交锋。内生的力量和外生的力量的多重缠绕，使得一段本来相对单调的诗学史有了万花筒一般"灿烂"。下面我们就开始这段"灿烂"的行程。

第一章　惊涛骇浪：临界点的诗学秩序

文学是文学的，文学也是社会的。"每一个时代的作品和产生该作品的历史是相因互变的。"①历史动荡时期，社会变动剧烈，各种社会力量在历史中角力，为了动员社会，各方都尽力发动各种因素。对于整个中国在近代的变动，李鸿章描述为"三千年未有之大变局"。在这个大变局中，诗歌是幸运的，因为诗歌从此不仅有了安放自己的更厚实的社会基台，同时也有了它自己更丰富的表达的社会内容。与社会政治相伴的诗歌，容易向上走，也容易摔跤。无可奈何的诗歌史，就是经常在摔跤中书写的或光芒万丈或黯淡无光的历史。

1949 年前后，社会的变迁可以说显得更加激烈。在此之前的"三千年未有之大变局"并未给基层社会带来深层而全面的社会文化的激变，而此时的影响却是全面的、整体的。每个社会成员都被"织"入新的社会文化结构。毛泽东在《新民主主义论》②中谈到"我们要建立一个新中国"：

> 我们共产党人，多年以来，不但为中国的政治革命和经济革命而奋斗，而且为中国的文化革命而奋斗；一切这些的目的，在于建设一个中华民族的新社会和新国家。在这个新社会和新国家中，不但有新政治、新经济，而且有新文化。这就是说，我们不但要把一个政治上受压迫、经济上受剥削的中国，变为一个政治上自由和经济上繁荣的中国，而且要把一个被旧文化统治因而愚昧落后的中国，变为一个被新文化统治因而文明先进的中国。一句话，我们要建立一个新中国。建立中华民族的新文化，这就是我们在文化领域中的目的。

---

① 叶维廉：《语言的策略与历史的关联》，《中国诗学》，生活·读书·新知三联书店，1996 年，第 209 页。
② 毛泽东：《新民主主义论》，《毛泽东选集》（第 2 卷），人民出版社，1991 年。

这篇 1940 年发表在延安《中国文化》杂志创刊号上的文章，"虽然是以个人名义发表的，但是，其意义和影响是代表中国共产党发表了它的中华人民共和国成立大纲和政治纲领"①。诗歌的作者及诗学论者，都曾在新中国建立中华民族新文化的过程中经历过颠簸、碰撞、摔打，被社会吸纳或排斥，他们的内心或欣喜，或孤独，或焦虑……这种复杂性直接导致了该时期的诗学理论呈现出一种清晰明快的内容指向和写作风格，而在底层却时时可以窥见裂缝和皱褶。许多诗学理论文章说出了该说的，也隐藏了很多该说的；也有一些是作者写作时都没有意识到的，然而却在文本裂缝中得以显现。

本章选取阿垅、沙鸥两位诗论家的诗学论说，试图寻找到历史的主乐章及背后的潜流低音。

第一节　阿垅的主观诗学

阿垅（1907—1967）本名陈守梅，中华人民共和国成立后又名亦门，早年写作曾以师穆、斯人等为名。浙江杭州人，天津市原文联委员、文艺理论家、诗人。②诗论著作主要有《人和诗》（1949）、《诗与现实》三卷（1951）、《诗是什么》（1954），共 140 多万字。他在一个极短的时间内连续出版数量惊人的诗学专著，即使是在当时各行各业都"一日千里"的时代氛围中，这也是一个惊人的数字。阿垅 1944 年开始写诗论③，10 年的时间内平均产量虽然算不上最高，但是作为一个全职的抗战时期的军官来说，已非常了不起。这一方面是当时的时代氛围使然，另一方面是由于诗人的勤奋。勤奋的真正动力有很多部分来自用诗歌批评参与时代的热情。在那个特殊的时代，这不是某个人的自觉追求，而是一种集体精神特征。阿垅为七月派成

---

① 冯友兰：《中国现代哲学史》，广东人民出版社，1999 年，第 143 页。
② 耿庸、罗洛编写，绿原、陈沛修订：《阿垅年表简编》，《新文学史料》，2001 年第 2 期。
③ "1944 年（37 岁）：春季，考入国民党陆军大学第二十期，并去成都实习，同时晋升中校。在成都与平原诗社方然、芦甸等友人往来，并开始写作以诗歌评论为重点的文学评论。"（耿庸、罗洛编写，绿原、陈沛修订：《阿垅年表简编》，《新文学史料》，2001 年第 2 期。）

员，1955年被打入"胡风反革命集团"，入狱十多年后，于1967年3月死于狱中。1980年，中央发文为他平反，1982年6月天津市举行追悼会。

阿垅的文学理论批评文章，尤其是诗论在七月派中显得特别耀目，甚至有直逼胡风的锋芒。据胡风回忆，阿垅虽然在学校的时候就开始写诗[①]，但是最初的名声却来自根据自己丰富的兵营生活而写作的介于报告文学和小说之间的《闸北打了起来》《从攻击到防御》《南京》等。胡风曾这样评说："阿垅更大的努力是在诗论上面"，"他在文学方面造诣很深。他不仅写小说、报告，还能写理论文章，尤其是诗论方面。关于诗的各种美学观点，他作了广泛而深入的探讨，对于当代的许多诗人的作品，他作了从实际出发的恳切的分析，其中，对于某些和人民性无缘以至敌对的东西，他作了不可调和但也决不夸大的批判。他就从这一条道路上对社会主义的现实主义付出了巨大的努力，进行了不倦的追求。"[②]

中华人民共和国成立后，阿垅的诗论不断地遭到批评，他的文艺思想被认为是反马克思主义、反现实主义的唯心论，是用马克思主义的外衣装扮起来的资产阶级唯心论。[③]胡风特别欣赏阿垅的三卷诗论集《诗与现实》，"中华人民共和国成立后印出了他的诗论集《诗与现实》，七八十万字，但遭到了等于禁止的命运，报上无法登出广告。现在以及将来的诗论应该而且一定能够从他的劳动成果中汲取到从别人汲取不到的经验和教训"[④]。30年后情况还是如此。1984年阿垅的好朋友罗洛为阿垅选辑诗论时说："近三十年来，阿垅的这些论著，几乎没有人再提起了——除了那些曾经得意于一时的'大批判'文章的判决辞之外，仿佛这些论著从来就不曾在世界上存在过一

[①] 对阿垅何时开始写诗，有着不同的记载。《阿垅年表简编》："1935年（28岁）：最初以S.M笔名在上海大型刊物《文学》及其他报刊上发表自由诗和散文，引起文学界注意。"（耿庸、罗洛编写，绿原、陈沛修订：《阿垅年表简编》，《新文学史料》，2001年第2期。）；《胡风回忆录》："他当学生时就写诗。"（胡风：《胡风回忆录》，人民文学出版社，1993年，第101页。）

[②] 胡风：《胡风回忆录》，人民文学出版社，1993年，第102页。

[③] 吴颖：《亦门的唯心论的文艺思想》，《文艺日报》1954年3月号；霍松林：《批判阿垅的反动的诗歌"理论"》，《人民文学》1955年第8期；吴颖：《关于〈诗与现实〉的批评》，《文艺报》1955年第1、第2期；臧克家：《胡风的宗派情绪》，《文艺报》1955年第4期。

[④] 胡风：《胡风回忆录》，人民文学出版社，1993年，第102页。

样。"①中华人民共和国成立初期，阿垅是诗论著作最多的诗论家，且体系周备。我们必须认真梳理它。阿垅的一位同事的评论比较准确地概述了他的诗论：

> 阿垅的文学评论，绝大部分是诗论，这是因为他首先是一位诗人，其次才是一位诗的批评家和鉴赏家，他后期的文学活动，虽然偏重评论方面，但他始终是一位激情的诗人，对诗怀有特殊的感情和爱好。他有三部论诗专著，这些诗论，从诗的内容到诗的形式，从写作技巧到表现方法，无不涉及到了，问题相当广泛，诸如思想、理智、灵感、想象、风格、个性、境界，以至节奏、排列、旋律、夸张、对比、形象、语言，等等，都有专章论述。所论诗人有艾青、卞之琳、田间、鲁藜、绿原、冀汸、化铁、孙钿、天蓝等，以及太（泰）戈尔、现代派，无不论及。在现代当代文坛上，还没有见到哪位像阿垅那样对诗与诗人作过这么系统而全面的评论。这些著作，是阿垅文学评论的精华，也是现代当代文学研究中的宝贵财富。可惜，这些著作已经绝版多年了。②

这里有一个问题需要说明。阿垅的诗论创作的年代和结集出版年代是错位的，它们主要发表于抗日战争时期，而结集于中华人民共和国成立初期③。其影响主要在抗日时期的诗坛④，不过因为集中结集于中华人民共和国成立初期，我们也在这里进行讨论。

一、现实政治与主观精神

阿垅在《诗与现实》后记中说："从1939年偶然开始，一点一滴地写了

---

① 罗洛：《〈人·诗·现实〉序》，阿垅：《人·诗·现实》，生活·读书·新知三联书店，1986年，第1页。
② 李离：《忆阿垅》，《新文学史料》，1991年第2期。
③ "1951年—1952年（44岁—45岁）：编集已发表和未发表的诗论近八十万字，以《诗和现实》书名分三卷由五十年代出版社出版，不久即受批判而遭禁。"（耿庸、罗洛编写，绿原、陈沛修订：《阿垅年表简编》，《新文学史料》，2001年第2期。）
④ "阿垅在抗战时期的国统区已经是著名的诗人，在青年诗人们的心目中，地位是很高的。吸引他们的是诗人阿垅对新诗的修养和研究，以及深厚的文学功底。"（罗紫：《想着阿垅……》，《新文学史料》，2007年第4期。）

这七十篇东西,所提出的问题,却仅仅地一个而已:关于诗——或者关于人生和政治。"这段话是理解阿垅诗论的关键。在阿垅看来,诗等同于人生和政治。诗是人生的诗,诗是政治的诗。这就是阿垅诗论的总纲,这个精神不仅体现为内容因素,而且体现为形式因素。阿垅生活于一个动乱频仍的年代,在他的心目中,诗歌的一切都应该和着血泪书写;在这个动荡的年代,他出身贫苦,饥饿和破衣充满了他的记忆。在苦苦挣扎中,他毅然参加了行伍,做了一个士兵,后来做了一个低级军官,这一切都是为了拯救国家和人民的困苦,也为了自救。他牙床溃疡糜烂发烧,还坚持野战演习,以至于因摔跤而被杂草蒺藜刺破眼球。①他的诗歌主张来自他的生活经历和记忆。"不平则鸣",诗歌永远必须为人生而鸣。

阿垅论诗首要之点是关注诗与社会人生的紧密联系,关注诗的社会功利性、战斗性和政治性。他说:"诗是赤芒冲天直起的红信号弹!攻击!攻击前进!诗是攻击前进的红信号弹!""政治生活在诗人应该是更为本质的、战斗的、敏感的、强度的、先见的、永恒的。"②在当时的历史环境中有这种观点是很自然的。阿垅的诗论著作大多写于抗日战争时期、解放战争时期和中华人民共和国成立初期。这个时期整个中国国难深重、战争不断,抗战救亡与国内战争成了压倒一切的主题。笼罩在这两个历史主题下的文学必然要求热切关注现实社会的人生与政治。阿垅去过延安,曾入抗日军政大学,后又去重庆从事军事工作,可见他是现实政治中人,对现实政治的参与是他的兴趣所在。大的时代背景加上阿垅本人对现实政治的兴趣,决定了他的诗论十分强调现实政治意识形态内容,强调诗为现实政治斗争服务。《诗与现实》一书的命名就体现了作者关切现实政治意识形态的诗学观。在阿垅看来,诗是救亡战斗的武器和推动社会前进的工具,诗是社会历史的承担者,是宣传,是口号。这些诗学主张现在看来不无偏激之处,但不能简单地否定,必须真切地了解当时特殊时期的历史氛围。我们现在不能以阿垅在特殊

---

① "1939年(32岁):……4月,牙床溃疡糜烂。发烧时坚持野战演习,于跃进中摔倒,右眼球被地面杂草蒺藜刺破,经组织上同意至国统区西安医治。"(耿庸、罗洛编写,绿原、陈沛修订:《阿垅年表简编》,《新文学史料》,2001年第2期。)

② 亦门:《诗与现实》(第1分册),五十年代出版社,1951年,第5、14、28、40页。

历史条件下的诗学主张而去苛求他,如"诗是宣战!诗是口号!"是阿垅1941年在重庆写的,当时中国的抗日战争正处于最艰苦的时候,救亡是全国人民压倒一切的任务,诗当然被要求纳入救亡的轨道。只要直接有利于救亡,诗可以拥抱一切内容和形式。绿原后来回忆七月派时说:"对于四十年代的这一批文学青年,诗不可能是自我表现,不可能是唯美的追求,更不可能是消遣、娱乐以至追求名利的工具;对于他们,特别是对于那些直接生活在战斗行列中的诗人们,诗就是射向敌人的子弹,诗就是捧向人民的鲜花,诗就是激励、鞭策自己的入党志愿书。"①可见,阿垅的诗学主张中的基本精神是当时七月派青年诗人的共同追求。

洪子诚曾指出,为了无产阶级文学的"纯洁性",在左翼文学内部也在进行着文学力量的划分;到了20世纪40年代后期,胡风等就成为被划分的对象,胡风的文学观,被认为是"小资产阶级的文艺思想",而实际上已被看作是左翼文学界的"异己力量"。②尽管如此,作为七月派的重要一员,阿垅不但用自己的诗歌作品,更用自己影响力极大的诗歌评论参与了当时文坛的"一体化"进程。在这个大时代理论组合中,他个人的努力,成了左翼文学的一个方向。在20世纪40年代后期,在各路艺术流派中,左翼文学目标明确,并左右文学界的走向,规范着文学界的状况。此时,左翼文学已经成为中国文学总体格局中最具影响力的派别。之所以能形成这种局面,是因为左翼文学界清楚地意识到自己的历史使命,并努力推广,甚至不惜使用政治力量。"左翼文学界的领导者和重要作家十分清楚地认识到:社会政治的转折和文学方向的选择应是同步的。他们在战后的主要工作,是致力于传播延安文艺整风确立的'文艺新方向',并随着政治、军事斗争的胜利,促成其在全国范围的推广,以达到理想的文学形态的'一体化'的实现。"③理解阿垅诗论的深层宏达内涵,离不开对历史环境中左翼文学的把握。

与重视诗歌的现实社会政治作用相关,阿垅论诗主倡现实主义,力反现代派,认为"所谓'现代派'和'现代诗'者:在哲学上是逃荒;在社会学

---

① 绿原:《〈白色花〉序》,《葱与蜜》,生活·读书·新知三联书店,1985年,第56页。
② 洪子诚:《中国当代文学史》,北京大学出版社,1999年,第9页。
③ 洪子诚:《中国当代文学史》,北京大学出版社,1999年,第7页。

上是绝望；在人生上是否定；在政治上是反动；在艺术上是吸毒和贩毒"①。现代文学将文学话语与实用主义联系起来，形成的是最重要的一脉支流，文学往往被赋予现实社会政治作用。1916 年，胡适在《寄陈独秀》的信中谈到文学革命的"八事"时，是将"形式上之革命"的"五事"排列在前，而将"精神上之革命"排列在后。②三个月后，胡适在更系统地表达自己文学革命主张的著名文章《文学改良刍议》中，却将"八事"的顺序重新进行了编排。③一个显著的变化是"精神上之革命"整体上提到了前面；最引人注目的是"须言之有物"从最后的位置提到了最前面。④此时的胡适也许根本没有想到"现实主义"这样的概念，但其精神就是现实主义的。在新文学的起源上，现实主义就获得了某种宿命式的合法性。这是文学的"革命"决定的，后来却是社会的"革命"决定的，现实主义在现代文学史上一路凯歌。很显然，现实主义能更好地完成各种"革命"的任务，现代派文学在这方面天然有很大的弱势。因此一个必然的现象是：现代文学批评史上，现实主义基本处于被肯定的地位，现代派往往是受到"打击"的。中国现代文学史的著名作家"鲁郭茅巴老曹"⑤中，现实主义作家占了绝大多数。阿垅论诗继承了这一思路：把"现实主义"与"现代派"审美性话语分别与不同的社会政治话语联系起来，走到肯定现实主义而否定现代派的路上去了。后来现代新诗史被阐释成两条道路的斗争，一条是社会主义的道路（现实主义），另一条是资本主义的道路（各种现代派），发展到了把两种审美性话语（现实主义与现代派）与斗争性的阶级话语联系起来。社会政治中斗争性思维被粗暴地用来

---

① 亦门：《诗与现实》（第 2 分册），五十年代出版社，1951 年，第 533 页。
② 胡适：《寄陈独秀》，《新青年》（第 2 卷第 2 号），1916 年 10 月。
③ 胡适：《文学改良刍议》，《新青年》（第 2 卷第 5 号），1917 年 1 月。
④ 《寄陈独秀》中谈"八事"的一段话："八事者何？一曰，不用典。二曰，不用陈套语。三曰，不讲对仗。（文当废骈，诗当废律）。四曰，不避俗字俗语。（不嫌以白话作诗词）。五曰，须讲求文法之结构。此皆形式上之革命也。六曰，不作无病之呻吟。七曰，不模仿古人，语须有个我在。八曰，须言之有物。此皆精神上之革命也。"《文学改良刍议》中谈"八事"的另一段话："八事者何？一曰，须言之有物。二曰，不摹仿古人。三曰，须讲求文法。四曰，不作无病之呻吟。五曰，务去滥调套语。六曰，不用典。七曰，不讲对仗。八曰，不避俗字俗语。"
⑤ 程光炜：《"鲁郭茅巴老曹"是如何成为"经典"的》，《南方文坛》，2004 年第 4 期；程光炜：《当代文学中的"鲁郭茅巴老曹"》，《南方文坛》，2013 年第 5 期。

分析诗学审美话语。不是诗学审美话语起到反思、制衡社会政治话语的功能，而是社会政治话语统摄、规训了诗学审美话语。我们可以说阿垅的诗学逻辑体现了时代的文学逻辑，或者说时代的文学逻辑铸就了阿垅诗学的逻辑。

都是重视诗歌的社会政治功能，阿垅也自有其不同之处，他说："个人，是这样意味的个人。让我们的生命去拥抱别人，让我们的生命为了人民，让我们的理想去再创造现实，让我们的诗去专属于世界和历史；多多地，更多更多地。""我们的自我，是一种不得不然的社会性的自我而已。""假使没有人就没有集团了，反之，假使没有集团也就没有个人了。"①用生命去拥抱别人，用理想去创造现实，其精神就是用主体去拥抱、创造客体。这与胡风的"主观战斗精神"②有着相同的内涵。其实质都是强调诗歌的社会政治功能，但不能忽视作者的主体性；诗歌必须为主体的情感与个性预留足够的地盘；不能削平主体的情感与个性去实施诗歌的社会政治功能。细心的读者可以发现：阿垅认为诗歌是一个矛盾的统一体，包括两个大系统，这两个系统又各自是一个小的综合系统。第一个系统包括感情和个性，第二个系统包括集体、社会和历史。正如前面所分析的，阿垅努力把第一个系统纳入第二个系统来进行论述，但又无意识地为前者保留了一份空间。

于是，矛盾就不可避免地发生了。正如我们看到的，在阿垅行文的深处两个系统有着不可调和的矛盾。这是一个深深的诗学裂痕！在阿垅的诗学中，最终不得不面对个人的抒情和情感在历史、集体、时代的话语中到处冲撞，然后总是要面对败下阵来的结局。他的诗歌是高亢的，然而却总是遭到批判；他的诗歌批评是激昂的，然而却横遭砍挞——他与他的诗歌，以及诗歌批评，一起进入了"监狱"。自己坐牢，诗歌（诗集和评论集）禁印。他诗学主张的矛盾系统最后的走向，必然是个人的抒情、个人的情感在历史、集体、时代的话语面前的丢失与失落。这个诗学矛盾并不是阿垅一人的矛盾，而是那个时代诸多作家与理论批评家都必须面对的矛盾。个人主义话语与集体主义、历史主义等时代话语的矛盾必定在文学话语中得到反映。阿垅

---

① 亦门：《自我片论》，《诗与现实》（第2分册），五十年代出版社，1951年。
② 温儒敏：《胡风"主观战斗精神说"平议》，《北京大学学报》，1992年第5期；童庆炳：《胡风的"主观战斗精神"论》，《东疆学刊》，2006年第4期。

的矛盾就是这个大时代话语矛盾的反映。认清阿垅所面对的矛盾能使我们认清中华人民共和国成立初期诗歌理论与批评的生存状态。这时期诗歌理论与批评界的大任务就是努力解决这个矛盾，以形成统一的时代文学惯例。从阿垅来看，解决起来是艰难的、痛苦的。艰难与痛苦也是属于许多人的。

理解阿垅诗论的一些过激之处，如他的宣传与口号诗，还必须考虑到阿垅的性格特征。罗洛作为阿垅的朋友，对此有过精辟的分析。他说："阿垅是一个容易激动的人。激情，对于一位诗人来说也许是好事，而作为一位批评家，则更需要把热烈的心和冷静的头脑结合起来。"①阿垅对自己的性格特征可能带来的持论偏激也是十分清楚的。他说："为了思想斗争——现实斗争而含有了某种激情"，"由于激动，这就过火——有时不幸确实如此，有时不过仿佛如此。这很使人为之头痛；从而，连自己也感到这种头痛。"②正因为对偏激之论的清醒警惕，阿垅关于诗的形式与内容的关系有这样一段话，"诗在这里，也是一个整个的东西，一个全面的问题"，不能孤立地看某一方面，"形式也有形式的本质；还是得追求和达到那诗的本质"。③可见阿垅是十分注重在集体主义的时代政治文学话语中的诗的本质即诗性的因素。他有意无意地觉察到了集体主义的时代政治文学话语对诗性因素的销蚀与压抑。但他没有在自己的诗论中建立有效的反抗空间，不过细细辨析还是可以看到其自我警醒的努力。也正因为如此，阿垅某些关于诗的形式因素的论述呈现了对当时主流诗学话语的认同与反抗的各种矛盾的丰富性。从一定的意义上说，探讨阿垅诗论的这种矛盾的丰富性可以窥一斑而知全豹，从而认识那个时代的诗论话语的丰富的内部矛盾。

二、诗歌节奏："情绪"与"力"

阿垅论诗偏重社会现实政治内容，从这点出发，他对诗的一系列形式因素有独特的看法。贯穿于他的 140 多万字诗论的是反对各种形式主义，批判各种形式主义。他在《诗是什么》的后记中说："任何形式，或体裁，如果

---

① 罗洛：《〈人·诗·现实〉序》，阿垅：《人·诗·现实》，生活·读书·新知三联书店，1986 年，第 15 页。
② 亦门：《诗与现实》（第 3 分册），五十年代出版社，1951 年，第 298 页。
③ 亦门：《诗与现实》（第 3 分册），五十年代出版社，1951 年，第 299 页。

变成了形式主义的东西，那是非常糟糕，也非常荒谬的。"①在阿垅看来，诗的形式和内容是一元的，不能分开谈。在本质上，形式和内容本身是一个过程，是以内容为主导因素或决定因素的内部过程，是互相联系、互相依存、互相转化、互相发展的辩证过程，而不仅仅是作用与反作用的关系。在诗歌形式与内容的特殊关系中，不仅是一般意义上的内容决定形式，而且是内容"融化"形式。经过内容"融化"了的形式再也不是一种外在的形式，而是一种内在的形式。阿垅的诗歌内在形式观，既是对中国传统诗歌严谨格律的反叛，也是对在社会革命中产生的新文化形式辐照下的诗歌形式认识的结果。在这个总的关于诗歌形式的看法下，阿垅提出了许多有深刻内在联系的诗的独特形式范畴，如力的节奏、力的排列等，值得认真探讨。正是因为有这些独特的形式范畴的深入探讨，阿垅的诗歌形式观形成了一个相对完整的理论系统。

在讨论阿垅的诗歌形式观前，有必要非常简略地粗线条地回溯下新诗史上的诗歌格律理论。白话新诗的诞生伴随的是平仄格律的丢失，从"我手写我口"②到"诗体的大解放"③，划出了一条有关于此的大致发展轨迹。从这以后，如何适应现代汉语语言的特点而建立现代新诗的节奏形式是一个非常重要的历史课题，这个历史课题也可以表述为：在现代汉语环境下如何探索现代新诗的节奏。

在新诗不太长的发展史上，很多理论家贡献了自己的理论观点和实践探索。有鉴于初期的白话诗过于自由散漫不注重格律，新月派提出要注意新诗的格律，像饶孟侃《新诗的音节》、闻一多《诗的格律》都是重要的文献，对新诗的格调、韵脚、节奏、平仄或者说听觉的美、视觉的美等诸多方面都进行了可贵的探索。饶孟侃把新诗的节奏分成两个方面："一方面是由全诗的音节当中流露出的一种自然的节奏，一方面是作者依照格调用相当的拍子

---

① 亦门：《诗是什么》，新文艺出版社，1954年，第364页。
② 黄遵宪：《杂感》，《人境庐诗草笺注》（上），钱仲联笺注，上海古籍出版社，1981年，第43页。
③ 胡适：《谈新诗——八年来一件大事》，胡适编选：《中国新文学大系·建设理论集》，上海良友图书印刷公司，1935年，第295页。

（Beats）组合成一种混合的节奏。"①闻一多《诗的格律》提出新诗的"三美"说。②后来戴望舒在《诗论零札》中针对新月派的诸格律说带来的某些僵化的弊端，提出"诗不能借重音乐，它应该去了音乐的成分"，"诗不能借重绘画的长处"，"诗的韵律不在字的抑扬顿挫上，而在诗的情绪的抑扬顿挫上，即诗情的程度上"，等等。③而废名则认为节奏是内在的东西，新诗应该是自由诗："如果要做新诗，一定要这个诗是诗的内容，而写这个诗的文字要用散文的文字。以往的诗文学，无论旧诗也好，词也好，乃是散文的内容，而其所用的文字是诗的文字。我们只要有了这个诗的内容，我们就可以大胆地写我们的新诗，不受一切的束缚，'不拘格律，不拘平仄，不拘长短；有什么题目，做什么诗；诗该怎么做，就怎么做。'我们写的是诗，我们用的文字是散文的文字，就是所谓自由诗。"④

阿垅的新思考除了要认真面对这些理论观点外，还不得不受到一个紧迫的现实问题的制约：抗日战争全面爆发，自由诗成了很大的一支，"散文化"成了一种趋势。朱自清对此有一段描述：

> 抗战以来的新诗的一个趋势，似乎是散文化。抗战以前新诗的发展可以说是从散文化逐渐走向纯诗化的路。为方便起见，用我在《新文学大系·诗集导言》里假定的名称来说明。自由诗派注重写景和说理，而一般的写景又只是铺叙而止，加上自由的形式，诗里的散文成分实在很多。格律诗派才注重抒情，而且是理想的抒情，不是写实的抒情。他们又努力创造"新格式"；他们的诗要有"音乐的美""绘画的美"和"建筑的美"——诗行是整齐的。象征诗派倒不在乎格式，只要"表现一切"；他们虽用文字，却朦胧了文字的意义，用暗示来表现情调。后来卞之琳先生、何其芳先生虽然以敏锐的感觉为体材（裁），又不相同，但是借暗示表现情调，却可以说是一致的。从格律诗以后，诗以抒情为主，回到了它的老

---

① 饶孟侃：《新诗的音节》，《晨报诗刊》（第4号），1926年4月22日。
② 闻一多：《诗的格律》，《晨报副刊·诗镌》（创刊号），1926年4月。
③ 戴望舒：《诗论零札》，《望舒草》，现代书局，1933年，第112-113页。
④ 废名：《新诗应该是自由诗》，《论新诗及其他》，辽宁教育出版社，1998年，第22页。

家。从象征诗以后，诗只是抒情，纯粹的抒情，可以说钻进了它的老家。可是这个时代是个散文的时代，中国如此，世界也如此。诗钻进了老家，访问的就少了。抗战以来的诗又走到了散文化的路上，也是自然的。①

艾青是这种发展趋势的代表。抗战的现实要求诗歌为现实政治服务，走向广大群众。要更好地做到这一点，新诗大众化、民族化的历史命题就浮出了历史地表，其中表现在创作上的一个重要现象就是格律的因素得以加强，尽管这种格律化与散文化存在着错综复杂的纠缠关系。

抗战以来的诗，注重明白晓畅，暂时偏向自由的形式。这是为了诉诸大众，为了诗的普及。抗战以来，一切文艺形式为了配合抗战的需要，都朝普及的方向走，诗作者也就从象牙塔里走上十字街头。他们可也用格律；就是用自由的形式，一般诗行也比自由诗派来得整齐些。他们的新的努力是在组织和词句方面容纳了许多散文成分。艾青先生和臧克家先生的长诗最容易见出。就连卞之琳先生的《慰劳信集》，何其芳先生的近诗，也都表示这种倾向。这时代诗里的散文成分是有意为之，不像初期自由诗派的只是自然的趋势。而这时代的诗采用的散文成分比自由诗派的似乎规模还要大些。这也可以说是民间化的趋势。抗战以来文坛上对于利用民间旧形式有过热烈的讨论。整个儿利用似乎已经证明不成，但是民间化这个意念却发生了很广大的影响。民间化自然得注重明白和流畅，散文化是必然的。而朗诵诗的提倡更是诗的散文化的一个显著的节目。不过话说回来，民间形式暗示格律的需要，朗诵诗虽在散文化，但为了便于朗诵，也多少需要格律。所以散文化民间化同时还促进了格律的发展。这正是所谓矛盾的发展。②

从这个历史背景中，我们能更清晰地把握阿垅的相关诗的形式因素的论述。阿垅提出了自己独特的现代新诗节奏观。他把诗的节奏分为内部的节奏

---

① 朱自清：《抗战与诗》，《朱自清全集》（第2卷），江苏教育出版社，1996年，第345-346页。
② 朱自清：《抗战与诗》，《朱自清全集》（第2卷），江苏教育出版社，1996年，第346-347页。

（力的旋律）和外部的节奏，认为"散文形式的诗的节奏是完全内部的力的旋律，是诗的仅仅可有和有着的生命"，提倡诗的内部的节奏即力的节奏而非外部的语音物质层面的节奏。那么，什么是力的旋律呢？"力的旋律的存在并不是任何形式之间的，而在越过形式以上的诗的情绪的充沛融和中。""力的旋律在内由整个情绪所包含的各个因子之间的排列组合，形成了调子的多种多样的强弱、快慢。"①阿垅所谓内部的节奏与饶孟侃讲的"全诗的音节当中流露出的一种自然的节奏"大意相当。饶孟侃的"自然的节奏"是指"作家自己在创作的时候无意中从情绪里得到一种暗示"②。其着意点与阿垅"内在的节奏"都在诗的情绪。而阿垅的内在节奏说与戴望舒《诗论零札》所说"诗的韵律不在字的抑扬顿挫上，而在诗的情绪的抑扬顿挫上，即诗情的程度上"③精神也是相通的，着意也都在诗情。不过戴望舒是现代主义色彩的诗学观，阿垅着意在诗的情绪的社会性，从此出发而反对语音物质层面的节奏。实际上，阿垅忽视诗的语音的物质层面的节奏是偏颇的，它也是诗的节奏的重要方面，并能与诗的情绪达成互动，正如朱光潜所说："诸音调配合、对比、反衬、连续继承而波动，乃生节奏。节奏是音调的动态，对于情绪的影响更大。我们可以说，节奏是传达情绪的最直接而且最有力的媒介。因为它本身就是情绪的一个重要部分。"④由此可知，外在的语音物质层面的节奏与诗的情绪是统一的、一元的、互动的。

与内在节奏和外在节奏的区分相关，阿垅把诗的排列分为两种：力的排列和美的排列。他认为新诗不是随随便便的，不讲排列的；新诗的排列含有内容的性质，受制于诗的情绪或者说力。这就是诗的力的排列，它是相对于美的排列来说的。"前者从内容发展，而又反作用于内容"，"后者纯粹得多，简单得多，属于修辞的，仅仅形式本身的"。接下去阿垅又说："美的排列又可分属于视官的和属于听官的两类，前者讲求行列的和谐，后者讲求

---

① 亦门：《诗与现实》（第1分册），五十年代出版社，1951年，第62-64页。
② 饶孟侃：《新诗的音节》，《晨报诗刊》（第4号），1926年4月22日。
③ 戴望舒：《诗论零札》，《望舒草》，现代书局，1933年，第112-113页。
④ 朱光潜：《诗论》，生活·读书·新知三联书店，1998年，第144页。

音节的铿锵。"①在阿垅看来,力的排列和美的排列的关系又如何?有没有主次之分?他说:"无论如何,美的排列只是次要的;只有力的排列,才是真正首要的。"②阿垅想突出诗的力的排列而贬抑美的排列。阿垅崇此而抑彼的观点,似乎要将力的排列和美的排列割裂开来。而实际上,从逻辑上来说,依"力"而"排列"最终还要落实到"排列"——落实到"美的排列",或者说力的排列必须由美的排列来承担。内在的力的排列必然表现或者说落实为美的排列,两者是不可分离的。离开美的排列的力的排列是不可能的,完全忽视外在感官的美的排列即完全忽视诗的排列的外在属性是极大的偏颇,甚至有可能将力的排列带进一种哲学上的不可知论。阿垅对力的排列和美的排列作了等级区分后,可能意识到完全排斥美的排列的力的排列的偏颇和不可能,接着他又说:"力的排列和美的排列之间,并不是脱节的,孤立的,或者甲是甲、甲非乙的。它们之间应该是和谐整体,或者以各种不同的构成条件彼此交错、完全重叠或者只是在某一程度上重叠,反对机械。"③

在阿垅的诗学体系中,与内在节奏、外在节奏以及力的排列、美的排列紧密相关的一个更深层的概念是诗的音乐性。诗的音乐性与诗的节奏相比是个更大的范畴,在阿垅的诗论中与上面所论诗的节奏与排列也是相联系的,都以诗的内在情感为立论依据,而贬斥其外在的"物质"因素。阿垅认为,"无论在任何状态,音乐所依附的,主要的是情感而非乐音","有情感的地方才有音乐","音乐是被情感组织了的一组一组音符","音乐的原料是情感,决不是音符"④。作者在此区分了音乐和乐音:音乐是诗的情感性,乐音是语言的外在"物质"属性。阿垅极力贬低诗的音乐性中的乐音成分。在这一点上,作为现实主义诗人和诗论家,阿垅和现代主义诗人戴望舒"诗不能借重音乐,它应该去了音乐的成分"⑤的观点又有

---

① 亦门:《诗与现实》(第1分册),五十年代出版社,1951年,第66页。
② 亦门:《诗与现实》(第1分册),五十年代出版社,1951年,第74页。
③ 亦门:《诗与现实》(第1分册),五十年代出版社,1951年,第77页。
④ 亦门:《诗与现实》(第1分册),五十年代出版社,1951年,第263页。
⑤ 戴望舒:《诗论零札》,《望舒草》,现代书局,1933年,第112页。

了相通性。阿垅的现实主义在此和戴望舒的现代主义走向了汇通。这是一种技术主义的汇通，而终点却离得十万八千里远。从此出发，阿垅明确表示极力贬低朱光潜的《诗论》①、吴世昌的《诗与语音》②、傅庚生的《重言与音韵》③等探讨诗的语音"物质层面"的音乐性的著作。这样，我们也就不难理解阿垅的如下观点："绝对地在纯粹的物理的符号上面要求达到诗的节奏或者韵律，而且企图那么把音乐性昂扬起来和固定起来，我以为不过是无中生有的事。""诗的节奏或者韵律，那么，只用要求情绪本身了。"④

至于诗的语言，阿垅认为它非常重要，但极力反对语言上的魔术说，认为用字造句并不是魔术；要求把握语言的正确性，并指出语言的正确性的把握，"首先是把什么表现出来，然后是用什么表现出来。不是辞藻决定诗，是意境以及气氛决定了命辞遣字；或者说，并非语言完成了文学，倒是文学完成了语言"⑤。意思是说，诗要表现的内容决定诗的语言的选择，诗的语言的选择并非是单纯命辞遣字性的技巧而脱离诗所表现的内容。阿垅认为，诗不能以没有意义含量的修辞上的拗句和表现上的警句为重。作者注意到诗的内容即要表现的对象对语言的选择的主导性，抓住了问题的主要方面。同时我们也要看到"命辞遣字"对诗所表现的东西有相对的独立性，在一定意义上，"命辞遣字"有它的技巧性，阿垅全面否定它也是对事情另一方面的忽视。

还有一点值得提出，阿垅所谓"把什么表现出来决定用什么来表现"的

---

① 比如，朱光潜《诗论》（国民图书出版社，1943 年）中的第六章（《诗与乐：节奏》）、第八章（《中国诗的节奏与声韵的分析（上）论声》）、第九章（《中国诗的节奏与声韵的分析（中）论顿》）、第十章（《中国诗的节奏与声韵的分析（下）论韵》）等。

② 吴世昌：《诗与语音》，收入洪球编：《现代诗歌论文选》，上海仿古书店，1936 年。该文讨论问题的路向是："要说明诗的声音，和读者（读）诗后所受的感动的关系，必得：第一，分析人类发音器官所能发的各种声音的种类，和各类声音所能代表、所能引起的感情。第二，研究我们读诗时所必须经历的心理历程，和在这历程中的种种现象。"（该书第 262 页）吴世昌讨论问题的方式是心理学的和语音学的。此文发表后，引起了刘半农的赞同："我在《文学季刊》创刊号中读到了吴世昌君的《诗与语音》一文，心上非常快乐，因为这是个值得研究的题目，而吴君的文章，又做得很详细，很周到。"（刘半农：《读吴世昌君的〈诗与语音〉篇》，收入洪球编：《现代诗歌论文选》，上海仿古书店，1936 年。）

③ 傅庚生：《重言与音韵》，《中国文学欣赏举隅》，开明书店，1943 年。

④ 亦门：《诗与现实》（第 1 分册），五十年代出版社，1951 年，第 271 页。

⑤ 亦门：《诗与现实》（第 1 分册），五十年代出版社，1951 年，第 135 页。

含义是：未选择用什么语言表现之前要表现的东西已经单独存在，诗人的任务是找到与之恰切对应的语言。依现代语言学来看，所要表现的东西是不能脱离语言而存在的。语言是一张先于表达内容而存在的网，不同的语言结构决定了对同一事物的可能的不同体验。也就是说，语言结构决定了"事物的意义"。比如，生活在汉语语境中的人与生活在英语语境中的人，对同一事物可能有不同的体验与感受。阿垅在当时是不可能看到语言结构对内容的先在决定作用的。不过指出这点时，还要避免对阿垅的曲解。我们所说的语言结构对意义的先在决定作用与阿垅所谓表现的东西决定语言的选择不是同一层面的问题：我们是指语言的系统结构，着眼点在宏观语言结构；阿垅是指具体的语言运用，着眼点在微观运用。

从上面分析阿垅的诗歌节奏观、排列观、语言观可以看出，他的着眼点是诗的内在情绪，而贬抑其外在的语音"物质因素"。这与他对诗歌的基本看法是有联系的。阿垅认为诗与小说、戏剧有着根本的不同：小说与戏剧是作品中的人物来活动，而诗却是诗人情感的直接活动。"诗的生命的东西，是情感；而且只是情感。既不是观念，也并非形象。""诗是强的、大的、高的、深的情感，这个情感对抗观念也对抗形象。"而"小说或戏剧，一脱离了形象，就无从艺术地完成起来了"①。他认为诗的第一要素是情绪，形象或"形象化"是无所谓的，如果以形象或形象化来要求诗，那就混淆了诗和其他的文学形式的各自特性。阿垅的结论是："诗是典型的情绪的。"这里值得注意的不只是阿垅的诗的情绪本质说及情绪对诗的诸多形式因素的主导性的强调，更要进一步追问的是阿垅诗的情绪本质说是不是对诗的本质的很好界定，诗的本质是不是还有别的层面的东西。也许问题并不是那么简单。必须看到，他的诗的情绪本质说与那个时代的政治社会话语对诗学话语的内在要求是相关的。阿垅诗论写作的抗日战争与解放战争时代是实用主义的政治话语时代，其必然要求诗歌为现实政治与革命服务，而诗歌要做好这个服务必然是情感外扬的，这样才能更好地感染大众、吸引大众、燃烧大众。

与注重诗的情绪相关，阿垅对诗的大众化有自己独特的观点。阿垅主张

---

① 亦门：《诗与现实》（第1分册），五十年代出版社，1951年，第82-84页。

诗要大众化，什么是他眼中的大众化呢？"诗的大众化的本质，就首先应该诗人自己向人民和他们的生活的强力拥抱，诗的内部富有人民的生活欲求和色彩，也就是一个迫切的内容的问题。"①他认为诗的大众化是一个内容的问题而不是形式的问题，"形式的大众化决不是真正的大众化"。②因此他反对旧形式的继承，即旧瓶装新酒，"现代人民所要求的生活，战斗的生活不是旧瓶能装得下的"，"形式上的大众化，实质上却只有否定了主要内容上的大众化"。③

阿垅否定大众化中的形式因素与他论述诗的节奏、排列、语言等时忽视语言的外在的物质因素是一致的。虽然阿垅一再强调反对的是各种形式主义，然而诗的形式因素的语言"物质层面"是不能忽视且极重要的。像朱光潜的《诗论》、英国布尔顿的《诗歌解析》等著作专门探讨诗的语言"物质方面因素"，堪称富于真知灼见，与阿垅对诗歌的理解很不相同。阿垅的这个倾向与他的时代有深层关联。吴晓东有一段话对现代文学的这种深层脉络有宏观而有力的描述：

> 中国现代文学的观念体系中一直隐含着"传统—现代"的二元论模式。这种二元论"建立在以'进步'的目的论为内含的线性的时间观念之上"，从而在价值判断上体现为新与旧的鲜明的分野。现代性的理念为历史理性注入了价值论的依据，因此，那些无法纳入革新、进步、未来范畴的事物，都可能因其保守、落后、垂死而逐渐丧失存在的合理性，最终被历史的记忆所淡忘。这种新与旧分野的价值理念深刻地影响了中国作家的审美主义立场。线性的价值准则从而导致了单一的审美判断和取向。我们很难看到那种新与旧杂陈的繁复的美感，也很难看到超越于传统—现代之外的更具兼容性的审美视角。这种单一的审美认同趋向尤其体现在现代作家对一些审美范畴的态度上。文学天生就具有某种感伤、颓废、游戏、为艺术而艺术的禀性，文学艺术的更本原（源）的更根本和更持久的魅

---

① 亦门：《诗与现实》（第1分册），五十年代出版社，1951年，第273页。
② 亦门：《诗与现实》（第1分册），五十年代出版社，1951年，第274页。
③ 亦门：《诗与现实》（第1分册），五十年代出版社，1951年，第286页。

力可能恰恰隐含在这些范畴中。从价值中立的立场出发，上述范畴更能体现人性的渴望和深度。但在中国现代文学的历史语境中，上述范畴却表现出负面的价值，是进步的作家需要小心翼翼绕开的，是"落后"的作家需要百般自我申辩和自我批判的。所谓中国现代文学缺乏艺术性，其实缺乏的可能是对生存经验的复杂化观照以及对审美体验的丰富性的传达。单一的美感内涵可能是现代文学艺术的最致命的缺失。①

近代以来，审美主义②话语一直处于边缘，处于受压制的地位。虽然阿垅自称是反对各种"形式主义"的，但可以看到压抑审美主义的时代影响。他的"形式主义"与诗的审美因素是有很大重叠的。

阿垅认为旧形式是不可继承的，否认旧瓶装新酒。我们不能以形式有相对独立性、形式是可继承的而简单地否认阿垅的这个观点。

这个观点与阿垅如何对待诗的传统是相关的。他并不认为传统是本质主义的，他说传统有"不断的新的加入，不断的新的产生，（传统）带着各个历史阶段的历史性格，带着某一社会形态的社会风貌，而加入和产生"，"所谓传统，绝不是以现在去归附过去，以自己的个性去归附前辈；相反应该是以过去来归附现在，以前辈所有的最有价值的东西来归附诗人自己的才能"。③就是说过去的传统在于现在的不断创新与阐述，可以根据现实的需要不断"塑造"，着眼点在现在。按此逻辑，谈到大众化时就难免否定旧形式的利用。与此相关的是阿垅谈到诗的语言时对待山歌和方言的态度。他认为山歌和方言的借鉴采用对于现代诗来说意义都是有限度的。且得出结论：利用旧的形式，或者采用方言虽不是完全不可能，但一般都是无用且有害的。

统而观之，可知阿垅以诗学话语的思维方式参与了整个时代主流思维方式的建构。我们谈论阿垅的诗论，首先注意到的是他的诗学话语如何参与了

---

① 吴晓东：《中国现代文学中的审美主义与现代性问题》，《文艺理论研究》，1999 年第 1 期。
② 余虹曾经对审美主义的类型进行了细致的区分，认为它包括感性审美主义、游戏审美主义和神性审美主义。（余虹：《审美主义的三大类型》，《中国社会科学》，2007 年第 4 期。）此处所说的审美主义主要是指感性审美主义。
③ 亦门：《诗与现实》（第 1 分册），五十年代出版社，1951 年，第 242 页。

当时主流文学话语的建构。他的诗学话语背后的思维方式如何参与了那个时代主流政治话语想象世界的方式。同时还要注意他提出的内节奏、力的排列等诗学话语，无意中建立了对主流诗学话语的复杂抗拒张力。这种复杂抗拒张力产生的原因，一方面是诗学问题与社会政治问题天然存在的一种难以弥合的"裂缝"，另一方面是阿垅对诗歌的认识并不是简单的一元论的。这种复杂性的内部的纠缠、混合、冲撞，甚至斗争，导致了这一个阶段的很多诗人的诗学"悲剧"命运。

第二节 沙鸥：主体的消失与政治的权威

在当代诗坛，沙鸥[①]是一位十分活跃的诗人，先后出版过《农村的歌》《故乡》《初雪》《梅》《情诗》《失恋者》《寻人记》等30余种诗集。沙鸥对诗歌各方面的特质都有较充分的研究。沙鸥爱情诗写作风格的演变[②]、山水诗的意境内涵[③]、方言对诗歌写作的影响[④]、中国古代传统画论精神的继承[⑤]，等等，都已引起研究者的注意。

沙鸥也是一位勤奋的诗歌批评家，20 世纪 50 年代中后期曾以每年一本新诗评论集的写作速度广受注意：《谈诗》（1956 年，作家出版社）、《谈诗第二集》（1957 年，中国青年出版社）、《谈诗第三集》（1958 年，新文艺出版社）、《学习新民歌》（1959 年，北京出版社）。然而沙鸥的诗歌批评至今没有引起应有的关注。沙鸥一生中的 4 本诗歌评论集，都井喷式地出

---

① 沙鸥（1922—1994），原名王世达，重庆人。1940 年用沙鸥笔名开始发表作品。1946 年大学毕业后到上海参与主编《新诗歌》与《春草诗丛》。1949 年后调北京《新民报》工作，同时和王亚平主编《大众诗歌》。1951 年调中国作家协会文学讲习所工作。1957 年《诗刊》创刊时任编委。1962 年调黑龙江省文联从事专业创作，后主持编辑《北方文学》。"文化大革命"结束后曾任《诗探索》编委。1986 年离休后定居重庆。
② 戴少瑶：《论沙鸥的爱情诗》，《涪陵高等师范专科学校学报》，1999 年第 2 期；赵心宪：《沙鸥爱情诗的情景模式意向初探》，《西南民族大学学报》，2005 年第 12 期。
③ 赵心宪：《沙鸥山水诗创作原则的"出意境"说》，《西南民族学院学报》，2002 年第 11 期。
④ 颜同林：《自我突围与方言自觉——论沙鸥的四川方言诗创作》，《武陵学刊》，2012 年第 4 期。
⑤ 赵心宪：《诗中有画，以形写神——传统画论对沙鸥山水诗创作原则的影响》，《重庆教育学院学报》，2002 年第 5 期。

现在这个时期。认真考究这 4 本诗歌评论集,不但对研究沙鸥的诗歌评论有意义,而且对理解 20 世纪 50 年代的诗歌批评有帮助。

一、政治与诗歌的直接精神桥梁

沙鸥开始诗歌道路,像许多人一样,起源于内心,也受时代的影响:"沙鸥一面在大学求学、写诗,一面在中共地下党的领导下搞学生运动。"①问题是对一个诗人来说,这两个方面(诗歌创作和政治运动)能否相互保持相对的独立性,各自在应有的疆域中运作?在特殊的革命时代,所有入世的,甚至出世的诗人,都面临着这个问题。严家炎的文学史这样概括 20 世纪五六十年代的文学命题:"这个时期最值得注意的现象,是诗学与政治学的紧张。"②要深入地理解那个时代的诗歌创作及诗歌批评,必须将其放置到这种紧张关系中。理解沙鸥的诗歌批评亦如是。为了深入探究沙鸥诗歌批评的时代因素,有必要简要解读 20 世纪 50 年代的诗歌精神。

20 世纪 50 年代的诗歌传统,就其本质而言,是一种战斗精神。这种战斗精神形成于以延安为代表的解放区。毛泽东《在延安文艺座谈会上的讲话》给予了这种战斗精神政治上的合法性;中华人民共和国成立后在新的和平环境下,第一次文代会又将这种战斗精神树立为"群众意志":解放区"以自己的全部经验证明了这个方向的完全正确,深信除此之外再没有第二个方向了,如果有,那就是错误的方向"③。国家意志和群众意志在文学的战斗精神上具有了高度整合性。为了保持这种整合的有效性,不但要不断地对"正确"者给予鼓励,而且要不断地对"错误"者给予打击。经过这两个方面持续的展开,战斗精神就逐步成为文坛的政治正确传统。

诗人们为了保持国家诗学的正确方向,必须时刻保持对上述文学政治传统的体认。这种体认必须保持不断生成的状态,否则就有可能迷失方向。20 世纪 50 年代是一个新诗人辈出的时代。据洪子诚、刘登翰考察,这时期出现

---

① 晏明:《飘飘何所似,天地一沙鸥——记老诗人、诗评家、编辑家沙鸥(上)》,《新文学史料》,2001 年第 2 期。
② 严家炎:《二十世纪中国文学史》,高等教育出版社,2010 年,第 22 页。
③ 周扬:《新的人民的文艺》,《周扬文集》(第 1 卷),人民文学出版社,1984 年,第 513 页。

的重要青年诗人有公刘、邵燕祥、李瑛、白桦、顾工、胡昭、梁上泉、张永枚、雁翼、严阵、傅仇、流沙河、韩笑、未央、孙静轩、高平、陆棨、沙白、王书怀、李学鳌、温承训、韩忆萍、福庚、郑成义、黄声孝、孙友田、刘镇、戚积广、李根宝、仇学宝、刘章、殷光兰、王老九等。[①]这个并未穷尽所有的名单告诉我们,这确实是一个"新诗人"不断涌现的时代。这些新诗人与老诗人不同:他们一开始写诗时,新的时代诗歌审美风范业已形成,很自然地就将其内化为自己的先在写作框架。也就是说,政治战斗性已经成为他们诗歌创作的审美性格。这些新诗人的脚步是如此整齐划一。为什么会如此?是什么在背后起作用?尽管他们的创作也常常出现"不合格"的因素。在这个时代,这些"不合格"的因素必将遭到时代的"规训"。对"不合格"的批判是正面的规训,而对"合格"的褒扬是另一种形式的规训。批判和褒扬都是规训的方式。这两项工作就落在了时代的诗歌批评家头上。诸多的时代诗歌批评家便应运而生。时代造就了他们,他们也创造了时代。他们被新时代的诗歌传统铸就,也承担了发扬传承这个诗歌传统的任务。在诸多复杂因素中,一批在革命传统影响下长成的批评家的作用不可小觑。他们一直在某种时代诗学趣味下做着浇水培土的工作。沙鸥就是这样的一位诗歌批评家。20世纪50年代的诗坛上,沙鸥在这方面一直非常努力。

或带批评性的褒扬,或带褒扬性的批评,一步一步地把新诗人们推向诗坛。诗歌批评借着主流意识形态话语的力量引领着诗歌创作,它能主宰诗人命运的沉浮。作为一个诗评家,沙鸥努力与当时的诗坛保持着紧密的联系。对当时的一些重要青年诗人,他都写过专篇论文予以评介,比如说对田间(《田间的诗的人民性及乐观主义精神》)、邵燕祥(《谈邵燕祥的诗》)、梁上泉(《谈梁上泉的诗》)、顾工(《谈顾工的诗》)、温承训(《谈温承训的诗》)、阎志民(《要深刻地反映生活——略谈阎志民的诗》)、福庚和郑成义(《谈诗集"上海组诗"——工人樊福庚、技术员郑成义的诗读后》)等。他也写过一些对诗坛扫描性的综论文章,如《略谈青年诗人创作中的几个问题》《关于三本童话诗》等。这些文章积极肯定青年诗人作品风

---

① 洪子诚、刘登翰:《中国当代新诗史》,人民文学出版社,1993年,第19页。

格与时代所要求的诗歌风格一致的因素,也指出他们的差距和努力的方向。沙鸥以诗歌批评的方式参与了当时诗歌精神状态建构的浩大工程,而且是一位积极参与者。指出这一点是想说明,当代诗歌特有的精神状态是多种力量参与的结果,诗歌批评的贡献是不小的。这个时期,政治对诗歌创作的影响是巨大的,这种影响绝大多数是通过诗歌批评这座桥梁而生成的。沙鸥的诗歌批评就是这样的一种政治诗歌批评。

二、诗学批评:词汇的政治和领地的消失

当代诸多政治诗歌批评家用"左""右"出击的方式,为诗坛的"红色调"培土施肥。当代新诗史上一系列批判事件发动的原因就是要为建构统一的时代诗歌精神做园丁,最终为维护统一的主流意识形态服务。这个时代根本就不允许它的意识形态领域有任何的裂缝,即使边远的诗歌领域也不允许出现类似的裂缝。1949年7月召开的全国第一次文代会将业已存在的某些裂缝做了彻底的抹平:"全国第一次文代会是一个标志,预示了即将拉开帷幕的中国文学新阶段将由来自解放区战争实践的文艺传统为发展基础。"[①]诗歌需要充满裂隙的土壤。在一个诗歌批评走向批判的时代,批评指向诗歌却又远离诗歌,所有的缝隙都被时代和政治抹平。沙鸥是如何参与这种"抹平"工作的?他的策略是,几乎所有的诗歌批评词汇都选用自政治领域。即使是比较纯粹的爱情诗和山水诗,也在他的诗歌批评中遭到无情的否定,尽管他自己也试图在这方面时有作品。

先来看看沙鸥诗歌批评中的"词汇的政治"。1953年8月,他写文章大力肯定田间的诗表现了"人民的苦难及斗争"和"崇高的国际主义精神",充满着"强烈的乐观主义"。[②]沙鸥认为田间的一些不好的诗,失败于"生活不熟悉","缺乏对生活的火热激情"。[③]无论是肯定("人民的苦难""国际主义精神""乐观主义"),还是否定("生活不熟悉""缺乏对生活的火热激情"),诗歌的批评用语都直接来自当时的政治领域。诗学与政治两

---

① 陈思和:《中国当代文学史教程》,复旦大学出版社,1999年,第17页。
② 沙鸥:《田间的诗的人民性及乐观主义精神》,《谈诗》,作家出版社,1956年,第2-23页。
③ 沙鸥:《从田间的诗集〈汽笛〉谈起》,《谈诗第二集》,中国青年出版社,1957年,第52-63页。

个领域的话语系统的高度互渗性重合，一方面说明政治对诗学的决定性影响，另一方面说明诗学家在特定语境中的理论话语想象的枯竭。

艾青是沙鸥最喜欢的诗人，据一起办过诗歌刊物的朋友回忆，沙鸥在抗日战争期间，对艾青的诗集《北方》爱不释手。他成了"艾青迷"，以至于创作都带有了"艾味"。[①]对于艾青，有理由期待沙鸥在"诗歌内部"给予艺术批评。在反右派斗争前，沙鸥极力肯定艾青的诗，其后却出现一百八十度的大转弯。沙鸥自己反省说："在反右派斗争以前，我对艾青的若干近作，作过一些不切实际的评价和过分的赞扬。那时，是想鼓励他能写出好诗。没有从政治上、阶级立场上去研究他的作品。"所谓政治和阶级立场是"没有提到党和毛主席"，"与时代、人民的情绪相距太远"，"主观世界落后于客观世界"。总之，艾青"发生了很深的危机"。[②]对于艾青，沙鸥本有理由进行更多、更深入诗学本身的探讨，而他却几乎没有任何解读能力。

沙鸥还写过《〈草木篇〉批判》《〈更相信人吧〉批判》《〈夏虫篇〉批判》《反击右派的战鼓》等。沙鸥在20世纪50年代的诗歌批评以"战鼓"的姿态，强有力地履行了时代"批判"的功能。既然诗歌批评的功能定位为"战鼓"和"批判"，那么节奏就只有"快"。这也许就是20世纪50年代沙鸥一度保持一年出一本诗歌评论集的原因。可以说，沙鸥用自己的诗歌批评很好地诠释了诗歌批评与时代政治之间的紧密关系。由于诗歌批评的思维模式被这个"情人"注定，批评词汇乃至话语体系当然只能是简单套用。作为时代诗歌批评家的代表，沙鸥操用的批评词汇是如此的枯燥，然而这其实无关乎批评家的才情，只是他们的想象力因时代而枯竭。

古今中外，在庞大的诗歌体系中，爱情诗和风景（山水）诗占有崇高而永久性的地位。爱情诗在我国素来发达，《诗经》中的爱情诗称雄诗史，五四新诗革命之始即有爱情诗之兴盛[③]，鲁迅、冯至、闻一多、徐志摩、汪静之、穆旦等都留下了有力的爱情诗篇。至于风景（山水）诗，《诗经》《楚

[①] 晏明：《飘飘何所似，天地一沙鸥——记老诗人、诗评家、编辑家沙鸥（上）》，《新文学史料》，2001年第2期。

[②] 沙鸥：《艾青近作批判》，《谈诗第三集》，新文艺出版社，1958年，第1-19页。

[③] 艾光辉：《回望爱的歌潮——论五四时代爱情诗的勃兴》，《新疆大学学报》，2005年第6期。

辞》已见端倪，曹操、谢灵运、谢朓等将其发展成熟，历代都绵延不绝、名家辈出。一般说来，爱情诗、风景诗，与时代政治总会保持某种天然距离，它们都属于比较"纯粹"的诗歌。在当代诗坛上，沙鸥不但爱情诗创作丰盛[①]，而且一度用心构建自己的爱情诗观点；对风景诗，他也投入了很大的创作热情。[②]然而，20世纪50年代，沙鸥关于爱情诗和风景诗的诗学观点却非常不"纯粹"。爱情诗与风景诗在当代诗坛的命运屡遭变迁，在反右派斗争时跌至低谷。在沙鸥看来，此时诗坛的爱情诗和风景诗简直成了资产阶级思想的藏身之地。在《读爱情诗札记》《读风景诗札记》中，沙鸥批评了一些爱情诗忘记了阶级斗争，忘记了诗与政治、诗与人民、诗与阶级的关系。[③]沙鸥的爱情诗中已没有"爱情"，风景诗中也没有"风景"。爱情和风景，这两个最纯正而隐秘的诗歌之地，都已被碾压粉碎。在这样的批评氛围之中，爱情和风景两个传统的诗歌领地，已不得不实质性地被逐出诗歌，因为政治与阶级之重，爱情诗与风景诗都很难真正承受。

三、主体的消失与艺术的潜流

　　诗是最强大的，也是最脆弱的。诗歌创作如此，诗歌批评也如此。干预不当，诗的主体性就会消失；培养适宜，诗的艺术性就会韧性生长。下面，我们从沙鸥对"胡风分子诗歌"和"1958年新民歌"两个当代诗歌史上重要的政治性诗歌事件的批评来探讨这个问题。

　　最能展示沙鸥诗评主体性缺失和艺术性潜流两者矛盾的是他关于"胡风分子"诗歌的批判性文字。"胡风事件"案发后，沙鸥连续写了八篇成系列的文章批判所谓"胡风分子"的诗歌和诗歌理论。1956年，八篇文章收为一辑出版，名为《谈诗》。这是沙鸥在中华人民共和国成立后的第一本诗歌评论集。这八篇文章采用望文生义甚至肢解原文的手段，解读了胡风、鲁藜、

---

① 戴少瑶：《论沙鸥的爱情诗》，《涪陵师专学报》，1999年第2期；赵心宪：《沙鸥爱情诗的情景模式意向初探》，《西南民族大学学报（人文社科版）》，2005年第12期。
② 赵心宪：《沙鸥山水诗创作原则的"出意境"说》，《西南民族学院学报（社会科学版）》，2002年第11期；赵心宪、曾师：《沙鸥"新体"山水诗的意象画面》，《天府新论》，2004年第2期。
③ 止庵：《读沙鸥的〈寻人记〉》，《诗刊》，1994年第4期。

冀汸、芦甸、梅志、阿垅等的诗歌和理论，认为这些人的诗歌和诗歌理论是反动的，这些人是反党、反国的反革命分子。在沙鸥这里，人和诗歌、人与诗歌理论之间是互为因果的，存在着简单而线性的决定关系：有反动的人，也就有反动的诗歌（理论）；有反动的诗歌（理论），也就有反动的人。为了增强这些结论的说服力，结论的"义"都从"文"中"读"出，于是文章都采用一句一句的细读方式进行。这样，虽然读出的诗学结论与当时的政治定论高度一致，似乎表现出高度的专业性和应有的独立性：诗学批评不是攀援政治大树的藤蔓，而是与之独立的另一株大树。只不过，偶然中这两株大树有了相同的高度。然而，沙鸥的这些诗学批评最终还是难以逃脱对政治的彻底而简单的依附性。不用具体分析，只要看看这八篇诗歌批评文章的题目就一目了然：《一个革命叛徒的自白》《胡风怎样用诗来射击我们的》《鲁藜的反动诗歌》《从冀汸的反动诗集〈跃动的夜〉谈起》《从芦甸的诗看他反革命的面貌》《梅志的反动的童话诗》《阿垅的反动的诗歌理论》《阿垅的反动诗歌理论的哲学基础》。正如沙鸥在《谈诗》后记中所说"全部的文章都是批判胡风分子的反动的诗及理论"，这些文章都是批判性的，而不是批评性的，或者说都是政治性的，而不是诗学性的。可怕的是，批评的前提预设：对象是"反动"的。在这个预设下，批评的展开过程必将是扭曲的且非诗学的。

如果说在对"胡风分子"诗歌的批评中，主体的缺失最终还是压倒了艺术的潜流，而在其对 1958 年新民歌的批评中，艺术的潜流却穿越了压制性硬壳而时时浮出水面。1958 年，中国诗坛上似乎一夜之间冒出了不计其数的"新民歌"。从本质上来说，民歌应该是民间的、自由的，而新民歌运动始发于政治，其中的矛盾天然存在。然而，这场新民歌运动还是在特殊时期给中国的诗坛带来一股特殊的冲击力。一个意外的收获是：它带来了诗歌发展道路的大讨论，一些诗歌问题以特殊的方式得到了展开。①沙鸥积极地参与了这场讨论，以通信的方式写了一本《学习新民歌》。与众不同的是，他没有花大力气去讨论当时一些广引注意的理论问题，如新诗发展的道路、诗歌的格

---

① 王晓生：《激情癫狂：1958 年新民歌的理论话题》，《淮北煤炭师范学院学报》，2003 年第 3 期。

律、传统的继承、民歌体有无限制、诗歌的下放等问题,而是讨论新民歌的表现手法、语言这样"小而细"的内部艺术问题,如表现方法——夸张、比喻、直叙、对比、反衬、平列,又如语言——准确、精炼、生动、朗朗上口、口语的运用、"旧词"的运用等。虽然作者也花少量篇幅论述新民歌的共产主义特征、革命浪漫主义与革命现实主义创造方法等,但是其着重点不在此。

沙鸥对新民歌表现手法和语言的分析,虽然带有时代的特征,往往把一定的手法、语言与新民歌的思想内容联系起来,但是分析起来并不那么粗糙,艺术感觉比较细腻,读来多得诗歌艺术的启发。在那个诗歌批评普遍缺乏艺术性的年代,这显得十分可贵。

沙鸥的诗学主张在晚年有了较大的变化,这是时代的变迁在诗人身上留下的印迹,也是诗人苦苦探索的收获。诗人诗学主张的这个转向可以概括为:"主体的外化"中的晚年转向。在特殊的时代中,沙鸥可以随时去拥抱政治,用诗歌批评参与主流政治意识形态的合法化建构。他的诗歌批评随着政治风向标而起舞。时代使沙鸥获得了高亢的诗歌评论能力,也使他失去了独立的批评品格。沙鸥在 20 世纪 50 年代形成的诗歌批评风格,在晚年改革开放的时代环境中,发生了重大转变。

晚年的沙鸥用"主体的外化"①来描述朦胧诗后 10 多年新诗的走向,这个概念包含了他"晚年对于诗的系统思考"。与 20 世纪 50 年代诗歌批评精神相承的是,强调诗歌的时代政治性:诗人的主体"不能不留下时代的、社会的烙印"。然而现在他发现诗不能作为"照相机、素描画",诗要真实地表现诗人"主体的丰富性复杂性"。问题是:诗人如何处理"时代的、社会的烙印"和"诗人主体的丰富性复杂性"之间的矛盾关系?当写作的天平倾向于"时代的和社会的"时候,诗歌的面貌往往成了时代和社会的注脚;而倾向于"主体的丰富性和复杂性"时,诗歌的质性往往显为内心和感觉的凝结。不但一部中国诗歌史,甚至整部世界诗歌史,也许都是在这个矛盾中跌宕前行。晚年沙鸥常说:"好诗应具有七个要素:立意深,构思巧,形象

---

① 沙鸥:《关于主体外化》,《诗探索》,1995 年第 1 期。

美，感情真，意境浓，语言新，手法奇。"①看样子，与20世纪50年代的诗学主张不同，晚年的沙鸥已经更在意诗歌"主体的丰富性和复杂性"。

　　诗人亚非在给沙鸥的信中说："当年您用别人的思想写诗时，您享有盛名，因为那个时代虚假的诗的狂热。今天，您用自己的思想、自己的形式来写诗时，却没有回声，因为这个时代对诗的冷漠。"②沙鸥的诗歌批评也遭遇了同样的命运：20世纪50年代，留给时代的每年一本的评论集，在当年的辉煌之后，如今再也没有人提及。时代的东西终将会因为时过境迁而湮灭无闻。不过，望着诗人当年留下的几本评论集子（1956年《谈诗》、1957年《谈诗第二集》、1958年《谈诗第三集》、1959年《学习新民歌》），诗歌评论与时代氛围的话题倒值得时时咀嚼。

---

① 止庵：《读沙鸥的〈寻人记〉》，《诗刊》，1994年第4期，第58页。
② 止庵：《最后的日子（下）》，http://blog.sina.com.cn/s/blog_494a0341010006r5.htm，2016-6-18。

第二章　仪态万方：现代新诗的自由美学

新诗是以"自由斗士"的盛名诞生的。"诗体的大解放"是一步步实现的，每一步都记录了新诗向往自由的呐喊。新诗是自由诗或者说自由体诗，在新诗开创者及大部分后来的新诗写作者眼中都是一个无须再证明的命题，尽管不时会听到必须重建新诗格律一类的声音。21世纪初期又重新出现重建新诗体的声音（吕进、王珂等），似乎仅仅限制在理论探讨上，缺乏诗歌作品的支撑，响应者自然难众，慢慢地就沉寂了；倒是自由体，经过一些诗学家（吴思敬等）的再次论证、再次申发，再加上实际上的创作成绩，尤其是年轻诗人的天然的喜爱，影响实在不小。

然而在20世纪五六十年代，自由诗理论却并没有特别的好运气。与格律诗理论相比，自由诗理论少了主流意识形态的有力支撑。毛泽东主张新诗要在民歌和古典诗歌基础上发展，这深深影响到了一个时代的理论讨论环境。1958年3月，毛泽东在一次中央工作会议上罕见地提出了中国诗歌发展道路的问题：

> 我看中国诗的出路恐怕是两条：第一条是民歌，第二条是古典，这两方面都提倡学习，结果要产生一个新诗。现在的新诗不成型，不引人注意，谁去读那个新诗。将来我看是古典同民歌这两个东西结婚，产生第三个东西。形式是民族的形式，内容应该是现实主义与浪漫主义的对立统一。①

在这种情况下，自由诗的讨论空间相当有限。这段时间内，无论有关自由体新诗讨论的重要诗学文献，还是重要诗学家，都寥寥可数。艾青是最突出的代表。不过，艾青自己并没有明确说明自己的主张是一种关于"自由

---

① 见《在成都会议上的讲话提纲》第22条注释，收入《建国以来毛泽东文稿》（第7册），中央文献出版社，1992年，第124页。

体"的诗学理论；他一以贯之的概念是诗歌的"散文美"。从自由与格律这一对诗歌写作的基本矛盾来分析问题，艾青的"散文美"诗学体系本质上就是关于自由体新诗建设的美学体系。臧克家的诗学理论其实谈的是如何建构一种不严格的新诗格律的问题，是处于自由体诗学观和格律体诗学观的中间体系。因此，下面在谈完艾青后，再在现代新诗的自由美学框架下分析臧克家的诗学理论。

第一节 艾青的自由诗理论

艾青（1910—1996），原名蒋海澄，浙江金华人。早年学画，1928年入国立西湖艺术院绘画系。次年去法国学画，并开始写诗。1932年回国加入左翼美术家联盟，一度入狱。在狱中写了不少诗，从此便把画笔换成了诗笔。抗日战争时期是他的创作最旺盛的时期。后到延安，受到毛泽东多次接见，参加了延安文艺座谈会。中华人民共和国成立后曾任《人民文学》副主编，中国作家协会副主席。出版诗集有《大堰河》（1936年）、《他死在第二次》（1939年）、《向太阳》（1940年）、《旷野》（1940年）、《火把》（1941年）、《北方》（1942年）、《反法西斯》（1943年）、《黎明的通知》（1943年）、《献给乡村的诗》（1945年）、《欢呼集》（1950年）、《宝石的红星》（1953年）、《黑鳗》（1955年）、《春天》（1956年）、《海岬上》（1957年）、《归来的歌》（1980年）、《彩色的诗》（1980年）等。文艺论著有《诗论》（1941年）、《新诗论》（1952年）、《新文艺论集》（1950年）等。

一、《诗论》：篇目删订中反映的诗学观

艾青不但是著名的诗人，也是有重要影响的诗歌理论家。1941年在桂林出版的《诗论》曾一版再版。他以自己独特的创作感受，用诗一样的语言表达了其诗学观点。其理论观的系统性与创作实感的鲜活性在现当代新诗理论批评史上独树一帜。时代在变迁，艾青的诗歌观念也经常有一些调整。这些调整的发生有些是作者艺术观念的自然延伸，有些是时代的"要求"甚至

"强迫"造成的。认真分析这些调整能生发出很多社会诗学话题。分析的路径多种多样，可以从艾青的诗歌创作变迁入手，也可以从艾青的诗论观点变迁入手。诗论观点的变迁又可以从一个很细的方面得到反映：艾青的《诗论》在不同时期出版过程中篇目发生了哪些删改变化？

骆寒超在一篇并不是专门谈艾青《诗论》的版本问题的论文中，有一段精简的话对该书版本的演变作了概括。

> 《诗论》多次再版，或修订后再版。从1953年上海新文艺出版社把《诗论》和《新诗论》合集出版起，原《诗论》初版本的5篇，均有所修改，尤其是《诗论》、《诗人论》两篇，修改时由于受当时文艺界教条主义的影响，有些就改得失去了"原汁原味"；以后的版本在此基础上再改削，直到出版《艾青全集》，也是采用1956年7月人民文学出版社版本，离初版更有差异。①

《诗论》所收篇目的增删从某一方面反映了艾青诗学观念的某些调整。面对这些调整，我们要问：为什么收录这篇而删除那篇？为此，我们来看看《诗论》在中华人民共和国成立前和中华人民共和国成立后17年中出版发行的状况。

经查全国重要图书馆收藏目录，发现中华人民共和国成立前，该书先后7次5版印刷，影响巨大：1941年9月桂林三户图书社初版，1942年10月再版；1946年2月上海新新出版社三版；1946年4月上海新新出版社四版；1947年7月上海杂志出版社五版。比对之后，可以发现：虽然前后经历了6年时间，《诗论》各个版本之间的内容没有任何变化，包含的篇目有《诗论》《诗的散文美》《诗与宣传》《诗与时代》《诗人论》。其中的第一篇《诗论》与整本书的名字《诗论》相同。第一篇的下面又有如下一些子目：一、出发；二、诗；三、诗的精神；四、美学；五、思想；六、生活；七、主题与题材；八、形式；九、技术；十、形象；十一、意象、象征、联想、想象及其他；十二、语言；十三、道德；十四、服役；十五、创造。

中华人民共和国成立以后的前17年间，该书又不断修订出版发行，先后

---

① 骆寒超：《诗学建设的一块丰碑——艾青〈诗论〉初探》，《浙江大学学报》，1999年第4期。

有如下版本（重印）：1949 年 12 月上海书报杂志联合发行所印刷再版发行；1952 年 1 月天下出版社修订出版发行；1953 年 10 月新文艺出版社修订出版发行（到 1955 年该版已第 5 次印刷）；1956 年 7 月人民文学出版社修订出版发行，1957 年 7 月人民文学出版社重印发行。此后，该书同艾青的其他书一样被禁止发行长达 23 年。

在中华人民共和国成立以后的前 17 年间，在《诗论》的不断出版发行中，有一个有意思的现象：几乎每次重新出版艾青都要进行新的修订。1953 年 10 月版《诗论》的后记说：1952 年由天下出版社印行《诗论》时作了修改，这次出版增加了一篇《不是诗》，并且作了若干修改。[①]这与中华人民共和国成立前每次重新出版都保持初版的原样形成鲜明对比。这种新的修订，有两种方式：一种是增删篇目，另一种是篇目中文章具体内容的修改。在这里，我们只分析第一种情况。下面我们来看看中华人民共和国成立后 17 年中《诗论》各版本篇目删改的情况，希望以此来反映艾青诗学观念的某些变化。

1949 年 12 月，上海书报杂志联合发行所首先再版了《诗论》。这次再版的内容与中华人民共和国成立前的完全一致。也许是中华人民共和国刚刚成立，政治因素还没有来得及迅速且严重影响到诗学领域，艾青选择了保持图书原貌。

1952 年 1 月，天下出版社以《新诗论》之名再版了《诗论》。之所以加了一个"新"字，也许是因为除了全部收录中华人民共和国成立前的所有篇目，还增加了《诗到街头》《关于诗的一封信》《谈谈写诗》《谈大众化和旧形式》《谈工人诗歌》《多写朗诵诗》这 6 篇文章。这 6 篇文章并不都是中华人民共和国成立后新写的，如《诗到街头》就是写于 1942 年。1942 年至 1952 年，该书再版过 4 次，此文为什么都没有收入？而这次却收入了呢？艾青是出于什么考虑给予了这篇文章的收入"资格"？

先来看看《诗到街头》[②]的开头三节的内容。

一

劳动者是文化的创造人。革命的目的之一，就是要把文化从特

[①] 艾青：《后记》，《诗论》，新文艺出版社，1953 年。
[②] 艾青：《诗到街头》，《新诗论》，天下出版社，1952 年。

权阶级夺回来，交还给劳动者，使它永远为劳动者所有。

二

把诗送到街头，使诗成为新的社会的每个构成员的日常需要。假如大众不需要诗，诗是没有前途的。

三

诗必须成为大众的精神教育工具，成为革命事业里的宣传与鼓动的武器。

在诗学生命的每个阶段，艾青都是时代的"预流"者。他在中华人民共和国成立前的很多诗论就带有强烈的"预流"色彩。然而艾青的生命深处还是保有纯粹诗学家特质的，相对来说，他本是一个在诗歌内部发言的相对纯粹的诗学家。正因为此，写于1942年的《诗到街头》在中华人民共和国成立前就一直没有收入各种版本的《诗论》；而到了1952年，艾青终于没有抵挡得住时代的压力和诱惑，将其收入了新版《诗论》。一个相对纯粹的诗学家最终还是向时代做出了自己的妥协。

与1952年版相比，1953年10月新文艺出版社的版本除了增加了一篇《不是诗》外，又作了若干修改。1956年7月人民文学出版社出版的《诗论》增加了更多的内容，比1953年版多出了《诗与感情》《诗的形式问题》《和平书简》《战士和诗人》等篇，让人惊讶的是删除了《诗的散文美》一篇。很多研究者认为《诗的散文美》一篇是艾青《诗论》中的核心篇目，能够反映他的核心诗学观。然而就是这样重要的一篇诗学文章却被艾青删除了。什么原因？艾青并没有直接说明。不过，我们可以从1953年版的《诗论》后记中的一段话中找到蛛丝马迹。后记介绍书中的内容说，书的上部所收的文章都是1942年延安文艺座谈会后到1952年十年中所写，而下部所收的文章都是写于全面抗战初期。[①]难道是受到延安文艺座谈会精神的影响？可以说并不是。因为在座谈会后到中华人民共和国成立前，该书还出版过几个版本，篇目内容与之前的版本没有任何变动。真正的原因只能是，中华人民共和国成立后政治气候的变化对艾青诗学观的巨大影响。当然，对艾青来

---

① 艾青：《后记》，《诗论》，新文艺出版社，1953年。

说，这种影响有一部分是被动接受的，另一部分是主动接纳的。

改革开放后，《诗论》再一次进入读者视野，又被不断再版发行。对一个诗人和诗论家来说，一本谈诗的专著能够具有如此长久的生命力，在不同的时代语境中一版再版，其出版史本身就构成一个有意思的话题。我们从作者在《诗论》收录篇目的处理上可以从一个侧面看到艾青诗学观念的变化。

二、"时代"与"人民"：意义的变迁

艾青对于诗歌评论的意义用一句话来说，就是很好地在诗歌的社会性意义与美学意义的平衡性追求中，用自己的创作和诗学理论做出了独具个性的探索。1938年，他在最早写的诗学文章中就提出诗必须是真、善、美三者内在的联系。"真""善"两者体现的是诗歌的社会意义："真是我们对于世界的认识；它给予我们对于未来的信赖。善是社会的功利性；善的批判以人民的利益为准则。"[1]吴奔星认为艾青"诗论的总的精神是说：诗人来自人民，也就必须亲近人民，代表人民"[2]。艾青十分重视诗歌的社会意义。不过"社会意义"一词是一个拥有巨大内涵的词汇，其中能涵盖许多"小词汇"系统，诸如时代、人民、人类、生活、宣传等。艾青对这些词汇的诗学意义的阐述汇成了他的诗歌社会意义观，其中既有可寻的总体性观点——看重诗歌的社会性意义：诗担负着提醒人类过的是怎样的生活，以及人类合理生活建立的可能性。[3]在这个基础上，然而更有意义的是去考察作者使用这诸多"小词汇"时的意义弹性，考察在不同时期它们的意义迁延。艾青《诗论》中词汇的使用历程折射了艾青变化的诗学观念，这种阐释方式就可以变"平面阐释"为"动态透视"，从而既把握其总的注重诗歌社会意义的倾向，又注意其丰富的变化曲折。

1950年艾青给开明书店出版的《艾青选集》写的自序中说：

> 由于长期的流浪与监禁，也由于长期过的是个人的自由生活，

---

[1] 艾青：《诗论》，《艾青选集》（第3卷），四川文艺出版社，1986年，第5页。
[2] 吴奔星：《艾青诗论的导向作用》，《海南师范学院学报》，1994年第1期。
[3] 艾青：《诗论》，《艾青选集》（第3卷），四川文艺出版社，1986年，第33页。

我对于中国社会的了解，和对于劳动人民的认识都是不够深刻的。在我的诗里，有时也写到士兵和农民，但所出现的人物总是有些知识分子气质的，意念化了的。①

艾青对自己过去的写作做出了真诚的检讨。个人自由的生活、对中国社会和劳动人民的不够了解在艾青看来是以前作品诸多缺失的根本原因。中华人民共和国成立后很长一段时间，"基于做'人民的歌手'和为政治服务的认识，在1949到1957年的近8年间，艾青先后在《人民文学》《诗刊》等刊物上发表了近百首诗作，进入了自30年代以来的另一个'高产期'。据不完全统计，他也是新中国成立初期发表作品最多的老诗人之一"②。艾青的创作深深地受到他的诗歌观的影响。不过，我们要问的是"个人自由的生活"的所指是什么？"中国社会"和"劳动人民"在此由哪些人构成？艾青批判的是知识分子的自由个性，"中国社会"与"劳动人民"是排斥知识分子的，知识分子要进入"中国社会"和"劳动人民"必须经过一番改造，从而把知识分子纳入工农兵的轨道。可以看出，艾青已经完全接受了当时的主流诗学话语。艾青的诗学观点，像所有其他优秀诗人一样，也是不可能离开他生活的时代背景："艾青的诗论是在抗日战争的硝烟中诞生的，是在中华民族的生死存亡的关键时刻成熟的，是在祖国处于一个新的历史时代发展的。"③如果细心对比观照，我们会发现，艾青的这些带有强烈时代色彩的诗学观念与他已有的诗歌创作的独特艺术个性不知不觉中发生了矛盾，然而这并没有影响到艾青诗歌创作在这个时候生产出大量高质量的光辉诗篇。艾青毕竟还是一个诗人，一个优秀的诗人。

艾青在20世纪50年代提出的诗的社会性与时代性更多的是指工农兵的方向，与三四十年代其所指的"社会性""时代性"含义是不同的。艾青在1938年的《诗论》中提到："诗人的我，很少场合是指他自己的。大多数的场合，诗人应该借我来传达一个时代的感情与愿望。"④1939年他在《诗与

---

① 艾青：《自序》，《艾青选集》，开明书店，1950年，第34-38页。
② 程光炜：《中国当代诗歌史》，中国人民大学出版社，2003年，第44页。
③ 吴奔星：《艾青诗论的导向作用》，《海南师范学院学报》，1994年第1期，第34-38页。
④ 艾青：《诗论》，人民文学出版社，1995年，第38页。

时代》中说:"诗人能够忠实于自己所生活的时代是应该的。最伟大的诗人,永远是产生它的时代的情感、风尚、趣味等等之最真实的记录。"①所谓时代的感情与愿望,所谓时代的风尚与趣味并不是指工农兵方向,而是指包括知识分子在内的广泛社会群体的情感与愿望,并没有如 20 世纪 50 年代那样把其意义狭窄化。

"文化大革命"结束后,艾青重新拾起诗笔,创作了许多有影响的"归来者之歌"。同时他以其特殊的身份对新诗创作发表了看法。1981 年他给全国中青年新诗评奖工作写的贺词说:"在全国新诗评比中获奖的这些诗歌代表了近两年来中国诗歌创作的主流,那就是,抒发人民的心声,反映社会现实,表达诗人的真情实感。"②"人民的心声""诗人的真情实感"表达的社会意义内涵,已不同于前面的分析,既不是社会政治性情感,也不是社会主义诗歌的工农兵方向,更多地指向一种个人真实内心的表达。正如这时期写的《诗人必须说真话》,"真话"指的是个人真实的声音。这种声音有可能是一种集体反抗性话语,也有可能纯粹是一个内向的个人内心声音。在此时的艾青诗学观念中,诗歌面向个人内心敞开了,诗歌首先是属于个人的,其次通过个人才是属于社会的、属于时代的。

通过前面的分析可知,不同的时期,艾青的诗学观念一成不变的是注重诗的社会性,不过具体的意义、内涵却发生了细微的迁延。在这点上,作者与相对忽视诗的社会性的唯美主义诗歌写作有了区别。在一个有着重视诗的伦理、教化,甚至政治功能传统的国家,艾青的这个观点是有其传统背景的。在这一点上,艾青继承了中国诗学历史传统,或者说生活在诗学历史传统之中,然而又在回应自己的时代环境中,以自己的独特风格的诗学话语丰富了诗学历史传统。

三、感情(情绪)与直觉

艾青在一次谈到什么是好诗时说:①诗要有感情;②诗要借助形象思

---

① 艾青:《诗论》,人民文学出版社,1995 年,第 66 页。
② 艾青:《祝贺》,《艾青选集》(第 3 卷),四川文艺出版社,1986 年,第 447 页。

维；③诗要表现生活；④诗还是要让人能看懂。①首先突出的是诗的感情内涵。这点在艾青看来是诗与其他文体相区别的一个本质特征。1954年艾青写了《诗与感情》，此文对这个问题进行了全面的阐述。文中批评了以写日记和杂文的方式写诗，情感稀薄不能感动人。他认为只有饱满的情绪浸透了诗人的心胸时才能动手写诗。这种情绪对诗的创作来说是最宝贵的东西。他对诗这一文体的本体性特征有一段具体的说明：

> 作为诗，感情的要求要更集中，更强烈，换句话说，对于诗，诉诸情绪的成分更重要。别的文学作品，虽然也一样需要丰富的感情，但它们还可以藉助于事件发展的逻辑的推理，来获得作者思想说服的目的；而对于诗来说，它却常常是藉助于感情的激发，去使人们欢喜与厌恶某种事物，使人们生活得更聪明，使人们的精神向上发展。②

这里对诗与叙事性文体的本质区别作了充分的说明。艾青并没有说明与"诗"相对的"别的文学作品"到底包括哪些文体，不过应该主要包括小说和戏剧。

说清楚了"诗"与"别的文学作品"的区别后，也并不是一切问题都能获得清晰而恰当的解决。摆在艾青面前的与此相关的问题之一："诗"与"别的文学作品"杂交而出的叙事诗，应该具有什么样的美学特征？他认为，就叙事诗而言，也不能以小说或戏剧的方式来写，依然需要很重分量的抒情，具备诗的更高的概括。在艾青看来，叙事诗应该是叙事的"诗"，而不是"诗"的叙事。问题之二：以感情为本质特征的诗如何表达哲学命题？艾青认为，用诗来表达哲学命题，相对地减少了感情的成分，削弱了诗的感人的力量。因此一定要慎重在诗中使用哲理性的语句。不过艾青认为必须准确区分诗中的哲理和理智。他认为诗必须以明确的理智作基础。那么，诗歌中感情与理智之间的矛盾怎么解决呢？他提供了一个独特的方法：抒情诗所要求的是诗人对世界的出于直觉的语言，诗人必须把深奥的哲理、把对人生社

---

① 艾青：《愿青年诗人健康地成长》，《青年文学》，1982年第1期。
② 艾青：《诗与感情》，《文艺学习》（创刊号），1954年第1期。

会的深刻的见解化为直觉的东西,化为童年的天真,不然诗就不成为诗了。诗的感情活动是与诗人的感觉力相联系的。因此说来,"对于外界事物的形体、色彩、密度、温度、声音以及它们的运动和变化的正确而又迅速的反映,是一个写诗的人所应该具备的素质。"[①]通过直觉,凭着感情,将哲理化为事物的形体、色彩、密度、温度、声音等。以这种形式在诗中存在的"哲理",艾青将之称为"理智"。这样说来,艾青并不完全排斥诗中的哲理,而是认为哲理在诗中应该有属于自己的独特表达。

艾青对诗的情感性特征有一个简单而又明了的说明:"对生活所引起的丰富的、强烈的感情是写诗的第一个条件,缺少了它,便不能开始写作,即使写出来,也不能感动人。"[①]

感情虽是诗的最本质的因素,强烈的情绪是诗情的萌芽,然而在写作的技术层面却有一个节制度的问题。在艾青看来,浮泛的情感不是诗的至美的表现;必须"用明确的理性去防止诗陷入纯感情的稚气里"[②],诗不能是情感的浮泛的刺激,正因为此,艾青最不喜欢浪漫主义诗人的作品把情感完全表露在文字上。

艾青既追求诗的感情,又反对感情的泛滥主义,提倡用各种形象去节制诗中的感情。因此,好的诗应该是感情、形象和哲理的统一。

四、形象思维:诗的基本生成方式

诗中强烈的感情孕育出联想和想象;联想和想象的结果就是诗的形象。艾青把形象思维的方法放到了诗歌创作的基本点上。这点无论是中华人民共和国成立前还是中华人民共和国成立后,其诸多的诗学论文都有明确、清晰的表达。下面分别是艾青在不同时间的代表性观点,其内在观点一直没有变化。1938年艾青在《诗论》中说:"诗人一面形象地理解世界,一面又借助于形象向人解说世界,诗人理解世界的深度,就表现在他所创作的形象的明确度上","形象孵育了一切的艺术手法:意象、象征、想象、联想"。[③]1941年在回答自己是怎样写诗时艾青说,诗人以形象思考、理解、

[①] 艾青:《诗与感情》,《文艺学习》(创刊号),1954年第1期。
[②] 艾青:《诗论》,人民文学出版社,1995年,第10页。
[③] 艾青:《诗论》,人民文学出版社,1995年,第29页。

说明着世界。①1979 年艾青为自己出版的诗选写序时说:"形象思维的方法是诗,也是一切文学创作的基本方法。诗只有通过形象思维的方法才能产生持久的魅力。"②诗歌的形象思维方法是贯穿艾青一生的诗学基点。

他还进一步归纳了形象思维在创作中的作用:可以把难于捕捉的东西、飘忽的东西固定起来,使之鲜明起来;把抽象的东西具体化;把滞重的物质安上翅膀;把流动的物质凝固起来;使相距万里的携起手来等。艾青把形象思维界定为诗的特殊运作机制,诗歌因此而与叙事性文体区别开来。这确实反映了诗歌文体基本的创作规律。不过可以进一步追问:其他叙事性文体也缺少不了形象思维,诗歌中的形象思维又有哪些特殊性?艾青迈进了这个门槛,而没有继续前进,他发现了这个问题或者说提出了这个问题,而没有深入地探讨这个问题。

诗中的形象与联想、想象是互为因果的。艾青是把三者紧密联系在一起论述的。他认为,没有丰富的联想和想象,是不可能有丰富的形象的。有了联想和想象,诗才不至于窒死在狭窄的空间与局促的时间里。形象思维是从感觉发生的联想、想象、幻想,在主观与客观之间取得联系,从而在它们的某一特征上产生比拟的一种手段。

在艾青的论述系统中,形象、联想和想象三者相区别又紧密联系,是三位一体的。诗歌离不开形象思维,而形象思维又以联想和想象为基础,其修辞上的特征是比喻。艾青把形象思维、联想、想象和比喻作为一个相连接的系统,用来概括诗歌的本质特征。虽然他未能细致地分析诗中此四要素与其他文体中此四类要素的差异,但是可以肯定,他直觉地发现并系统化地提出这四者在诗中的特殊性的本体存在。在这些方面诗与其他文体是根本不同的。尽管只有直觉性的认识和描述,这个系统的认识和概括也是艾青的一大贡献。

丰富的联想、想象与由此而产生的丰富的形象到底又来自哪里呢?只有从丰富的生活实践中获得。毛泽东写于 1937 年的《实践论》中的一段话,对

---

① 艾青:《诗论》,人民文学出版社,1995 年,第 114 页。
② 艾青:《诗论》,人民文学出版社,1995 年,第 160 页。

那个时代的文艺实践影响至深:"通过实践而发现真理,又通过实践而证实真理和发展真理。从感性认识而能动地发展到理性认识,又从理性认识而能动地指导革命实践,改造主观世界和客观世界。实践、认识、再实践、再认识,这种形式,循环往复以至无穷,而实践和认识之每一循环的内容,都比较地进到了高一级的程度。这就是辩证唯物论的全部认识论,这就是辩证唯物论的知行统一观。"[①]毛泽东的这段哲学论断深深地影响了中国文艺精神。目前还没有切实证据证明艾青的诗学观点直接受到毛泽东的影响。不过可以肯定地说,在哲学精神上,艾青的诗歌观与毛泽东的文艺哲学思想是相通的。[②]因此可以说,艾青的观点与时代是"同步"的,他是一个具有"时代性"的诗人和诗论家。1993年《诗探索》复刊的时候,世纪老人艾青还说了一段精神不改的话:"诗人必须说真话。因为老百姓喜欢听真话。诗人要关心时代,关心改革开放,关心老百姓的喜怒哀乐、悲欢离合。我们的诗歌要反映时代,通向人民,不能只满足于写个人那些小小的怨艾。"[③]

在艾青的论述中,"生活实践"就像那个时代的人们所理解的"历史的方向""世界的本质"一样是透明的、具体性的、可把握的。具体、透明、可把握的生活实践中产生的形象也就鲜明而明确。反过来就是,鲜明而明确的诗歌形象反映了具体、透明、可把握的客观世界本质。正因为此,艾青对"朦胧深幽"的诗歌不太认可。艾青身上体现了当时主流世界观对文学观的决定性。艾青的这个美学倾向一直到老都没有改变。1980年,艾青在回答《诗探索》编辑部的问题时还曾说过:"国内国外都有各种诗歌倾向。有一种意见,认为看不懂的就是好诗。如是,诗写给谁看呢?诗总要选择自己的读者对象。否则,排除读者对象,那是自己否定自己,是无效劳动。对象没有了,不产生成果的生产叫什么生产?浪费的生产。这问题在欧洲可以存在,如抽象主

[①] 毛泽东:《实践论》,《毛泽东选集》(第1卷),人民出版社,1991年,第296-297页。
[②] 艾青曾在一篇文章中回忆自己的诗歌人生:"学生们经常上街游行、摇旗呐喊,捣毁卖仇货的商店,冲进卖鸦片的'禁烟处'……革命的风暴震撼着南方的古城。不知哪儿来的一本油印的《唯物史观浅说》,使我第一次获得了马克思主义阶级斗争的观念——这个观念终于和我的命运结合起来,构成了我一生的悲欢离合。"(艾青:《在汽笛的长鸣声中》,《读书》,1979年第1期。)艾青的诗歌受到马克思主义阶级观的影响,诗人自己也有明确的认识。
[③] 艾青:《诗人要自信——对〈诗探索〉复刊的希望》,《诗探索》,1994年第1期。

义,总有少数人可以看。中国人,有些年青(轻)人中间,学外国看不懂的诗。看不懂怎么学?学外国的看不懂。这个倾向,我以为是应该排斥的。"①

其实,文学有时表达的是世界的神秘性一面,文学作品也因此表现出其神秘朦胧的面相。在这点上,艾青并未给予注意。而他认为,深厚博大的思想,通过最浅显的语言表现出来,才是最理想的诗。诗写得让人看得懂成了他评价诗的重要原则。难懂的诗,"只是写个人的一个观念,一个感受,一种想法;而只是属于他自己的,只有他才能领会,别人感不到的,这样的诗就难懂了"②。他认为诗没有表达公共性话语是其难懂的原因。艾青对诗表达个人性内容,虽表现出了一定的宽容,但从其整体的基调看,他是不满的。把诗的难懂与私人性联系起来批判流露出或者说潜藏着把诗学话语纳入政治话语的深层欲望。从这点说艾青还没有走出刚刚过去的历史。朦胧诗论战时,艾青虽然表现出一定的宽容,但从整体的基调看,他是不满的。③

五、散文美

诗歌的散文美是艾青诗学中最具个性和魅力的主张。中国古代诗歌在发展历史中形成了其有节制的形式美,诗句拥有几种固定数量的"顿"(节奏),且有规律的押韵。中国近体诗最终形成了固定的格式④,臻于极境。形式美的极致在一定时候往往成了桎梏。世界上的事物成熟过度往往趋向"腐烂"。五四白话诗运动一开始就用口语、"破"格律的手段,使诗歌写作表现出散文化的倾向。这种散文化趋势起到了破旧的历史作用。具体说来,五四文学革命运动中的新诗"散文化"先后经历过两个过程⑤:第一,近体诗、古体诗的非格律化和白话化;第二,诗体的散文化。细细看来,前一个过程又包含诗体的白话化和诗体的非格律化。所谓诗体的白话化是指诗歌语言采用现代白话;而所谓诗体的非格律化是指旧体诗的格律和节奏都被打破。后

---

① 艾青:《答〈诗探索〉编者问》,《诗探索》,1980年第1期。
② 艾青:《诗论》,人民文学出版社,1995年,第206页。
③ 艾青:《从朦胧诗谈起》,《诗论》,人民文学出版社,1995年。
④ 王力:《诗词格律》,中华书局,2009年。
⑤ 王晓生:《语言之维:1917—1923年新诗问题研究》,上海三联书店,2010年,第47-76页。

一个过程诗体的散文化,即胡适说的"诗体的大解放",最终要实现的是"话怎么说,诗就怎么写"。

然而当历史行进了一段航程后,人们发现早期的白话诗的"散文化"革命伴随的是"诗意"的丢失,读起来不像诗了。后人读胡适的《尝试集》不能不慨叹其离真正的诗有很大的距离。围绕着这一点,新诗革命作为一个"事件"在发生的当时,就让人们产生了激烈的争论。胡先骕认为,"诗体的大解放"是创造了一种"无纪律的新体诗",中国旧诗的体裁已经很丰富,无论什么样的题目、什么样的思想都能找到对应的体裁来表达,没有必要为丰富表达性去解放已有的诗体。旧诗的对仗谐韵、双声叠韵是增加"诗之美感之物"。[①]而郎损却反对诗歌讲求声调格律,他认为诗之所以为诗不在形式,指责白话诗是散文的人就是犯了这个错误。[②]后来,于是就有了各种对早期新诗"缺陷"补偏救弊的努力,或者说对新诗可能性的探索:闻一多提出"三美"的诗学主张,从"新格律"入手以救其弊,手法是化古为今;李金发以象征主义使新诗更加深入内心个性从而绵密深邃;[③]其他林林总总的现代派诗人以其手法的多样性使人耳目一新。[④]

与他们不同,艾青在"散文化"的内层修整救弊,提出了诗的散文美一系列主张,使"散文化"这个一度被用来指称新诗缺点的范畴被改造得枯枝结出了嫩蕊。

诗歌"散文美"的观点其实在初期白话诗运动中提倡口语入诗时就有萌芽,胡适的"诗体的大解放"观点中就隐隐约约地含有可以生发出新诗"散文美"的因素。只不过当时的历史任务是破而不是立,历史的链条还没有正

---

① 胡先骕:《评〈尝试集〉》,分两次刊《学衡》,1922年第1、第2期。
② 郎损:《驳反对白话诗者》,《文学旬刊》,1922年第31期。
③ 李金发的诗学观大致有:一、注重个人化的内心体验,二、把美作为诗歌创作的唯一目的,三、强调暗示,注重心灵世界的象征性传达,四、主张中西沟通。(吴思敬:《李金发与中国象征主义诗学》,《首都师范大学学报》,2003年第1期。)
④ 艾青曾在一篇论文中谈到自己对"现代派"的认识:"'新月派'与'象征派'演变成为'现代派'。'现代派'并无艺术上特别显明的纲领,是以《现代》杂志为中心发表新诗的一群。他们里面包括各种不同的倾向,有些是原来的'新月派'或'象征派'的成员。'现代派'影响最大的是戴望舒。"(艾青:《中国新诗六十年》,《文艺研究》,1980年第5期。)

面开展到这一节,诗的"散文美"没有得到正面的历史探索,反而因其粗糙的散文化一面而显出负面的效应。1930年戴望舒提出"韵和整齐的字句会妨碍诗情","诗的韵律不在字的抑扬顿挫上,而在诗的情绪的抑扬顿挫上","所谓形式,决非表面上的字的排列,也决非新的字眼的堆积"①。戴望舒诗论虽然没正面提出散文美,但内涵精神一定程度上与散文美是相通的,可以说是对新诗"散文美"一次感悟式的哲学说明。但戴望舒认为诗不借重绘画与音乐的成分,诗应在表现自己与隐藏自己之间,在真实与想象之间。这些都与艾青的诗学观点不同。戴望舒是现代主义诗人,艾青是现实主义诗人。废名1930年在北京大学中文系开现代文学课时,提出"新诗应该是自由诗"。②废名认为旧诗词文字是诗的,内容是散文的;新诗的内容是诗的,而文字是散文的。也就是说,新诗形式应该是自由诗,只要具有诗的内容,该怎样做就怎样做。庶几接近散文美的实义了,但散文美具体表现在哪些方面没有得到回答。有意思的是,废名的"散文的"不但可以描述诗的形式,而且可以描述诗的内容。这可是新诗理论史上第一次将诗的内容区分为"诗的"和"散文的",意义非常重大,尽管废名并没有深入而清晰地陈述"散文的内容"的真正内涵,当然也未能说清楚"诗的内容"的内涵。有了废名的这个区分,我们对新诗与古诗分际的认识,将走向一个更深的层次。这种分际将不只是形式的,还是内容的。之所以未能深入论证,与讲课的形式有关,《论新诗及其他》本身就是一部讲稿,这也与主题本身的哲学玄思性有关。

不过,与废名不同,艾青将新诗的"散文美"依然限定在形式层面。对新诗散文美进行了系统的理论思考的是艾青,他的这些观点在现当代新诗理论批评史上有重要的地位。主张新诗的散文美是他一贯的主张,其系统的表达是1939年的《诗的散文美》与1980年的《与青年诗人谈诗》二文。艾青将五四新诗革命时期展开的以破为指向的诗歌的"散文化"(诗体的大解放),推进到以"立"为指向的诗歌的"散文美"。尽管两者的目标指向不

---

① 戴望舒:《诗论零札》,《望舒草》,现代书局,1933年,第112-114页。
② 废名:《新诗应该是自由诗》,《论新诗及其他》,辽宁教育出版社,1998年,第16-23页。

同，但是思考的内涵向度基本在一个层面，指向形式而非指向内容。

艾青以历史发展的眼光，认为由欣赏韵文到欣赏散文是一种历史的进步，因为一个诗人写一首诗用韵文比用散文要容易得多。美的"散文"就是诗，美的散文往往是韵文的破坏者。散文先天比韵文美。艾青从哲学的美学高度来认识、肯定诗的散文美。其对诗歌散文美的自觉而成熟的认识表现了诗学中新的历史美感的瓜熟蒂落。五四新诗革命以来，经历各种流派的探索和探讨，新诗在吸纳"白话"后如何"散文化"的过程中获得了丰富经验。艾青博采众长，用自己的美学语言，建构了自己的美学体系，提出了新诗的"散文美"，这是艾青对历史一个大的理论馈赠。

诗的散文美表现在哪些方面，韵文诗（古诗）又有哪些弱点呢？艾青说："自从我们发现了韵文的虚伪，发现了韵文的人工气，发现了韵文的雕琢，我们就敌视了它；而当我们熟视了散文的不修饰的美，不需要涂抹脂粉的本色，充满了生活气息的健康，它就肉体地诱惑了我们。"[①]一是雕琢虚伪的人工气，另一是不修饰、不涂抹脂粉的生活气息，褒贬很明确。艾青诗歌理论的总着眼点是追求表达的自由和语言的自然。一者是内容，另一者是形式。诗歌的"散文美"指的是形式，最终通达的却是内容。

"散文美"的度未把握好往往滑入"散文化"，艾青严格区分诗的散文美与诗的散文化。他说不要用散文化误解散文美，散文化是诗歌的缺点。如前所说，散文美就是有内在节奏，念起来顺口、听起来和谐的口语美，此口语必须塑造丰富的诗歌形象。而诗的散文化是未用形象化的方式创作诗歌，往往表现为叙述方式，虽然看起来格律化其实还是散文化。他认为，杜甫的《石壕吏》和他自己的《藏枪记》就是如此。

诗的不修饰、不涂抹脂粉的生活气息美的一个重要的语言特征是口语美。"口语是最散文的。"口语存在于人的日常生活里，富有人间味，是美的。艾青说诗的散文美就是口语美。所谓口语美就是用口语写诗，不为押韵而拼凑诗，诗必须具有内在的节奏，念起来顺口、听起来和谐，用自己民族的口语表现自己的时代。无论是创作，还是诗学探讨，艾青从来不提新诗向

[①] 艾青：《诗的散文美》，《诗论》，人民文学出版社，1995年，第59页。

文言文"借美"。尽管这个问题在新诗发展史上，不断被搅得声势浩大，艾青却视而不见。口语美以全新的诗歌美学系统提出，给诗坛带来了另一种诗歌美学观察，以前很多诗歌理论家的语言探求多注目于声韵格律范畴，艾青在诗美方面掘了另一口井。艾青曾经用半嘲笑的"庸俗的艺术至上主义"[1]一词，表示自己对与新诗"散文美"不同的"声韵格律范畴"的探索。

具体来讲，在艾青眼里，诗的口语美体现在哪些方面呢？他说："语言的最高规律是纯朴、自然、和谐、简约和明确。"[2]艾青在《北方》诗集序中写道：

> 我是酷爱朴素的，这种爱好，使我的情感显得毫无遮蔽，而我又对自己这种毫无遮蔽的情感激起了愉悦。很久了，我就在这样的境况里持续着写诗。[3]

艾青认为，诗的语言要明朗、简洁、形象。即使很多年后，到了社会已经发生天翻地覆的 1950 年，艾青在《关于诗的一封信》也有大致相类的话："弃绝浮华的词藻，力求朴素与纯真。"这一年他谈到民间文艺的语言纯真、朴素、充满了生命力的特征时说，这个特征是一切伟大文学作品包括诗的必备的品质。[4]1981 年，他在评价《夏天的小诗》时还是以一如既往的视角，肯定了雷抒雁，"这几首小诗，是真正的小诗，语言精炼，达到了明快、单纯、朴素的标准，使人读了之后，留下了深刻的奇特的印象"。[5]可以看出，艾青的语言美学观前后几乎没有发生变化。艾青新诗"散文美"的这些语言要求，试图使新诗内在的两个因素"诗的"与"口语的"两者达到和谐、均衡、匀称。

散文美、口语美表现在体式上就是自由体。艾青写的诗几乎都是自由体，成就最高的也是自由体。中华人民共和国成立后，为了接受中国诗的民

---

[1] 艾青：《序》，《北方》，文化生活出版社，1942 年，第 1 页。
[2] 艾青：《诗论》，人民文学出版社，1995 年，第 113 页。
[3] 艾青：《序》，《北方》，文化生活出版社，1942 年，第 1 页。
[4] 艾青：《谈大众化和旧形式》，《艾青选集》（第 3 卷），四川文艺出版社，1986 年，第 166 页。
[5] 艾青：《读雷抒雁〈夏天的小诗〉》，《激情编年：雷抒雁诗选》，作家出版社，2008 年，第 3 页。

族传统，他竭力使自己的诗格律化、民歌化，但并未成功。艾青在晚年回忆自己一生的创作时曾有过"一九五三年回老家一次。收集了抗日战争期间在浙东一带的历史，但以民歌体写的叙事长诗《藏枪记》却失败了"[①]的记载。经过多年的探索和反思，艾青坚定认为自由体受格律的制约少，表达思想比较方便，容量大——更能适应激烈动荡、瞬息万变的时代。它是新世界的产物，比格律诗更解放，容易为人掌握。但自由体并不见得比格律体好写。自由体倾向于根据感情的起伏而产生内在的旋律。[②]改革开放初期，艾青在回答"新诗以什么为基础发展为好？"这个问题时讲：

> 这很好解决，就让那些主张在古典和民歌的基础上发展的人去发展好了。我不受外界干涉，排除一切理论框框。你觉得要那样发展，你就写嘛，大家喜欢看，就有发展前途；大家不喜欢，前途就没有，有前途也不宽广。以古典和民歌为基础，写得好的，我们赞成。但你要硬说这是唯一的基础，那是说不通的，至少我这里走不通。我不听什么"应该这么写"、"应该那样发展"。没有人向我指过诗路该怎么走。大路朝天，各走半边，怎么顺手就怎么写。总之，以一种形式为基础发展新诗是不行的。[③]

仅仅从行文看，艾青似乎主张要以多种形式为基础发展新诗，但是仔细辨别文字背后的"声音"，其实他对"主张在古典和民歌的基础上发展"新诗的看法是保留自己意见的。自由体、散文美，是艾青对新诗发展道路的自信。

最后，还是以既是诗人也是诗论家的吴奔星的一段话作为对艾青诗论的总体评断，这是诗人对诗人的心心相印之评，也是同时代两个诗论家的惺惺相惜之断。

> 艾青的诗论是在抗日战争的硝烟中诞生的，是在中华民族的生死存亡的关键时刻成熟的，是在祖国处于一个新的历史时代发展

---

① 艾青：《在汽笛的长鸣声中》，《读书》，1979年第1期。
② 艾青：《和诗歌爱好者谈诗》，《诗论》，人民文学出版社，1995年。
③ 艾青：《答〈诗探索〉编者问》，《诗探索》，1980年第1期。

的。他的诗论,既有中国特色,又有个人风格。艾青的诗论很少引用中国古人的诗话,却继承与发展了中国的古代诗论;艾青的诗论也很少引用西方洋人的言论,却借鉴与刷新了西方洋人的诗论。他的诗论既没有食古不化的毛病,也没有食洋不化的缺点。他的诗论立足于中国现当代新诗发展的历史实际,静观默察,以古人和洋人的诗论作为参照系,融汇(会)贯通,成为一家之言,具有鲜明的民族特色和特定的时代精神。他的诗论是中国历代诗话在新的历史条件下的一次新的发展。这是艾青的诗论的根本性质。这种性质分别体现在诗人与人民的关系上,体现在诗人所生活的时代的联系上,体现在诗人所承传的历史的纽带上。……艾青诗论的性质,启示中国的诗人:不要忘记自己是"中国人",不要忘记中国的过去和现在,要写出作为人民的代言人和时代的代言人的辉煌的诗篇。只有这样的诗才能代表中华民族,为世界所承认,走向世界,在人类历史的长河中引起波澜,显示独特的美学价值。①

第二节　臧克家的半自由诗理论

　　臧克家诗歌理论的影响力,来源于著名诗人的身份,也来源于一种"出版机构"的管家身份。在中国当代文坛,《诗刊》有着特殊的影响,其地位自不待言,它是中国作家协会的机关刊物之一,是主流意识形态声音在诗坛的延伸。《诗刊》在特殊的时代,代表着国家权威;重要的是,刊物一旦和国家政治发生关系,就更加有了一种特殊的话语权。因《诗刊》与国家领袖的一段特殊情缘,在一个特殊的时间段内它的诗学话语权非常特殊。毛泽东、陈毅等都曾在《诗刊》发表诗歌,并给编辑部写信,表达自己的诗歌观点。②臧克家在1957年1月《诗刊》创刊时即任主编。③臧克家不仅以其写的

---

① 吴奔星:《艾青诗论的导向作用》,《海南师范学院学报》,1994年第1期。
② 张自春:《领袖态度与刊物"仕途"——毛泽东与〈诗刊〉(1957—1976)》,《粤海风》,2016年第5期;李仲凡:《〈诗刊〉发表毛泽东诗词的文学史影响》,《陕西理工学院学报》,2011年第4期;杨建民:《陈毅元帅与〈诗刊〉轶事》,《党史纵览》,2009年第6期。
③ 连敏:《论作为〈诗刊〉主编的臧克家》,《江汉大学学报》,2006年第5期。

诗学文章发生重大影响,而且以其编辑思想与风格影响诗坛,因此他在当代诗歌批评史上是以多重身份产生重要影响的。一位研究者简要地概况了作为诗歌理论家臧克家的影响和贡献:"臧克家不仅是重要诗人,也是重要的诗论家。《臧克家全集》一共 12 卷,其中 4 卷左右都是诗论,《克家论诗》一书是中国新诗不可忽视的诗学著作。"①臧克家的诗论文章数量惊人,当年的影响力更是不可小觑。

一、"生活":发展的阐释

文学作品与生活的关系是中外文艺理论史上一个重要的基本理论问题。古希腊柏拉图就系统地思考过文艺与现实世界的关系。我国《尚书·尧典》中"诗言志"的看法也是对此问题的素朴回答。这些早期的思考都有一个特征,那就是从形而上的哲学层面着眼。然而,与此有不同思维路向的是,在现当代文学史中,文学与生活的关系问题被反复地阐释,往往与不同的具体社会历史问题纠结在一起。

考察中国当代文学时,"关键词"探源是一种很重要的方法。自从雷蒙·威廉斯的《关键词:文化与社会的词汇》②一书译介引进到国内,这种方法更是广泛传播开来。洪子诚和孟繁华主编的《当代文学关键词》③,对当代文学中的重要关键词的社会内涵都做了梳理。在该书收录的 28 个有关中国当代文学的关键词中,其中含有"生活"二字的关键词有 3 个,分别是"生活""干预生活""日常生活"。其他还有一些关键词与"生活"间接相关,如"思想改造""歌颂与暴露""民间"等。可以说,考察中国当代文学时,"生活"是一个很重要的关键词。

在当代文学中,可能很少会有哪个关键词像"生活"一样具有那么重要的地位。在作家无数成功或不成功的创作经验谈里,几乎无一例外地都把"生活"摆放在极为显赫的位置上。没有生活就没

---

① 吕进:《作为诗论家的臧克家》,《重庆晚报》,2015 年 10 月 31 日。
② [英]雷蒙·威廉斯:《关键词:文化与社会的词汇》,刘建基译,生活·读书·新知三联书店,2005 年。
③ 洪子诚、孟繁华:《当代文学关键词》,广西师范大学出版社,2002 年。

有创作,文学是生活的反映,这在当时已经是无须证明的结论了。而同样,在文学批评中,它也成为衡定作品是否成功的关键性标尺,"脱离生活"、"歪曲生活"、"我们的生活难道是这样的吗?!"就是50—70年代文学批评中频繁使用,往往有"当头棒喝"功效的标志性语汇。在统一的高等院校文科教材《文学基本原理》(或《文学概论》)中,"文学与社会生活"永远是必不可少的一个重要章节,一般是由"文学起源于社会生活"开讲,收束于"文学是社会生活的反映"。而在文学史的叙述中,那些"摹写""生活",特别是下层人民生活的作家作品也会占据较多的篇幅并得到很高的评价。①

尽管在当代文学中,对"生活"的理解深深打上主流意识形态的烙印,因而面目趋同,然而认真辨析后可以发现,当代不同的作家对"生活"一词的文学意义却有着不同的理解,同一作家在不同时期的看法也因时而异。考察一个作家在文学与生活关系上的观点时,应避免简单化的平面概括,要注意到其中的前后变化;还要进一步考察这变化与时代社会因素的多种关联。

在这里,我们可以认真考察一下臧克家诗学观中的关键词"生活"。要考察臧克家的诗学观,首先必须注意到他反复强调的生活是诗的本源,正如他所说,"生活的大树"无限广阔,"诗人的眼光要像生活一样的宽广"。②这样的观点在现当代诗歌史上占有主流的地位,并非臧克家独享,1942年《在延安文艺座谈会上的讲话》发表后更是被普遍接受的。

> 一切种类的文学艺术的源泉究竟是从何而来的呢?作为观念形态的文艺作品,都是一定的社会生活在人类头脑中的反映的产物。革命的文艺,则是人民生活在革命作家头脑中的反映的产物。人民生活中本来存在着文学艺术原料的矿藏,这是自然形态的东西,是粗糙的东西,但也是最生动、最丰富、最基本的东西;在这点上说,它们使一切文学艺术相形见绌,它们是一切文学艺术的取之不尽、用之不竭的唯一的源泉。这是唯一的源泉,因为只能有这样的源泉,此外不能有第二个源泉。……中国的革命的文学家艺术家,

---

① 萨支山:《生活》,《南方文坛》,2000年第6期。
② 臧克家:《学诗断想》,北京出版社,1962年,第27页。

有出息的文学家艺术家，必须到群众中去，必须长期地无条件地全心全意地到工农兵群众中去，到火热的斗争中去，到唯一的最广大最丰富的源泉中去，观察、体验、研究、分析一切人，一切阶级，一切群众，一切生动的生活形式和斗争形式，一切文学和艺术的原始材料，然后才有可能进入创作过程。否则你的劳动就没有对象，你就只能做鲁迅在他的遗嘱里所谆谆嘱咐他的儿子万不可做的那种空头文学家，或空头艺术家。①

《在延安文艺座谈会上的讲话》所阐明的"文艺生活观"深深地影响了一个时期的文艺历史走向，中华人民共和国成立后这种观点更是具有排他性的地位。诗歌与生活的关系作为文艺与生活的子课题，也只能在同样的框架中被答复。遗憾的是，这时期对诗与生活之间的复杂关系未能深入认识，甚至是被狭窄化；"生活"也往往被狭隘化，与具体的政治运动联系在一起。臧克家关于诗歌的认识往往受到这个大背景的影响。

早在1934年臧克家就认为作诗要慎重选择材料，不要发泄纯属个人的悲欢，应以多数人的苦乐为苦乐。②他强调的是诗歌的社会意义与大众情感，排斥诗歌的个人性。这样我们也就不难理解，臧克家写于这一年的《论新诗》。他认为：徐志摩的诗装满了闲情，那轻盈的调子只适合填恋歌，伟大的东西是装不下的；戴望舒的诗表现了一种轻淡迷离的情感和意象。③臧克家强调的是诗人要有伟大的灵魂，抛开个人的享受，要有敏锐的眼睛，看到未来。经过抗日战争的洗礼，诗人的观点又发生了进一步的延伸，他说，诗人必须忠于生活，个人的生活必须插进群众生活的海洋里，这样的生活才宽广，才深宏。抗战前强调的是以大众的悲欢苦乐为悲欢苦乐，抗战后强调的是个人插进群众。后者是前者的方法，要真正做到以大众悲欢苦乐为诗人内心的悲欢苦乐，只有个人融入群众，抹去个性而走向群众化。按此逻辑延伸，不难发现，其中隐含的一个话语逻辑是：当个人与群众矛盾，个性排斥

---

① 毛泽东：《在延安文艺座谈会上的讲话》，《毛泽东选集》（第3卷），人民出版社，1991年，第860-861页。
② 臧克家：《新诗答问》，《太白》，1934年第2卷第3期。
③ 臧克家：《论新诗》，《文学》，1934年第3卷第1号。

群众化时，怎么办？只有改造个人了。不过"改造"主题这时在臧克家这里还未明确展开。

1956年臧克家发表了《"五四"以来新诗发展的一个轮廓》①，这是当代新诗批评史上一篇重要的文献。这篇篇幅不短的文献最初是作为臧克家编选的《中国新诗选 1919—1949》的代序出现的。意大利历史哲学家克罗齐曾经讨论过"一切历史都是当代史"②的命题。他说："当代史固然是直接从生活中涌现出来的，被称为非当代史的历史也是从生活中涌现出来的，因为，显而易见，只有现在生活中的兴趣方能使人去研究过去的事实。因此，这种过去的事实只要和现在生活的一种兴趣打成一片，它就不是针对一种过去的兴趣而是针对一种现在的兴趣的。"③现在这句口号似的话已经变成了一个常见而深刻的名言。对这段玄奥而哲思性的话作一种"诗意"的表达和理解，可以改写为：任何历史的写作都投射了当代人的眼光，历史在不断的书写中呼吸生长。这是从历史写作的角度看问题，当眼光从另一方向切入时，可以发现人们要阐释新的"现实"问题时，往往是去重新书写、阐释历史，在历史中去寻找现实的合法性。反过来，读者透过叙述者对历史的分析与批评就可以把握其所阐释的对当下文本的观点。

臧克家作为主流意识形态的诗人和"官员"（《诗刊》主编）④，不但要通过自己的创作保持对主流意识形态的跟进，而且要通过其他的"诗歌活动"保持对主流意识形态的互动。作为一种"编选活动"，臧克家编选《中国新诗选 1919—1949》⑤就是要用自己的新诗歌观（其实是当时的主流意识

---

① 臧克家：《"五四"以来新诗发展的一个轮廓》，《中国新诗选 1919—1949》，中国青年出版社，1956年；后又收于臧克家：《在文艺学习的道路上》，上海文艺出版社，1962年；《克家论诗》，文化艺术出版社，1985年。
② 关于"一切历史都是当代史"的翻译，有人认为并不准确："克罗齐命题"的准确翻译应为"一切真历史都是当代史"。由于翻译之误、语境之误、对"当代"的理解之误，导致这一经典短句至今仍被不少人误读。（单颖文：《"一切历史都是当代史"？》，《文汇报》，2016年8月19日。）
③ 贝奈戴托·克罗齐：《历史学的理论和实际》，傅任敢译，商务印书馆，1982年，第2页。
④ 连敏：《作为〈诗刊〉主编的臧克家》，《江汉大学学报》，2006年第5期。
⑤ 该书1956年初版，1957年、1979年分别修订。选辑的诗人、诗作都有变动，其代序《"五四"以来新诗发展的一个轮廓》也有较大幅度的改动。具体情况可以参考袁洪权：《〈中国新诗选（1919—1949）〉的版本、编选与代序修订》，《现代中文学刊》，2014年第5期。

形态）来重新梳理新诗史，如这部当年影响广泛的诗选就将"白话新诗之父"胡适的诗排除在外。通过编选诗选的方式来表达和书写自己的或时代的诗歌观，是一种常见的历史策略。

这本诗选的序言《"五四"以来新诗发展的一个轮廓》描述了臧克家眼中的新诗历史图景，最全面而系统地传达了作为叙述者臧克家的诗学观念。在这篇序言文章中，臧克家对新诗的发展历史勾勒了粗线条：

> 新诗，在每一个历史时期，留下了自己的或强或弱的声音，对于人民的革命事业作出了一定的贡献。从诞生的那一天开始，它就肩负着反帝反封建的历史任务，在阻碍重重的道路上艰苦地努力地向前走着。它的生命史也就是它的斗争史。在前进的过程中，它战胜了各式各样的颓废主义、形式主义，克服着小资产阶级的个人主义情调，一步比一步紧密地结合了历史现实和人民的革命斗争，扩大了自己的领域和影响。①

臧克家认为，新诗一诞生就向着现实主义的道路走去，这和共产主义思想的领导与影响是决然分不开的。在这个总体判断下，臧克家把现代新诗史阐释为两条路线的斗争史。他认为冰心的诗除了大自然的描写与欣赏、母爱与童真的歌颂与倾心外，很少触及有社会意义的主题，是把个人趣味与轰轰烈烈的反帝反封建的伟大斗争对立起来。并且，可以清晰地梳理出与冰心诗歌类似的发展线索，如新月派、象征派、现代派。臧克家指责这些诗人以"超阶级"的资产阶级思想，来掩盖以"艺术至上论"模糊人民的阶级斗争意识的行为。与此相对，臧克家肯定了邓中夏、郭沫若、蒋光慈，认为这些诗人走向了一条革命的社会性诗歌的发展道路。

这篇可以称得上"臧氏简要现代新诗史"的文章第一次全面而明确地把现代新诗史概括为两条相对立路线的斗争史，影响非常大，在其后很长的一段时间内一直产生着影响。在1958年大规模的关于新民歌的讨论中，为了给新民歌寻找理论的合法性依据，许多文章的做法就是把现代新诗的历史阐释

---

① 臧克家：《"五四"以来新诗发展的一个轮廓》，《中国新诗选 1919—1949》，中国青年出版社，1956年，第2页。

成两条道路的斗争史。一条是社会主义、共产主义的道路,是东风;另一条是资产阶级的道路,是西风。两条路线的斗争结果自然是东风压倒西风。臧克家的这种对现代新诗史的解读精神在"大跃进"时期新民歌发展道路的讨论中发挥到了极致。①在广阔的背景中,可以看到臧克家的思维模式广泛地渗透进了整个当代对现代新诗史的阐释。新诗史的这种阐释模式在当代诗坛广泛蔓延,直到新时期才逐渐告退。

在《"五四"以来新诗发展的一个轮廓》中,臧克家的一个不言自明的观点是:新诗应该表现社会主义、共产主义内涵的生活,不应表现甚至要批判"资产阶级"的生活内容。这时臧克家就把诗与生活的关系纳入一种阶级话语的轨道和框架,两者间的关系被带到阶级话语空间,正如他在1955年总结自己的经验时所说的:诗创作离不开诗人的生活,这种生活是某个历史时期最鲜明、最激烈的阶级斗争生活。甚至认为深入斗争生活,建立坚强的无产阶级的思想感情,是作为诗人的最重要的条件。②

到了1957年反右派斗争时,臧克家的上述观点借助时代的激荡背影更加激进化。他撰文批评艾青的诗是反党反社会主义的。写于1957年的《1956诗歌战线上》批评1956年的诗坛还没有抓住时代精神,思想性还较弱,选材不大注意意义的轻重和价值的大小。他批评了这年产生的大量爱情诗和风景诗,认为有更重要的东西值得歌颂;他甚至批评了一向尊重的老师王统照的诗,说其与所处的时代大变动比,声音还微弱。

可以看到,臧克家从20世纪三四十年代论诗始,即注重诗要反映时代精神,要有社会价值,一直发展到主张诗要反映国内外的重大政治事件、阶级生活。我们看到了最初的一位诗歌热血青年对大众生活的关注到流行的题材决定论的发展路向。

不过,臧克家毕竟是一位有艺术气质的诗人,时代的氛围不可能完全压抑他诗学观中艺术的火种。在可能的时代缝隙中,潜在的艺术火种就会借机在文字的缝隙中冒出火星。从中我们可以看到时代强大主流诗学话语中的潜

---

① 请参考本书第五章"激情癫狂:新民歌的理论话题"。
② 臧克家:《学诗过程中的点滴经验》,《在文艺学习的道路上》,上海文艺出版社,1962年。

在的细流。1959 年臧克家读到当时新编的《唐诗三百首》，他对编者对"政治第一""古为今用"的原则未能准确理解颇有异议：认为新选本删去了旧选本中一些好诗，"有些诗并没有直接反映现实社会斗争，但很好地抒发了个人的情感，或对祖国的自然风物作了生动的描绘"，也应肯定。这与前文提到的他在写于 1957 年的《1956 诗歌战线上》中的观点，批评大量产生的爱情诗和风景诗，没有歌颂更重要的东西，有天壤之别。个人情感和自然风物又重新得到了肯定。在写于 1961 年的《学诗断想》中，他也认为诗的题材不应局限在"斗争的火花"即重大题材。如果诗只写"斗争"的火花，那将失去许多"优美动人的爱情诗、田园诗、山水诗，以及抒写离愁别恨、旅途辛苦、友朋赠答、游子思乡的佳作"[①]。在臧克家眼中，文学中的"生活"丰富多彩起来了。

以上内容可以看到臧克家的前后观点有变化，有矛盾，从这些变化和矛盾中，可以感受时代主流诗学观与他个人诗学观的相互生成而又潜存的复杂特征。这也反映了整个当代诗歌理论中各种矛盾相互生成而又相互疏离的倾向。

二、精炼·大体整齐·押韵

（一）历史背景

新诗到底要走一条什么样的道路，即使在当下也是充满争论的话题。这种争论有时候是显山露水的，各方直接针锋相对；有时候却是换了一种形式来提问。比如，一个持续多年并引起几乎所有重要诗论家关注的"新诗传统"的讨论[②]，牵涉的其实就是新诗发展道路的问题。关于新诗发展道路的问题在 20 世纪 50 年代末 60 年代初有过一次大范围的轰轰烈烈的讨论，从普通诗人到著名诗人，从老百姓到文艺界的领导，甚至国家最高领导，都有参

[①] 臧克家：《学诗断想》，北京出版社，1962 年，第 36 页。
[②] 孙玉石：《新诗与传统关系断想》，《诗探索》，2000 年第 1-2 辑；郑敏、吴思敬：《新诗究竟有没有传统？》，《粤海风》，2001 年第 1 期；朱子庆：《无效的新诗传统》，《华夏时报》，2003 年 5 月 25 日；王光明：《传统：标准还是资源？》，《湛江师范学院学报》，2004 年第 5 期；白烨：《新诗究竟有没有传统？》，《人民日报（海外版）》，2005 年 1 月 17 日；江弱水：《从三首旧题新咏的现代诗谈传统的转化》，《西南大学学报》，2010 年第 3 期；李怡：《"传统"与中国新诗的艰难性》，《江苏师范大学学报》，2015 年第 1 期。

与。本书的第五章对此有论述。这次有关以"新民歌"为中心的讨论，敞开讨论了许多问题，讨论的时间长、范围广，参加讨论的人有很多著名诗人和理论家。不过也因为文艺界领导的"定调"，尤其是最高领导的参与，使得讨论的向度还是受到某种局限，如关于自由诗写作的讨论就没有得到应有的关注。这是一个牵涉到历史描述、问题判断、未来期望的大问题。

臧克家在 20 世纪 60 年代初期提供了自己关于中国新诗发展道路的理论思考，我们重新思考他的论述，也许能更多地获得收获。据臧克家写于 1961 年 6 月的《精炼·大体整齐·押韵》中的看法，新诗要"精炼、大体整齐、押韵"是毛泽东的意见。

> 毛泽东同志对于新诗的发展，是很关怀的。记得一九五七年一月，他和我们谈话的时候，有一部分话题是关于新诗的。在新诗创作的具体问题上，毛泽东同志表示了这样的意见，那便是：精炼·大体整齐·押韵。毛泽东同志还曾经提出过：新诗要在民歌和古典诗歌的基础上发展。①

毛泽东过世后，臧克家在一篇回忆文章中，提到毛泽东认为"新诗太散漫，记不住"，而"应该精炼，大体整齐，押大体相同的韵"，为此"可以搞一本'新诗韵'，专为写新诗用的较宽的韵书"。②

尽管臧克家认为"精炼、大体整齐、押韵"是毛泽东的观点，关于这一点目前找不到相关直接材料来佐证，但是这个观点是臧克家认同的，这毫无疑义。早在 20 世纪 30 年代臧克家就认为：新诗需要音调；虽然没有明确提出"押韵"的要求，但是已经提到"音调"的问题；一句诗、一句诗的一个字，诗人是决不可放松的；新诗要注重严整的技巧，有为简练而揣摩的工夫；但不赞成新诗要一定形式的观点，因为形式一固定就有了限制。③ 臧克家赞成新诗走自由体之路，形式不拘，但是又提出"严整"和"简练"的要求，接近于"精炼"了。要达到这个要求，途径就只有一句一字都不放松

---

① 臧克家：《精炼·大体整齐·押韵》，《学诗断想》，1962 年，第 1 页。
② 臧克家：《伟大的教导 深深的怀念》，《怀人集》，上海文艺出版社，1980 年，第 3 页。
③ 臧克家：《论新诗》、《新诗答问》，《克家论诗》，文化艺术出版社，1985 年。

了。正如他在《烙印》中这样回忆自己的创作甘苦："我写诗和我的为人一样是认真的。我不大乱写。常为了一个字的推敲一个人踱尽一个黄昏。"①

这种炼字、揣摩的功夫表现在诗歌美学风格上就是凝练、谨严、含蓄。臧克家在1944年重庆现代出版社出版的《十年诗选》序中说：

> 固然不能低估了形式的价值。但诗，无论如何你得承认它是从内向外的。什么样的生活，产生什么样的感情、思想。什么样的感情、思想，要求一个什么样的形式去装它。我的生活态度比较谨严、朴实、热情，所以我的诗也是同样。我讲求凝练。我把一个材料向心的深处沉埋，像今天变成煤块的树木，千万年前向大地的深处沉埋一样。我注重推敲。但决不是玩弄什么技巧的把戏，好比照相，我在苦心寻找思想和感情饱和交凝的焦点。我要求谨严、含蓄。因为我尊重读者，不把他们当傻子。谨严就是应有尽有，不多也不少。含蓄就是力的内在。诗不是散文，应该让读者享受一点属于他们的权利。②

从上可以看出，"精炼、大体整齐、押韵"的思想于中华人民共和国成立前就在臧克家的诗学理论中有初步的呈现。中华人民共和国成立后，臧克家对这个论点逐步思考，进一步系统化，最突出的理论成果是《精炼·大体整齐·押韵》，这是他为自己的理论找到的最高权威，从而为自己的理论也为个人找到那个时代的"避风港"。

（二）精炼

臧克家认为新诗之所以常受人诟病，主要是因为写的"噜苏"和"散漫"，因此"不精炼或不够精炼，确是新诗写作上的一个大问题"③。在他看来，所有诗人都要面对"运用口语（或接近口语的语句）而不流于松懈、散漫、噜苏，对于诗人来说是一个相当严重的考验"④。在语言精炼上，新诗与

---

① 臧克家：《再版后志》，《烙印》，开明书店，1945年，第105页。
② 臧克家：《序》，《十年诗选》，现代出版社，1944年，第14页。
③ 臧克家：《精炼·大体整齐·押韵》，《学诗断想》，北京出版社，1962年，第1-2页。
④ 臧克家：《精炼·大体整齐·押韵》，《学诗断想》，北京出版社，1962年，第2页。

旧诗的要求是一样的，不能因为应用口语写诗的权利而将诗写得"诗句泛滥、拖拖沓沓"。臧克家进一步认识到了语言精炼背后的深层关联："精炼就是使语言表现诗人的思想情感，到了恰到好处的程度。"①从论述的逻辑可知，精炼在表层是一个语言问题，最终还是和思想感情联系在一起。这个逻辑是隐含的，作者并没有明说。在另外两段论述中，就说得更加明晰。他说："丰富的内容，才可以概括出精美的东西来。如果内容空虚，单是在语言文字上求精炼，那样越求精炼就越显得干瘪。一首精炼的好诗，应该是内容的丰富与艺术的洗炼统一体。"②另一段文字则认为：

> 精炼，是艺术表现的问题，也是如何运用最恰当的字句充分而美满地表现思想内容的问题，从中可以看出诗人的概况能力、造句下字的艺术功力。这和作者生活经验的丰富与贫乏、思想情感的强烈与薄弱有很大的关系。同时，它和为艺术创作所必不可少的文艺修养、艰苦磨炼、一丝不苟的精神也是分不开的。③

可见，在臧克家看来，精炼不仅如通常所理解的体现在语言文字上，而更主要地体现在表达的内容上。诗歌的精炼问题是语言问题，但是又必须穿越内容去透视语言，否则讨论诗歌的精炼问题很容易走向单一的虚无。

如何去达到诗的精炼？臧克家认为必须反复酝酿推敲，在这一点上他继承了古代诗学中的"炼字"说。诗要精炼，必须不断地体验、思考和推敲；一挥而就，或是轻易满足都可能阻碍作品达到最高艺术境界。他对一些概括不精炼、一览无余的诗歌现象常常提出批评。臧克家作为诗坛的前辈及领导者，跟踪式地评介诗坛的新现象和新诗人是他的任务和职责。"精炼"是他批评的重要标准之一。

他认为1956年的诗坛：

> 总感觉内中许多诗，有热情，有新鲜感觉，有诗意，可是写得不够精炼，不够完整。一个倾向是：总抑制不住自己把该放在言外

---

① 臧克家：《精炼·大体整齐·押韵》，《学诗断想》，北京出版社，1962年，第2页。
② 臧克家：《精炼·大体整齐·押韵》，《学诗断想》，北京出版社，1962年，第3页。
③ 同②。

的全兜揽了进来。诗的好坏是不能和它的长短成正比的。许多诗闪耀着动人的金光，但其中也掺杂了泥沙。粗糙，不精炼，诗的意境不完美，成为一个普遍的现象。①

臧克家在《"五四"以来中国新诗发展的一个轮廓》的宏文中，谈诗论人，赞赏抗战诗歌用"乐观主义情调的高昂的声音"，表现了民族的气魄和觉醒。然而正是这点却带来了"比较浮泛，比较粗浅"②的缺点。尽管臧克家认为这主要是对"伟大广阔的现实"了解得并不深切，其实也有语言上不精炼的原因。

精炼作为一个语言上的诗学问题，牵涉的一个更大问题是：新诗是否要借鉴古诗，如何借鉴古诗，借鉴古诗的哪些方面？

臧克家认为，尽管"新诗和旧诗，由于运用的形式和语言文字的不同，在表现方面就各有长短。有许多旧诗，情味十足，耐读，惹人喜爱，如果把它们改译成新诗，就感觉有点兴味索然，至少是受到很大的损失"③，旧诗的"以少胜多的极为高强的概况力"，涉及"造句遣词等等的具体问题"④。

> 旧诗，特别是律诗、绝句，字句有限而内容却极丰富，这和使用的文字有密切关系。旧诗里面的一个单音字、一个词、一个典故、一个习惯用语所表达的思想情感，新诗就得用加倍甚至更多的字才能表现清楚，在韵味方面往往还受到损失。旧诗有时把主语、谓语……省却，有时动宾结构被拆开，使人的想象力去搭桥，它运用汉字特有的单音特点和平仄关系，造成对偶和声调的音乐美。一个单音汉字，在一个名诗人手中，颠之倒之，极随便又极经意，应

---

① 臧克家：《在一九五六年诗歌战线上——序一九五六年〈诗选〉》，《克家论诗》，文化艺术出版社，1985年。
② 臧克家：《"五四"以来中国新诗发展的一个轮廓》，《中国新诗选 1919—1949》，中国青年出版社，1956年，第27页。
③ 臧克家：《新诗旧诗我都爱——新诗，照着毛主席指示的方向前进!》，《学诗断想》，北京出版社，1962年，第11页。
④ 臧克家：《新诗旧诗我都爱——新诗，照着毛主席指示的方向前进!》，《学诗断想》，北京出版社，1962年，第13页。

用自如，往往达到神而化之的地步。①

旧诗的这些特点，有时候"不免造成削足适履或意义不显形成猜谜局"的缺点。尽管新诗在这方面有优胜之处，但是也带来了避免不了的缺点："像口语提炼得不够精美，缺乏音乐性因而不能铿锵悦耳，许多诗句像无堤之水，一泄无余。"②为克服这种不"精炼"的缺点，新诗必须向古典诗歌学习。

古典诗歌的"精炼"，如何学？臧克家说："新诗，在语言方面，当然应该以提炼过的口语为主，可以适当运用一些文言字和词"，"适当运用典故、神话，讲求对比，甚至从广义方面讲求点对仗、平仄和双声叠韵"。③

新诗在各方面因素的共同作用下，最终形成一种综合的精炼的美学风格。在这种美学风格主导下，臧克家认为诗不宜写得过长，长诗难免拖沓、枝蔓，不易热情贯注、精美动人。短诗胜于长诗。④诗歌的精炼美学风格就是朴素之美：在朴素与华美之间，臧克家的诗写得朴素简洁，他推崇的是朴素之美。他多次在文章中谈到自己的这个风格。⑤

（三）大体整齐

"整齐"问题实际上是"精炼"问题的延伸，是为如何达到"精炼"理想状态，以臧克家为代表的理论家开出的一个可以说宏观也可以说具体的建设方案。包括臧克家在内的诸多诗歌理论家都对新诗克服"自由散漫"而走向"精炼"有一种理论想象。这种理论想象经过许多代诗学家的讨论阐释，虽然已成了熟悉的"滥调"，但是依然魅力诱人。直至近些年，还有很多研究者试图贡献诗体的建设方案，其实都是这种理论想象的变种。贡献的建设方案或具体或粗简，大都遭受了"挫折"，要么遭到另一些理论家的批评，要么

---

① 臧克家：《新诗旧诗我都爱——新诗，照着毛主席指示的方向前进！》，《学诗断想》，北京出版社，1962年，第13页。
② 同①。
③ 臧克家：《新诗旧诗我都爱——新诗，照着毛主席指示的方向前进！》，《学诗断想》，北京出版社，1962年，第17-18页。
④ 臧克家：《臧克家长诗选》，山东文艺出版社，1982年，第1页。
⑤ 臧克家：《生命的零度·序》、1956年版《臧克家诗选·序》、1978年版《臧克家诗选·序》，《臧克家文集》（第2卷），1985年。

在写作实践中根本没有人理睬，不得不无疾而终。

臧克家的新诗"大体整齐"的建设方案是在逐步讨论中形成的。新月诗派的诗人们在新诗诗体的探索上最有成绩。"我们不怕格律。格律是圈。它使诗更显明，更美。形式是官感赏乐的外助。格律在不影响于内容的程度上，我们要它。"①陈梦家在《新月诗选》序言中阐明的诗派追求，闻一多表现得最为鲜明，"诗的实力不独包括音乐的美（音节），绘画的美（词藻），并且还有建筑的美（节的匀称和句的均齐）"②这样的观点，将新诗诗体如何建设的讨论推到一个"高峰"。闻一多的1933年《死水》诗集中的以《死水》一诗为代表的很多诗都是"三美"理论试验的成功作品。③

臧克家作为闻一多的学生，无论是诗歌风格还是诗学观点都受到闻一多的影响。他公开谈到"《死水》我几乎全能背诵"，"用它滋养自己"，影响到自己写诗"精炼、严肃"的风格④。臧克家在大学写诗时，曾经有过动摇了对"诗坛先进们的崇拜观念"、毁掉了先前的诗稿的经历，就是因为闻一多的巨大影响。他说："读了他的《死水》，我放弃了以前读过的许多诗，也慢慢地放弃了以前对诗的看法。"⑤臧克家不得不面对闻一多新诗"三美"的理论遗产，并做出自己的思考。这个"重负"影响了他的一生理论走向。终其一生来看，臧克家的诗学观点都打上了闻一多和毛泽东的印记。这种印记是理论背后的思维结构。臧克家和两位"老师"的诗学观点没有大的不同，小的"对话"也是发生在同一结构之中的。一个例证是，他在谈新诗的"整齐"时说，"诗的整齐，有着闻一多先生所说的'建筑的美'的意义"⑥。

臧克家认为"新诗由于表现工具的不同，想要求像古典诗歌里格律诗那样严格，没有必要也很少可能。所以说希望大体整齐"⑦。他认为"大体"二字十分重要。古典诗歌的律诗和绝句，十分整齐；传统民歌中的大部分，也

---

① 陈梦家：《序言》，《新月诗选》，诗社，1931年，第15页。
② 闻一多：《诗的格律》，《晨报副刊·诗镌》（创刊号），1926年4月。
③ 闻一多：《死水》，新月书店，1933年。
④ 臧克家：《我的先生闻一多》，《臧克家回忆录》，中国工人出版社，2004年，第181页。
⑤ 臧克家：《我的先生闻一多》，《臧克家回忆录》，中国工人出版社，2004年，第180页。
⑥ 臧克家：《精炼·大体整齐·押韵》，《学诗断想》，北京出版社，1962年，第3页。
⑦ 臧克家：《精炼·大体整齐·押韵》，《学诗断想》，北京出版社，1962年，第4页。

基本如此。闻一多在新诗"整齐问题"上的有意义的试验，小部分过于严格的诗歌（音组相等、字数划一）是豆腐干式的削足适履。

"大体"又表现在何处呢？臧克家认为在行与行相互映衬的时候，音组方面要大致相等，也可以有些出入；倘若每行音组固定为一定数目，有时难免机械。至于单音尾、双音尾问题，他认为无关大体，对于诗行的整齐与否并不十分重要。

> 学习民歌和古典诗歌在建行、对称、结构等方面的经验和成就，这就符合新诗要在民歌和古典诗歌的基础上发展的精神。如果写的是新诗，在形式方面过于受到古典诗歌的影响和拘限，可能造成一种形似古典诗歌的新诗。①

关系整齐问题的两个重要方面是文言字句和口语化的句子如何应用。应该使文言字词为创造整齐而音节和谐的新诗服务，但不能泥古，损害内容。他认为"要求新诗大体整齐，其中既包含向古典诗歌学习的意义，更重要的却是如何运用精炼的口语既舒畅又有节奏地表现我们的革命思想和感情"②。新诗创作更重要的是一个"发展"的问题，如何使用口语创造出大体整齐的新诗。

（四）押韵

臧克家认为诗的重要特点之一在于声音的"音节和谐、铿锵动人"。中国古典诗歌的声音美，除了音组外，押韵也起到了重大作用。尽管押韵的不一定是诗，但几乎所有的古典诗歌都押韵。押韵在古典诗歌中的作用由此可见一斑。古典诗歌除了少部分是"首韵"和"句中韵"，大多数都是句末韵，鼓点式的节奏给读者音调上的美感。同一的韵脚可以使诗句变得紧密，进而促进诗歌内容和形式在和谐中走向统一。

在臧克家看来，押韵是古典诗歌值得新诗继承的重要遗产。新诗能够被群众成诵的很少，这与古典诗歌相比形成了劣势。虽然能否成诵不能成为判断新诗成就的标准，但是"不易记"却不得不承认是新诗的一个缺点。里面的原因多种多样，除了篇幅的增长、表现得不精及口语的特点外，新诗的不

---

① 臧克家：《精炼·大体整齐·押韵》，《学诗断想》，北京出版社，1962年，第6页。
② 臧克家：《精炼·大体整齐·押韵》，《学诗断想》，北京出版社，1962年，第6-7页。

押韵不能不说是一个不小的因素。

在一个关于新诗创作的答问中臧克家提出"不严格的格律论"的观点。① 这个主张主要表现为押韵方面的问题,或者说如何押韵构成了其不严格格律论的主要基础。在 1944 年《十年诗选》中的一段话更集中地表现了臧克家关于新诗韵律的观点:

> 诗的有韵无韵在诗坛上成了大问题。我走的那一条路,读者们是清清楚楚的。我觉得诗之所以为诗,总有它自己的一个法则。现代的路已经摸索得有点门路了,我让自己试验这样,也让别人试验那样。可以,无论是什么式样,必须把诗写成诗!削去半截脚趾头去穿韵脚鞋,我绝对反对,但像新近一位写过多年诗的朋友来信中所说的:"现在有许许多多诗,不能算诗,只能算是诗料"的过于散漫的分行写的一些东西,我也期期以为不可。②

简单地说,就是新诗不能过于散漫,必须要有韵,但可以形式多样:可以一二押、三四押,也可以一三押、二四押;可以几句连押,也可以中途换韵——押韵形式比古典诗歌自由得多。这种押韵的自由还体现在"不能用旧的韵书"③,必须以北京话为标准的口语为标准,因此有"新诗韵"④的必要。

不过要强调的是,如果仅仅只注意臧克家上面关于新诗押韵的论述,似乎有形式主义的嫌疑,作为现实主义的诗论家,臧克家并没有架空新诗的押韵。他说:"韵,应该是感情的站口,节奏回归的强有力的记号。韵不是也不能叫它是坠脚石。"⑤其实,臧克家贡献的"精炼、大体整齐、押韵"的新诗的三个方面的形式特征,都是臧克家建立的现实主义诗学体系的一部分。他认为,新诗的这些形式因素都以思想情感的表达是否到位为最终衡量准则。他说:"我竭力反映现实生活,走的是严格的现实主义道路。"⑥

---

① 臧克家:《关于我的创作答问》,《青柯小朵集》,花城出版社,1984 年,第 138 页。
② 臧克家:《序》,《十年诗选》,现代出版社,1944 年,第 15 页。
③ 臧克家:《精炼·大体整齐·押韵》,《学诗断想》,北京出版社,1962 年,第 7 页。
④ 臧克家:《精炼·大体整齐·押韵》,《学诗断想》,北京出版社,1962 年,第 8 页。
⑤ 臧克家:《臧克家文集》(第 1 卷),山东文艺出版社,1949 年,第 16 页。
⑥ 臧克家:《初学新诗忆当年》,《青柯小朵集》,花城出版社,1984 年,第 154 页。

第三章　戴镣跳舞：现代新诗的格律理论

　　新诗是在"诗体的大解放"中无限憧憬"自由"而诞生的。反叛古典诗歌的各种在漫长的历史积淀中形成的"形式定式"，是五四新诗革命的成功策略和主要目标。也许是矫枉过正，也许是建设成绩的贫乏，早期的新诗创作很快就遭到一些人的指责。缺乏诗味的分行作品还是诗吗？对这样的质疑，新诗该如何回应？于是有人发现回过头去向古典诗歌学习也许是使新诗成为诗的重要路径。古典诗歌可利用的资源是多方面的，其中最重要的是格律。得益于汉字的特点，中国古典诗歌的格律系统的丰富和完善几乎可以独领风骚。

　　对新诗格律内涵的理解，是多种多样的。有的讨论的是格律（包括韵律），内在却是反格律的。他们对新诗格律的理解有根本方向上的不同。1930年，戴望舒在《诗论零札》中说"诗的韵律不在字的抑扬顿挫上，而在诗的情绪的抑扬顿挫上"，"韵和整齐的字句会妨碍诗情"，形式不是表面上的字的排列①。这些都是反新诗格律的。尽管有不同的声音，随着新诗"回头看"思想的兴起，各种新诗格律建设的主张此起彼伏。掀起第一个高潮的是新月派。陈梦家在《新月诗选》序言中清楚阐明了该派的新诗格律主张：格律如果不影响内容，就不应怕格律这个"圈"。格律是诗歌的感观外助，它将使诗更美，②该派中的闻一多新诗的"三美"理论是那个时候新诗格律建设探索的高峰。③闻一多创作的成熟（以《死水》为代表的1933年出版的《死水》诗集，"三美"理论的代表）和理论的系统，引起了新诗格律理论讨论者的广泛注意和深入讨论。

---

① 戴望舒：《诗论零札》，《望舒草》，现代书局，1933年，第112-114页。
② 陈梦家：《序言》，《新月诗选》，诗社，1931年，第15页。
③ 闻一多：《诗的格律》，《晨报副刊·诗镌》（创刊号），1926年4月。

1949年后，由于革命宣传的需要，新诗如何接近民众成了不得不解决的政治问题。当时几乎所有的艺术都成了政治宣传的工具，新诗也不例外。用通俗口语写作节奏悦耳的诗行自然是不二首选。格律与政治从而产生了隐秘而紧密的联系，因此现代格律诗的讨论，在新的时代环境中，又兴起了一个高潮。另一个也是更重要的原因，毛泽东对诗歌发展的"民歌和古典"道路发表了一个时代的方向性论述，现代格律诗的讨论和试验直接或间接地成了几乎全民性的。

第一节 何其芳的现代格律诗理论

何其芳带给中国当代新诗理论批评史的最大贡献是提出了自己的系统的新诗格律化理论。

他既写过系统性的理论文章，如《关于现代格律诗》（1954年）、《关于新诗的"百花齐放"问题》（1958年）、《关于诗歌形式问题的争论》（1959年）、《再谈诗歌形式问题》（1959年），也写过普及性的文章，如《关于写诗和读诗》（1956年）、《写诗的经过》（1956年）、《诗歌欣赏》（1958年）等，无论在学术界还是在大众中都产生了广泛的影响，一些学术观点曾引起了广泛的讨论。

何其芳（1912—1977），四川万县（今重庆市万州区）人，著名诗人、散文家、文学理论家。毕业于北京大学哲学系。与卞之琳、李广田合著《汉园集》，三人因此被称"汉园三诗人"。中华人民共和国成立后他曾任中国科学院文学研究所所长、《文学评论》主编等职。

一、关于"诗"的定义

下定义是认识事物的重要起始。给研究对象下的定义能够影响广泛，从而被普遍接受，这对理论家来说具有不可阻挡的诱惑力。"诗"作为一种文类诞生以来，古今中外的理论家对其给出了成千上万的不同定义。在抢夺"诗"的命名战场上，充满了前仆后继的身影。

《毛诗序》："诗者，志之所之也，在心为志，发言为诗。情动于中而形于言，言之不足故嗟叹之，嗟叹之不足故永歌之，永歌之不足，不知手之舞之，足之蹈之也。"最早从本体论的角度较完整地定义了"诗"。钟嵘《诗品序》："气之动物，物之感人，故摇荡性情，形诸舞咏。欲以照烛三才，辉丽万有，灵祇待之以致飨，幽微藉之以昭告。动天地，感鬼神，莫近于诗。"从功能的角度定义"诗"，未包含许多更重要的角度。刘勰《文心雕龙》卷二《明诗第六》谈诗之开篇即给予"诗"定义："大舜云：诗言志，歌永言。圣谟所析，义已明矣。是以在心为志，发言为诗，舒文载实，其在兹乎？诗者，持也，持人情性。"对《毛诗序》关于"诗"的定义详加申论。也有人单刀直入谈诗，并不斤斤计较于"诗"的定义。严羽《沧浪诗话》即以"夫学诗者以识为主：入门须正，立志须高"开头，讨论学诗的门径，撇开了"诗"的定义。也许是觉得前人的"诗"的定义已经较为完善，无须再论，也许是觉得没有必要纠缠什么是"诗"这个虽然重要但难以说明的问题。

　　什么是"诗"？五四新诗革命时期的群体作者并不特别关心这样的问题，他们当年带有论战性质的文章中没有关于这个问题的完整论说。胡适一系列关于新诗的论说也是如此。当年关于"诗体的大解放"的系列论说并没有要求提出关于什么是"诗"的新定义，而只需要建立在古代关于"诗"的"情志说"的简单定义上。也许是这个原因，现当代新诗史上，关于"诗是什么"的论说并不丰富。置身于"不丰富"的少数也就往往鹤立鸡群。当代新诗理论史上，何其芳关于"诗"的定义在理论界有很大影响，被广大读者普遍接受和引用。有研究者将何其芳关于"诗"的定义、他对于古典文学作品"百读不厌"的"秘密"的分析及"共名"论一起，称为他一生在文学批评理论上的三大建树。①

　　何其芳早在1944年就深思熟虑地提出了"诗"的定义：

　　　　总括起来说，诗也是现实生活在人类头脑中的反映和加工的结果，不过这种生活是一种更激动人的生活，因此这种反映和加工就采取了一种直接抒情或歌咏事物的方式。而诗的语言文字也就更富

---

① 蓝棣之：《略论何其芳的文学理论遗产》，《文学评论》，2000年第5期。

于音乐性。①

何其芳在收录该定义所出的序言中说,"一九四二年五月延安文艺座谈会以后,由于一时一地的需要,我写了这样一些有关文艺的文章","主要内容,除了对于自己在延安文艺座谈会以前的文艺见解和文艺工作的检讨而外,就是对于当时国民党统治区的某些文艺问题的意见和对于当时在重庆演出的某些戏剧的评论了"。②他强调了"延安文艺座谈会"的背景。理解何其芳这个关于"诗"的定义,也离不开这个背景。此时的何其芳文艺创作上"很落后",出版了《关于现实主义》这个"勉强可以算作文艺论文的集子",他解释的原因可以进一步帮助我们理解这个背景:"这几年来,由于一时一地的需要,我却没有能够去写那样的创作而写了这样一些并非我所素习的论文。我过去是毫无理论修养的,而居然也大胆到写起这样一些对复杂的文艺问题发表意见的文章来,当然首先是迫于需要,另外,也是由于在延安文艺座谈会和整风运动以后,有如一个患痼疾的人为良药所救治,很愿对人反复称道。"③

放入这个背景,何其芳在《谈写诗》中的一些观点就有了支撑性系统。何其芳在文章中说,诗人"不要只是埋头写诗,读诗","广阔地生活,深入地生活,到群众中去,到火热的斗争中去,而又从实践与科学的理论去学习掌握正确的立场、观点和方法。对于学习写作的人,这是最重要不过的事情"。④谈的是诗人的世界观问题,诗与人民、实践的关系问题。这些都是毛泽东在延安文艺座谈会中强调的重要问题。

1953年,何其芳在北京图书馆主办的讲演会上,以"关于写诗和读诗"为题发表演讲,认为前面关于"诗"的定义不够周密,从而修正为:

> 诗是一种最集中地反映社会生活的文学样式,它饱和着丰富的想象和情感,常常以直接抒情的方式来表现,而且在精炼与和谐的

---

① 何其芳:《谈写诗》,《关于现实主义》,新文艺出版社,1956年,第90页。
② 何其芳:《序》,《关于现实主义》,新文艺出版社,1956年,第1页。
③ 何其芳:《序》,《关于现实主义》,新文艺出版社,1956年,第23页。
④ 何其芳:《谈写诗》,《关于现实主义》,新文艺出版社,1956年,第91页。

程度上，特别是在节奏的鲜明上，它的语言有别于散文的语言。①

为什么这个关于诗的说明文字在当时很长的一段时期内能够产生那么大的影响？其社会学与诗学的意义到底何在？说"诗是一种最集中地反映社会生活的文学样式"，是符合马克思主义基本文艺理论的，是马克思主义认识论在诗学中的延伸，同时又与毛泽东的《在延安文艺座谈会上的讲话》所说"文艺作品中反映出来的生活却可以而且应该比普通的实际生活更高，更强烈，更有集中性，更典型，更理想，因此就更带普遍性"是一致的。因此，这个定义与主流意识形态的认识论是相吻合的。另外，它也比较全面地概括了诗歌文体的美学特征，如想象和感情、抒情方式、精炼与和谐、节奏等。这些多方面的概括是符合绝大多数诗人和诗歌理论家对诗歌的认识的。正因为这个定义既符合主流意识形态的看法，又符合绝大多数诗人和诗歌理论家的理论认识，其理所当然被广泛引用。在当时可以说这是最全面、准确的对诗的定义式的阐释，现在看来仍然有很大的价值。

何其芳的这个诗歌定义中的基本观点在他自己1962年出版的《诗歌欣赏》中得到了具体的展开和细致的体现。由于这本书发行量很大，他的基本观点和精神被普遍地传播开来。《诗歌欣赏》1962年4月第1版就印刷了1万册。书中列举了许多古今诗歌的例子，反复阐释其诗歌美学观。它讲到了这样一些问题：诗的构思、想象与幻想的重要性；应容许诗歌的不同形式、写法和风格；只有生活是诗歌的源泉；诗歌不要和科学论文一样逻辑谨严；诗歌的意义不在主观的议论，而在于吸引人的形象；诗应创造美的境界；格律应为内容服务，不要成为多余的脚镣；诗应写得集中、强烈等。在当时劳动群众文化水平不高的情况下，何其芳把诗歌的基本理论知识送到大众中，讲得深入浅出，文字感人。他的贡献是不可抹杀的。

何其芳曾说：

> 我还有一个也许并不正确的想法。我觉得创作家自然也可以兼写理论批评文章，但主要还是应该用他的作品来证明他的理论，并

---

① 何其芳：《关于写诗和读诗》，作家出版社，1956年，第27页。

且使他的作品就成为一种对他所不赞成的作品的批评。我虽说好几年来就没有搞创作了，还是想往这方面努力的。因此我打算少发表意见。但我并不否认搞创作的人也有常常交换意见的必要。因此，《文艺报》的编者要我补写几句，我就破戒来谈一次新诗。①

正因为何其芳这种对于新诗理论批评的态度，他的关于诗歌的理论批评文字与同时代高产的理论批评家比，数量并不多。他如果要写诗歌理论批评文章，就一定有各种"迫不得已"的原因，即使是这样，他也尽量真诚地写出自己对新诗理论建设的系统思考。思考的对象往往是诗歌写作和发展中的根本问题，如"诗是什么"。这些都构成后人再出发的重要"站点"。

二、诗体的百花齐放

1958年"大跃进"给中国文坛带来的是一场声势浩大的新民歌运动。毛泽东指出中国的新诗要在民歌和古典诗歌的基础上发展。在此情况下，理论界对诗歌民族形式的看法发生了新的变化，大多数把诗歌民族形式界定在民歌与古典诗歌，而把自由诗排斥在外，并贬之为洋化的道路。在这样的背景下，何其芳提出建立现代格律诗，认为古典五七言诗、民歌与现代口语是有矛盾的，是有限制的。虽然古典五七言诗和民歌作为旧形式可以继承利用，但不能以其作为新诗的支配形式。这个看法与当时的主流声音是不同的，因此批评的声音蜂拥而起。针对这些批评，何其芳写了《关于新诗的"百花齐放"问题》②。他反驳了反对他的观点，尤其是说他怀疑民歌体新诗的指责。他说自己并不反对民歌体新诗，但认为："民歌体虽然可能成为新诗的一种重要形式，未必就可以用它来统一新诗的形式，也不一定就会成为支配的形式，因为民歌体有限制。"这种限制主要体现在"句法与现代口语有矛盾"。在略带狡辩的语言策略中，何其芳还是表达了自己十分鲜明的对新诗走新民歌道路的十分保留的态度。在具体分析民歌体的限制时，他的理论逻辑依然一如以前他在《现代新格律诗》中的说明：民歌体表现今天的复杂的社

---

① 何其芳：《话说新诗》，《何其芳文集》（第4卷），人民文学出版社，1983年，第243页。
② 何其芳：《关于新诗的"百花齐放"问题》，《处女地》，1958年第7期。

会生活是有束缚的，因为它常常采用文言的五七言诗的句法，从一个字收尾或者在以两个字的词收尾时在上面加一个字，而和两个字的词占比最多的现代口语有了矛盾。何其芳认为第二个限制是"民歌体的体裁是很有限的"，不如他主张的现代格律诗变化多、样式丰富。

在这个逻辑的支配下，何其芳主张新诗呈现"百花齐放"图景：

> 批判地吸收我国过去的格律诗和外国可以借鉴的格律诗的合理因素，包括民歌的合理因素在内，按照我们的现代口语的特点来创造性地建立新的格律诗，体裁和样式将是无比地丰富，无比地多样化的。这无疑地更便利于表现我们今天的社会生活和思想感情。①

何其芳接着将这个问题上升到一个更加大的理论问题：

> 新诗的民族形式是否只有一个样式，还是多样化的？新诗的民族形式是否只能利用旧形式，而不可能创造出新的民族形式来？新诗的形式是否只能向我国的古典诗歌和民间诗歌学习，还是同时也可以适当地继承五四以来的传统并吸收外国诗歌的影响？②

何其芳认为这些问题都已经解决了。"凡是比较能圆满地表达我们要抒写的内容，而又比较容易为广大的读者所接受的，都是好形式，从快板到自由诗，从旧形式到新形式。"这就是他所说的"多样化的民族形式"。

何其芳的理论论述本身包含着巨大的弹性。他主张新诗不但要向古典诗歌和民间诗歌学习，还必须向世界上其他诗歌学习。他主张建立新的现代格律诗，但从来没有否定过歌谣体和自由体，新诗的新发展只能走百花齐放的道路。民歌体不但可以作为新诗的体裁之一而存在，而且可能成为一种重要的诗歌形式；它虽然有限制，但也有优点。优点是以五七言诗和民间歌谣为传统，广大人民群众对比熟悉。

何其芳《关于新诗的"百花齐放"问题》中的观点与他在此之前写的几篇诗学论文的基本观点并没有不同。只不过在新民歌发展道路讨论的大背景

---

① 何其芳：《关于新诗的"百花齐放"问题》，《处女地》，1958 年第 7 期。
② 同①。

中，为了回应对他的批评，何其芳把以前论文中的一些没有详细申说的诗学观点推向了前台加以论述。比如，在早先写的《关于现代格律诗》中，他并未以现代格律诗去否定自由体与民歌体诗歌，自由体与民歌体可以与现代格律诗共同存在发展，而在《关于新诗的"百花齐放"问题》中不得不把这个问题作为论述的重要主题之一。

何其芳既回应了对他的批评，又没有迎合主流诗学观点而放弃自己的理论主张。他没有接受新诗要在古典诗歌与民歌的基础上发展的观点，但也不否认自由体与民歌体作为体式的存在空间。在承认这个存在空间的前提下，他也指出其限制性，并因此坚持认为要建立现代格律诗。他自信他提倡的现代格律诗最有发展前途，有可能成为一种支配形式。

在相关的几篇论文中，何其芳的论述逻辑并不是没有任何漏洞的，有的地方甚至有明显的矛盾。比如，自由体、民歌和现代格律诗是并列关系，是"几匹马儿各跑各道"，还是存在着某种隶属关系？是现代格律诗隶属于民歌，还是民歌隶属于现代格律诗？逻辑关系在不同的文章中往往杂乱不清。也许是他自己并没有很好地厘清各种复杂关系，导致表述乱杂；也许这是在当时复杂的论说环境中，内心矛盾复杂的表现。不过在实践中，也许弄清楚这种关系并不是非常重要。几种诗体复杂"交配"，它们之间的各种张力关系很难清晰地描述。

何其芳在当时的时代诗学氛围下，坚守学理，坚信自己的理论主张，体现了可贵的理论自觉性。这在当代诗学理论批评史上是最难能可贵的。他的系列观点既体现了少有的探索性，又没有走向封闭，可见其具有开放胸怀。

三、现代格律诗

在讨论何其芳的有关诗歌形式的理论前，有必要简要回顾一下他的诗歌创作道路，以便为他的诗歌理论树立一个对照性的背景。何其芳在谈到收录中学课本的一首诗《生活是多么广阔》时，简要地回顾了自己的诗歌创作形式的发展轨迹。

> 这首短诗是我一九四二年在延安写的。《夜歌和白天的歌》，除了四篇而外，都是写于延安。那时候我写的都是自由诗。一九三八

年到一九四一年我写的自由诗,比起抗日战争以前我所写的那些带有形式主义的影响的诗,内容开展得多,语言也朴素了一些。但到了后来,我感到那样的写法也有弱点,往往一写就是几十行以至一二百行,容易写得松散,不精炼。我有意识地想写一点歌一样的短诗。一九四二年一月至三月间我写了十多首这样的诗。虽然仍然是自由诗,在写法上是有些不同的。①

可见,何其芳在写作中一直在探索的是如何在"形式主义"和"自由诗"之间进行选择以对诗歌写作更有效。这里何其芳用的是"形式主义"而不是诗歌"格律"这样的词,已经隐含了"格律"的内容。

接下来再来看看何其芳关于建立现代格律诗的认识历史。何其芳第一篇诗学论文是写于 1944 年的《谈写诗》。该文收录在 1956 年由新文艺出版社出版的《关于现实主义》②一书的第二辑中。该书的内容提要指出,书中的文章是作者写于 1942—1947 年的文艺批评论文集。写于延安的第一辑是根据整风运动的精神,对自己以前的文艺思想和工作进行了检讨;在重庆写的第二辑是对国民党统治区文艺问题的评论。了解了这个背景,就不难理解下面这样的观点。文章对诗这种文体的特征进行了探讨,认为诗必须给予世界一些新的东西,"抒情要抒人民之情、叙事要叙人民之事"。在国家和民族危难的时候,何其芳认为诗歌必须成为时代大叙事的一部分。

这篇文章尽管受意识形态影响很大,但是在进一步分析诗歌的文类特征时却非常细致。何其芳说,诗区别于小说、散文的文体特征是句子比较短,多采取"直接抒情或歌咏事物"的方式,语言更富于音乐性。他发现在深入认识诗歌的文类特征时,有一个重要的问题需要澄清:

> 中国的新诗我觉得还有一个形式问题尚未解决,从前,我是主张自由诗的。因为那可以最自由地表达我自己所要表达的东西。但是现在,我动摇了。因为我感到今日中国的广大群众还不习惯于这种形式,不大容易接受这种形式。而且自由诗的形式本身也有其弱

---

① 何其芳:《关于〈生活是多么广阔〉》,《一个平常的故事》,百花文艺出版社,1982 年,第 67 页。
② 何其芳:《关于现实主义》,新文艺出版社,1956 年。

点，最易流于散文化。恐怕新诗的民族形式还需要建立。这个问题只有大家从研究与实践中来解决。①

何其芳正面提出了新诗的形式问题，从此他对新诗的思考主要落到了形式问题上。他虽然对自由体进行了一定的肯定：可以最自由地表达所要表达的东西；但更多的是质疑。他认为群众对自由体不习惯，其不能很好地群众化，不赞成把其纳入民族形式。这个逻辑思路在当时非常流行。从自由诗的语言形式着眼，他认为自由体最易流于散文化。20世纪30年代末，艾青和何其芳之间发生过关于《画梦录》的争论，但没有资料证明他们之间有过直接的关于新诗"散文化"的争论。不过，何其芳在论述"自由体"新诗的缺陷的"散文化"时，似乎是把艾青当年关于诗歌"散文美"的主张当作靶子。

正是语言形式这一点，成了何其芳后来的诗学理论文章反思自由体、建设新格律体的支点。何其芳于此提出了自由体易于散文化的问题，但还没有提出正面建设的意见。

1950年，何其芳通过《话说新诗》，从新旧语言特征入手，细致地探讨了新诗的格律形式。他认为五言、七言曾经是中国旧诗的支配形式，但打算主要依靠它们或者完全依靠它们来解决今天中国新诗的形式问题，恐怕还是把问题看得太简单了。因为五言、七言首先是建立在基本上以一个字为单位的文言的基础上，而今天的新诗创作语言文字基础却是基本以两个字以上的词为单位的口语，用口语来写五言、七言就必然比用文言来写还要限制大得多。因此要反映丰富的社会生活、复杂的人生，五言、七言并不是一种很适宜的形式。

为此，何其芳提出自己的诗歌想象图，他认为将来的支配形式大概是这样的：它既适应现代的语言结构与特点，又具有比较整齐、鲜明的节奏和韵脚。他第一次比较具体地分析了五言、七言旧诗的语言文字与现代以两个字以上的词为单位的口语的矛盾，认为五言、七言并不是适宜的新诗形式；对将来可能的支配形式给予了两点预测：①有比较整齐、鲜明的节奏，②有韵脚。这两点一直是何其芳思考现代新诗格律问题的基础。虽然后来何其芳在具体提法上有些变化，但真正的理论内涵是保持一致的。

---

① 何其芳：《何其芳文集》（第4卷），人民文学出版社，1983年，第62页。

1953年，何其芳在一次演讲中正式把其理想的格律诗命名为中国现代格律诗①。该文对现代格律诗的具体阐释基本上与1950年的《话说新诗》相同。可见，在具体问题上他此时并没有进行新的思考。一年之后的1954年，何其芳发表了一篇重要的论文《关于现代格律诗》②，对现代格律诗理论进行了丰富系统的阐释。这篇文章在当代新诗理论史上占据重要的地位。在此之后，何其芳还写了《关于新诗的"百花齐放"问题》（1958）、《关于诗歌形式问题的争论》（1959）、《再谈诗歌形式问题》（1959）等。这些文章都是因为回应争论甚至攻击的需要而写的，主要观点都是《关于现代格律诗》的再丰富、再解释。他自己就曾说过，这些文章"对争论的问题本身并未作进一步的研究"，"在新诗的形式问题上没有能够提出什么新的意见"，"缺少对于新诗形式问题的新的意见"。③

何其芳在《关于现代格律诗》中提出了对现代格律诗较具体的要求：①按照现代的口语写的每行的顿数有规律，每顿所占时间大致相等；②有规律地押韵。可以说，这篇文章在何其芳的诗学论文中处于核心地位。下面主要是以此文为中心展开何其芳现代格律诗理论的讨论。

《关于现代格律诗》首先论述了建立现代格律诗学理上的必要性。何其芳认为，诗歌的格律是不能废除的。从诗歌发展史来看，无论中外诗歌，差不多都是讲格律的。再者从诗歌的文体本质要求来看："诗的内容既然总是饱和着强烈的或者深厚的感情，这就要求着它的形式便利于表现出一种反复回旋，一唱三叹的抒情气氛。有一定的格律是有助于造成这种气氛的。"④从诗歌文体的强情感性来反观诗歌格律的重要性虽然以前甚至古代也有类似的观点，但在自由体新诗成了诗坛主流体式后，何其芳又重新从诗体的原点出发反思了诗歌的格律问题。与某些仅仅从传统借鉴的角度来思考新诗的格律问题的诗人不同，何其芳以幽深的眼光返回最初的源头来触及诗歌的本质。这样，诗歌的格律与诗歌的本质就是一体而同质了。

---

① 何其芳：《关于写诗和读诗》，作家出版社，1956年，第25-50页。
② 何其芳：《关于写诗和读诗》，作家出版社，1956年，第51-74页。
③ 何其芳：《序》，《文学艺术的春天》，作家出版社，1964年，第26页。
④ 何其芳：《关于写诗和读诗》，作家出版社，1956年，第53页。

在推出这个论断后，何其芳也许很快在潜意识中发现了自己的观点在现实中并不能被完美检验。他发现，一定的社会生活内容与自由体或格律体存在相对应的表达与被表达关系，自由体或格律体都存在一定的表达盲区。因此，现代格律诗不能适合现代语言规律，是一种不健全的"偏颇"。何其芳从两种诗歌文体的表达可能性的深层学理上来观照诗歌的格律问题，在当时来说是触到了问题的前沿。何其芳从诗歌的本体出发来讨论现代格律诗的问题，并且对自己理论主张的局限保持了高度的清醒。作为一个诗歌理论家，何其芳难能可贵。因此，他的现代格律诗理论系统内部张力也丰富多彩。

何其芳论证了现代格律诗不能采用五七言体。何其芳分析了格律诗与自由诗最主要的区别：格律诗的节奏是以很有规律的音节上的单位形成的，自由诗却不然；押韵与否不是它们的主要区别。如前面已提到，他认为，文言中一个字的词最多，现代口语却是两个字的词最多。旧诗可以用字数的整齐来构成顿数的整齐，而这个句法是和现代口语矛盾的。因此，一方面，古代的五七言诗是可以供建立现代格律诗参考的；另一方面，现代格律诗应该采取的只是它们的顿数整齐和押韵这样两个特点（何其芳在《关于现代格律诗》中一个意义相近的表达：顿数和押韵的规律化），而不是它们的句法。何其芳在建构自己的现代格律诗时，既考虑到中国的诗歌传统又注意到现代汉语的语言特征，从古格律诗中选择两个基本点来继承，可以说在现当代新诗理论史上第一次初步地在理论上解决了现代格律诗建立中格律传统与现代汉语的矛盾。尽管在具体的阐释和写作中还面对着这样那样的问题，但其贡献是开拓性的。

至于中国民歌体的诗歌，他认为也是属于五七言系统，其表现现代复杂生活的限制是很大的，必须在它们之外建立一种和现代口语的规律相适应、表现能力强得多的现代格律诗。这样，从发展道路来看，民歌和新诗就汇流了，都走上了现代格律诗之路。

为了使自己提出的现代新格律诗理论大厦更加坚实，何其芳具体论述了现代格律诗的顿和押韵。他认为，用口语来写诗歌，要顾到顿数的整齐，就很难同时顾到字数的整齐，因为每顿的字数是不固定的。为了进一步适应现代口语的特点，应该把每行以一个字为一顿的固定收尾，变为也可以用两个字为一顿。"顿数的整齐"是就基本形式说的，并非在顿数的多少上不可有变化。何其芳认为现代格律诗有每行三顿、每行四顿、每行五顿几种基本形式。在长诗里面，如果有必要，在顿数上可以有变化。但是在局部范围内，它应该是统一的。在短诗里面，或者在长诗的局部范围内，顿数也可以有变化，只是这种变化应该是有规律的。

何其芳主张现代格律诗押韵，因为这是中国悠久的诗歌传统。他认为，现代格律诗要押韵，但是只要押大致相近的韵就可以，而且用不着一韵到底，可以少到两行一换韵、四行一换韵。我国的格律诗不同于欧洲的格律诗，很难有规律地运用轻重音或长短音来加强节奏，不可能出现欧洲那样的不押韵的格律诗。我国新诗格律的构成主要依靠顿数的整齐，因此需要用有规律的韵脚来增强其节奏性。如果只是顿数整齐而不押韵，它和自由诗的区别就不很明显，不如干脆写自由诗。

何其芳以宏观的视野，从中西语言的不同的特质入手反观现代格律诗的建构，既照顾到现代汉语的特点，又发展了旧诗的传统，做到了规律与灵活的统一。正因如此，他认为闻一多的格律理论未能很好地照顾内容的要求，对中国语言的特点考虑得也不够。虽然何其芳现代格律诗理论的弹性空间比较大，可是他自己及其他诗人没有拿出很好的作品来充分说明其理论的有效性，致使理论的说服力受到了一些怀疑。正如他自己所说，在格律方面只要是合理的要求，都可以研究和试验，特别是写诗人的实践，恐怕主要依靠它才能把我们新诗的格律确定下来，并且使之更加完美。在实践还很少的时候，反对给格律诗作一些烦琐的规定。

何其芳的一系列有关现代格律诗的诗学论文的产生有着什么样的历史背景和时代经络？为此，我们先来看看一个看似不甚相关而其实关系紧密的诗学讨论。1958年《星星》诗刊开展了对于"诗歌下放问题"的讨论。讨论由赁常彬的一篇文章引起：

> 几年前，曾参加一个工厂的文娱晚会。台上正在说"相声"。坐在我旁边的一位老师傅，伸长脖子，上身前倾，差点触到前面的人的后颈窝，不时敞声大笑，眉飞色舞。节目一个一个地往下进行。我忽然发现这位老师傅垂下头来，似乎发出轻轻的鼾声。这时台上

正在朗诵诗歌。使我吃惊的是：这些诗，是我推荐的节目。我是喜欢这些诗的。……"文人"写诗，有一种好习惯：刻苦推敲，反复修改，所谓"新诗写罢自长吟"、"语不惊人死不休"。但同时也是坏习惯：仅仅停留在"自我检验"上就止步了。诗要好好地为工农兵服务，诗人就要跳出"自我检验"的小圈子，到山上去，到乡下去，到街头去，到车间去，到沸腾的劳动战线上去，把自己刚刚写成的诗稿，朗诵给工农群众听听，看看他们是否打瞌睡。诗要下放，要在劳动群众中锻炼！诗的生命才能茁壮坚实。诗才能成为响亮的战斗的号角。古今中外的文学史都证明：永远活在人民心中的诗人，经常把他们的诗稿，拿到人民群众中去朗诵，征求意见。①

这篇文章发表后，一个叫景宗富的工人在《星星》诗刊发表了《读〈诗要下放〉后》，文中说："向写诗的人提出了一个重要问题：写诗，一定要让广大的劳动人民看得懂；否则，你的诗的生命就受到威胁！要让广大的劳动人民看得懂，首先要求你，要有劳动人民的思想感情和劳动人民的语言，要多多地反映广大劳动人民的生活和思想。这就要求诗人下来，下工厂来，下农村来。"②

目前，并没有资料显示何其芳的系列有关现代格律诗的讨论与这次"诗歌下放"的讨论有直接的关系，然而这里之所以引用两段《星星》诗刊关于"诗歌下放"问题的讨论资料，是想说明：①何其芳"现代格律诗"探讨的精神脉息与讨论诗歌如何接近劳动人民在深层次上是一脉相通的；②当年何其芳是在一种"火药味"特浓的论争氛围中不断写论文重申"现代格律诗"理论的。我们从何其芳的一系列有关诗歌理论的讨论文章中都能够找到这样的论辩线索。

这里我们具体看看何其芳是如何在相关论辩中展开自己的现代格律诗理论的。1958 年 5 月，何其芳被扣上了一顶"反对或怀疑歌谣体的新诗"的帽子，原因是他以没有新的意见的理由拒绝了《处女地》杂志有关讨论新诗的约请。为了摘掉这顶那个时代非常可怕的帽子，何其芳以老调重弹的手法写

---

① 赁常彬：《诗要下放》，《星星》，1958 年第 2 期。
② 景宗富：《读〈诗要下放〉后》，《星星》，1958 年第 4 期。

了一篇《关于新诗的"百花齐放"问题》的文章，重新申明了《话说新诗》和《关于现代格律诗》中的基本观点，发表在 1958 年《处女地》七月号上。谁料，这篇文章不但没有平息论争，还成了新的论争引线。何其芳不得不在 1959 年 3 月接连写下《关于诗歌形式的论争》和《再谈诗歌形式问题》，来还击对他的诗学理论的攻击。

何其芳在现代格律诗理论上的探索引起的激烈论争至今都没有平息。也许是为了能在那个激烈年代的理论争辩中自保，何其芳故意把自己的理论表述得有更大弹性。他曾经说过，作者不是要彻底反对民歌体与其他旧形式，而且认为其可以作为旧形式利用，只不过是不能代替和取消现代新格律诗。尽管如此，何其芳的现代格律诗理论还是因具有极大的批判建构性而卓立诗学理论史，虽然并未产生有说服力的作品来支撑它。

何其芳是著名的古典文学研究者，写过《论〈红楼梦〉》；是著名的作家，创作过诗集《预言》和散文集《画梦录》；也是著名的文学理论家，出版过《关于现实主义》《文学艺术的春天》《关于写诗和读诗》《诗歌欣赏》等。他是一个知识结构全面的文学家和文学批评家。他的各种作品都呈现出独特的个人风格。这种风格背后的资源是才情丰沛、理论自信、知识广博。何其芳的诗学论文在那个时代影响力广泛。即使写诗学理论文章，也文浸情荡、蓬勃激人，文字明白易懂而逻辑性强，使人不得不顺文而下，说服力极强。这是他的诗学论文吸引人的第一个重要原因。善于针对时代现实和时论焦点立论，论战性强。这是他的诗学论文吸引人的第二个重要原因。即使讨论的是具体的诗人或诗作，思考的落脚点却常常是诗歌的基本问题，如诗是什么、诗歌的格律等，理论性足。这是他的诗学论文吸引人的第三个重要原因。

第二节　卞之琳的格律理论：诗歌的"顿"与"两种调子"

卞之琳（1910—2000），江苏海门人，诗人、翻译家，长期从事外国文学和新诗理论研究，也创作散文和小说。先后出版诗集《三秋草》（1933

年)、《鱼目集》(1935年)、《汉园集》(1936年,与李广田、何其芳的诗歌合集)、《十年诗草》(1942年)、《翻一个浪头》(1952年)等。1979年,卞之琳将1930—1958年写的新诗编成《雕虫纪历(1930—1958)》①。1984年卞之琳"从1950年到1983年所作纪念和回忆已故写诗师友、评论当前诗作、谈论诗艺(主要是体式、格律)各类短文"②集成《人与诗:忆旧说新》,全面反映了作者的诗学理论观。

卞之琳早在20世纪30年代写诗之初,受新月派影响较大,在形式方面就开始了多种尝试,"用口语,用格律体"都写过诗。③他写诗一贯探索的就是格律问题和格律中的"古为今用,洋为中用"的问题。④卞之琳虽然就新诗的格律问题在创作上的创试早就开始了,但真正的理论探索还是在1949年以后。

一、现代新诗格律的中心要素:"顿"

建设现代格律诗,最基本的问题是以什么为单位。

卞之琳认为现代格律诗建构的中心环节是"顿",也就是闻一多所说的"音尺",孙大雨所说的"音组"⑤。这个"顿"并不是哪个理论家凭借伟大的智慧"发明"出来的,它完全内生于中外诗歌的历史中,理论家的智慧只能是去"发现"。发现"顿"并清晰认识它在语言上起作用的规律,这需要诗歌阅读和写作的修养,也需要语言学理论的支撑,甚至需要哲学思辨的沉潜。理论认识上的瓜熟蒂落需要时间。在这里,我们暂时还无法考证谁最早发现了"顿"在诗歌语言中的重要存在。正如前面所说,在卞之琳之前,闻一多、孙大雨都有相关讨论。卞之琳将以"顿"为中心的现代新诗格律讨论

---

① 此书先后共出过三个版本,分别为:1979年人民文学出版社初版,共收诗70首;1982年三联书店香港分店增订版,共收诗100首,在人民文学出版社1979年版的基础上增加30首,编为"另外一辑";1984年人民文学出版社再版,作者重修,于"另外一辑"中新增写于1945年的诗歌一首,共收诗101首。
② 卞之琳:《卷头小识》,《人与诗:忆旧说折》,生活·读书·新知三联书店,1984年,第1页。
③ 卞之琳:《雕虫纪历(1930—1958)》,人民文学出版社,1979年,第4页。
④ 卞之琳:《雕虫纪历(1930—1958)》,人民文学出版社,1979年,第10页。
⑤ 关于"音组"概念的首次提出及其理论背景,请参考《格律体新诗的起源》。(孙大雨:《格律体新诗的起源》,《文艺争鸣》,1992年第5期。)

推向了更加体系化的境地。其中最重要的是以"顿"为桥梁，提出了中国古代诗歌的两大体系（"四六言"和"五七言"体系）和两种调子理论[哼唱型节奏（吟调）和说话型节奏（诵调）]。

这一节里先讨论卞之琳诗学体系中"顿"的概念及与此直接相关的中国古代诗歌的两大体系，后面一节再讨论与此相联系的诗歌的两种调子理论。

卞之琳是如何论证并一步步将"顿"的概念推到理论中心位置的？他回顾了历史，因为历史是一切规律的栖居地。卞之琳具体分析了中国古代诗歌格律和西方一些国家的诗歌格律，认为"顿"或称"音尺"既是我国旧诗的格律基础或中心环节，也是西方大多数国家诗的格律基础或中心环节。不过，在具体论证时他更多围绕着我们熟悉的中国诗歌展开：

> 旧诗里每句有一定的顿数，一定的顿法。四言诗是"二""二"两顿；六言诗是"二""二""二"三顿（"兮"字不算）；五言诗是"二""三"两顿（也可以说是两顿半）；七言诗是"二""二""三"三顿（也可以说是三顿半）。①

这里，以"顿"为中心概念分析了四、六、五、七言古诗，卞之琳总结出了"顿"的基本类型。在这个分析基础上卞之琳提出了一个更开放的观点，其实也是发现了一个"隐居"在中国古诗结构中的更深层的格律规律。这就是，只要符合上面所分析的基本顿法，即使诗句的字数略有变化，也是允许的：

> 每一句顿数有一定，字数也有一定，但字数不起决定性作用，例如五个字一句不一定是五言诗体；相反，例如八九个字一句也可能合七言诗体。②

这样就把中国过去的诗体分成了"四六言"和"五七言"两大体系。判断的标准完全是内在的"顿"而不是外在的"言"，或者说决定"体系"归属的关键不在字数，而在"顿"上。

---

① 卞之琳：《哼唱型节奏（吟调）和说话型节奏（诵调）》，《人与诗：忆旧说新》，生活·读书·新知三联书店，1984年，第135页。
② 同①。

这样，五个字一句不一定是五言诗体，八九个字一句也可能合七言诗体。他举例说"革命/大成功，百姓/坐朝廷"这是五言诗；"大革命/成功，老百姓/当朝"却不是五言诗。之所以这样论定，是因为除了具体的顿数外（四言两顿、六言三顿、五言两顿、七言三顿），更本质的是"四六言"体系以"二字顿"结尾，"五七言"体系以"三字顿"结尾。卞之琳就这样将对中国古代诗歌体系的认识提升到一个新的境界。

1978年卞之琳在为《雕虫纪历（1930—1958）》写的自序中对"顿"或"音组"的具体运用进行了更细致的分析：

> 即使旧体五、七言诗，如各句都用偶数"顿"收尾，就仅为貌似，实为四、六言诗。在新体白话诗里，一行如全用两个以上的三字"顿"，节奏就急促；一行如全用二字"顿"，节奏就从容。①

在现当代新诗理论史上，把"顿"数的分析与诗歌节奏的语调舒急分析结合起来，且做得相当细致的，卞之琳首屈一指。这也是他对新诗理论的一个大贡献。

卞之琳认为"顿"之外的另外一些诗歌中的因素，如平仄和轻重音，没有必要作为新诗格律建构的基本因素加以考虑。平仄属于中国诗歌的传统，而轻重音属于西方诗歌的传统。不考虑这两个因素，并不是观点的封闭，而是不符合新诗创作的语言实践。关于新诗的平仄，他说："平仄问题，在白话新诗里，我认为不再是格律的基本因素问题。……在我们的白话或口语句式里平仄作用，关系不大了。至于五声、四声，国语里现在只有阴阳上去，尽管例如吴越闽广方言里还存在入声。讲究这些，现在只能属于诗艺范畴，而不能属于新体诗律范围了，正如双声叠韵等种种讲究一样。"②关于新诗是否采用轻重音，他说："中国汉语里的轻重音似乎不及西方一些语言里那么显著，而且南北读音轻重位置也不一样（顿在那里却是南北一致的）。此外既讲轻重音，押韵就得押在重音上；而我们口语里两个字一顿的，重音不一

---

① 卞之琳：《雕虫纪历（1930—1958）》，人民文学出版社，1982年，第13页。
② 卞之琳：《与周纵策谈新诗格律信》，《人与诗：忆旧说新》，生活·读书·新知三联书店，1984年，第163页。

定在后一个字上，要押韵就得大部用三字顿收尾。"①卞之琳分析新诗的格律问题，既充分考虑到中外历史传统，也深刻注意到语言发展的现实，因此立论细致厚实、逻辑周密、说服力强。

要充分认识卞之琳提出的分析诗歌的核心概念"顿"及由此产生的诸多子观点，必须将其放到理论之流中去观察，这样才能凸显其使命和意义。闻一多先生的格律理论中的"建筑美"不仅指"音尺的统一"，而且意含诗句"字数的均齐"。实际创作中要达到这个要求往往是费神的，"音尺的统一"与"字数的均齐"往往是矛盾的。所以闻一多的理论对诗创作有时候造成了一种束缚，束缚就来自这个矛盾。卞之琳所理解的以"顿"为中心建立的现代新诗的格律就是要冲出此束缚的重围，同时又保留基本的新诗格律要义。卞之琳看到了闻一多的格律理论存在的矛盾，鉴古通今，提出了自己的新主张。

何其芳也同卞之琳一样，注意到了闻一多新诗格律理论的这个局限。为此，何其芳也提出了自己的解决办法，前面的章节已经详细讨论。他们的共同之处就是注重"顿"在现代新诗格律建构中的中心地位。他们的这个基点定位是有很大理论意义的，既照顾到了现代口语伸缩的弹性，又把握了最基本的诗歌节奏规律。他们两位有关诗学的主张都促进诗歌格律现代化的重要发展。

不过，我们要注意到卞之琳与何其芳的现代新诗格律理论的不同之处。在卞之琳看来，押韵并不是格律的一个基本点，对新诗格律来说，押韵不是决定因素；而何其芳把"押韵"与"顿"一起看作是现代格律诗的最基本因素。

二、两种诗歌节奏类型：哼唱型节奏和说话型节奏

卞之琳深入探讨了现代新诗的格律建设必须以"顿"为中心，以此为跳板，他的一个更大的理论目的是要探讨中国诗歌的两种节奏类型，进而为现代新诗的发展发现合适的节奏类型。

1953年12月24日，中国作家协会创作委员会诗歌组召开"诗的形式问

---

① 卞之琳：《哼唱型节奏（吟调）和说话型节奏（诵调）》，《人与诗：忆旧说新》，生活・读书・新知三联书店，1984年，第140页。

题"讨论会第二次会议,卞之琳做了发言,谈到诗歌的两种节奏:哼唱型节奏(吟调)和说话型节奏(诵调)。①这是当代新诗理论史上第一次较系统地对诗歌格律节奏类型的讨论。诗歌的两种节奏的区分是对新诗格律研究视野的进一步深化。

在具体讨论卞之琳的两种诗歌节奏类型之前,我们先来看看他早年对此的一些认识。卞之琳在学术生涯的早期开展诗学研究时,就开始了有关这个话题的思索。这是一个贯穿卞之琳一生的诗学命题。

现在有的资料显示,卞之琳在自己有生最早的一篇诗学文章中,就开始了对诗歌两种节奏类型的思索。这篇文章是一篇演讲稿,早年散失,并未收入现有的卞之琳的任何文集。这篇经一位研究者无意中发现的名叫《读诗与写诗》的文章,作于1940—1941年,其中心理论关怀是"新诗之'格律'为何可能、如何可能?"②可见对新诗格律的关注,在卞之琳诗学生涯的初期就是重点内容。这篇演讲的文章反映出,在新诗的自由和格律之间,卞之琳并不是一个绝对主义者。他认为格律的有无必须与内容配合,可以采用西洋诗律或者中国古诗律,甚至自创新律。诗律之所以重要,因为"诗的形式简直可以说就是音乐性上的讲究"③,诗律是达至诗的音乐性的重要因素。尽管如此,我们必须保持对诗歌音乐性有节制的认识:过分夸大诗歌的音乐性就混淆了诗与歌,完全漠视新诗的格律就会将新诗的音乐性推向虚无。在建立了这个基本诗歌格律观之后,卞之琳首次推出了两种诗歌节奏的论述:

> 目前许多写诗的只知道诗应当分行写,完全不顾什么节奏,这是要不得的另一端。不过,事实上要求"吟"或"哼"的中国读者,也不会满足于英国诗里所谓的"歌唱的节奏"(singing rhythm),更谈不上"说话的节奏"(spoken rhythm)。而中国的新诗

---

① 中国作家协会:《作家通讯》(内部刊物),1954年第9期。
② 《读诗与写诗》初刊于萧干、杨刚主编的1941年2月20日香港《大公报》"文艺"副刊第1035期,约4000字,篇末有附识:"在西南联大冬青文艺社讲,杜运燮记。"可知是卞之琳当年的演讲稿。(张松建:《形式诗学的洞见与盲视:卞之琳诗论探微》,《汉语言文学研究》,2012年第1期。)
③ 卞之琳:《读诗与写诗》,《大公报》,1941年2月20日。

所根据的，偏偏就是这种"说话的节奏"。①

卞之琳特别提到英国诗歌中存在着两种节奏："歌唱的节奏"和"说话的节奏"。因为掌握文献的局限，我们还不知道，英国诗歌中存在两种节奏的观点是他自己的发现，还是别人观点的引用。②这个观点的重要性在于它给予了卞之琳观察中国诗歌一个重要视角。受此启发，卞之琳深入骨髓式地发现中国新诗的节奏类型"说话的节奏"。卞之琳早期形成的这些观点，对后来自己的一系列诗学论文影响深远，写于不同阶段的论文③都延续了这个概念框架。

前面谈到，卞之琳特别注意观察中国古诗的收尾是"二字顿"还是"三字顿"，从而可以将中国古诗分为"四六言"和"五七言"两大体系。"四六言"体系以"二字顿"结尾，"五七言"体系以"三字顿"结尾。"二字顿"还是"三字顿"收尾的重要性还不仅仅止于此。卞之琳认为现代新诗的基本格律类型可分为"二字顿"收尾和"三字顿"收尾，分别形成了两种不同的节奏：哼唱型节奏（吟调）和说话型节奏（诵调）：

> 一首诗以两字顿收尾占统治地位或者占优势地位的，调子就倾向于说话式（相当于旧说"诵调"），说下去；一首诗以三字顿收尾占统治地位或者占优势地位的，调子就倾向于歌唱式（相当于旧说的"吟调"），"溜下去"或者"哼下去"。但是两者同样可以有音乐性，语言内在的音乐性。④

这样，卞之琳就将诗歌的核心要素"顿"，在此前和古代诗歌的两大体系（"四六言"体系和"五七言"体系）沟通的基础上，进一步和诗歌的两

---

① 卞之琳：《读诗与写诗》，《大公报》，1941年2月20日。
② 有研究者提出："卞之琳提出英国诗中存在着'歌唱的节奏'和'说话的节奏'确是重要的发现，他平行移用，揭示类似的中国旧诗与新诗在格律上的分歧。"似乎英国诗歌中的两种节奏是卞之琳的首次发现。（张松建：《形式诗学的洞见与盲视：卞之琳诗论探微》，《汉语言文学研究》，2012年第1期。）
③ 《哼唱型节奏（吟调）和说话型节奏（诵调）》（1954年）、《对于新诗发展问题的几点看法》（1958年）、《谈诗歌的格律问题》（1959年）、《〈雕虫纪历〉自序》（1979年）。
④ 卞之琳：《哼唱型节奏（吟调）和说话型节奏（诵调）》，《人与诗：忆旧说新》，生活·读书·新知三联书店，1984年，第141页。

种节奏联系起来,从而将他的诗歌理论进行了进一步的完美体系化。

卞之琳认为区分两种调子看的是结尾是"二字顿"还是"三字顿",这样就提出了一个需要进一步考虑的问题:在各诗行大体整齐或对称的前提下,如何去安排诗行内部"顿"的组合结构?具体来说就是,二、三音节组成的现代汉语的基本"顿"类,在诗行中如何安排更合适?卞之琳说:

> 不拘平仄的白话新体格律诗(我并不排除白话新诗用自由体)以二、三音节成组、成拍而一顿、一逗,一般说来,在正常情况下,每行也似乎最好不用二二、二二或三三、三三或二三、二三或三二、三二,诸如此类,以避免单调呆板,最好似乎也得相应而用参差均衡律。①

就是说"二言顿""三言顿"在诗行中也要参差交替,有规则地变化。在《雕虫纪历(1930—1958)》的自序中也有这样的观点:"在白话格律体新诗里,可能也需要不同字数'顿'的参差交错,而除非为了有意要达到特殊效果的场合,不能行行都用一样安排的不同字数'顿',例如一律用三二、三二或二三、二三或三二、二三或三三、二二或二二、三三等等。"②

在卞之琳的完美体系中,中国古体旧诗与白话新诗存在节奏类型上的基本区别:中国古体旧诗中有"哼唱型节奏"(吟调)和"说话型节奏"(诵调)两种节奏,而白话新诗中只有"说话型节奏"(诵调)一种节奏。

卞之琳在谈到自己与何其芳诗学观点不同时,特别强调区分两种诗歌调子的重要性。他们从一个地方出发,却抵达了不一样的目的地。他们两人都认同"顿"在诗歌中居核心地位。由此出发,何其芳推论出建立现代格律诗的必要;而卞之琳却强调两种诗歌调子的区别。从技术上来看,在两人不同的诗学体系中,押韵的诗学功能完全不同。在卞之琳看来,押韵并不是白话新诗的一个基本因素,而何其芳却把"押韵"与"顿"一起看作是现代格律诗的最基本因素。卞之琳说:

---

① 卞之琳:《说"三"道"四":读余光中〈中西文学之比较〉,从西诗、旧诗谈到新诗律探索》,《人与诗:忆旧说新》,生活·读书·新知三联书店,1984年,第211页。
② 卞之琳:《自序》,《雕虫纪历(1930—1958)》,人民文学出版社,1984年,第14页。

在对于诗歌格律的看法上,我和何其芳同志出发点相同,着重点有些不同。我特别着重了从顿法上分出五七言调子和非五七言调子。我在《几点看法》一文第三段说过:"照我们今日的民族语言看来,五七言一路韵语调子便于信口哼唱(有别于按谱歌唱),四六言一路韵语调子倒接近说话方式,便于照说话方式来念(包括戏剧性的"朗诵")。"……差别关键也就是每行收尾是不是二字顿占支配地位。因此我和何其芳同志在分类提法上有些不同:我不着重分现代格律诗和非现代格律诗,我着重分哼唱式(或者如何其芳同志所说的"类似歌咏"式)调子和说话式调子。只要摆脱了以字数作单位的束缚,突出了以顿数作为单位的意识,两种调子都可以适应现代口语的特点,都可以做到符合新的格律要求。而只要突出顿数标准,不受字数限制,由此出发照旧要求分行分节和安排脚韵上整齐匀称,进一步要求在整齐匀称里自由变化,随意翻新——这样得到了写诗、读诗、论诗的各方面的共同了解,就自然形成了新格律或者一种新格律(一种格律不等于一种格式或者体式,因为主要以顿数为单位的这一种格律可以如上面所说的容许各样的格式;而我不想排斥可能从别的标准出发而形成别种格律体系)。①

把"顿法"与"调子"对应起来,将诗歌深层的声音区分出两种调子(哼唱式调子和说话式调子),与何其芳相比,理论阐释更细致化了。就这样,卞之琳把诗歌的"格律"研究推到了一个新的理论前沿。卞之琳的两种调子理论在新诗"格律"的建设上更具有开放的视野。1958年发生了全民性的新民歌运动,毛泽东提出要在古典诗歌和新民歌的基础上发展新诗,引发了"新诗发展道路"问题的争论。在一个自由诗被贬为洋化之物的时代,卞之琳却认为在民歌基础上发展的"哼唱式调子"属于民族形式,以自由诗为基础的"说话式调子"也属于民族形式。卞之琳与何其芳一起,认为民歌体与旧格律诗是有限制的,应建立新型的现代新诗格律,这使其受到许多责难,但他们仍然坚持自己的理论,表现了可贵的理论清醒与自觉。在那个时代,卞之琳既创立了自己的理论体系,又秉有比时代文艺观更加开放的诗学

---

① 卞之琳:《谈诗歌的格律问题》,《文学评论》,1959年第2期。

观，只有极少数的理论家能做到这一点。卞之琳的伟大即在于此——一个有眼光开发自己理论体系的诗学理论家！

  改革开放后，卞之琳对新诗的格律问题又继续探索，发表了许多精辟论述。有意思的是，卞之琳不同时期写的文章理论主张是一贯的，几乎没有发生什么变化。这在当代文学理论史上是较少的。1979年，卞之琳为了进一步总结并"宣传"自己的有关白话新体诗格律的观点，以旧文新发的方式发表了《对于白话新体诗格律的看法》一文。卞之琳将以前发表的有关白话新体诗格律的重要文章合成一篇文章重新发表。在这次的记忆打捞中，只有四处文字"节点"进入"储藏柜"。他在这篇文章的按语式前言中说："我对于白话新体诗格律问题的看法，公开发表过的只见于《文学评论》一九五九年第二期上的《谈诗歌的格律问题》一文。"另外三处并没有在刊物上公开发表的讨论白话新体诗格律的是：他翻译的莎士比亚悲剧《哈姆雷特》单行本[①]一书前的"译本说明"、1953年12月24日中国作家协会创作委员会诗歌组召开的"诗的形式问题"讨论会第二次会议上的发言[②]、1978年12月10日为自己编就的诗汇集《雕虫纪历（1930—1958）》的自序[③]。可见，不但关于白话新体诗格律的观点一直集中在这几篇重要文章中，而且随着时间的冲刷，卞之琳的诗学观点坚定如初。

  卞之琳提出了自己的诗歌"顿"的概念，并由此提出了有关中国古代诗歌两大体系（"四六言"和"五七言"体系）的新解释，并阐释了不同诗歌节奏的语调舒急问题，并最终发展出两种不同的诗歌节奏：哼唱型节奏（吟调）和说话型节奏（诵调）。卞之琳的现代新诗格律理论不斤斤计较于细节（脚韵、平仄、轻重音），把握最基本的格律因素（顿）分析出两种格律基本调子（哼唱型和说话型），于大处着眼，求规律而有自由。在当代诗学理论史方面卞之琳进行了自己的独特的探索，在中国现当代新诗理论批评史上有重要的地位。

---

① 莎士比亚：《哈姆雷特》，卞之琳译，作家出版社，1956年，第2-3页。
② 发表在内部刊物《作家通讯》，1954年第9期。
③ 卞之琳：《对于白话新体诗格律的看法》，《社会科学辑刊》，1979年第1期。

第三节　林庚的典型诗行格律理论

从整体上看，何其芳与卞之琳的诗学观存在着更多的相同之处。两人都从现代汉语口语的语言特点入手，又继承中国古典诗歌传统格律精神，来理解新诗"格律"，思考问题的路向存在相同之处，具体的主张也多有叠合；而同样影响巨大的林庚有关白话新诗格律的观点与他们两人却有更多的不同。

一、古典诗歌的形式经验

林庚在古典文学研究中取得辉煌的成就，他出版过《中国文学简史》《唐诗综论》《诗人屈原及其作品研究》《诗人李白》《〈西游记〉漫话》等，参与过全国大学统编教材《中国历代诗歌选》的编选。中国古典文学，尤其是中国古典诗歌，对林庚的影响不可谓不深。林庚早年热衷于写古诗，后来却认真地写起新诗来。为什么会发生这个转变？他说：

> 我是 1931 年开始写新诗的。在此之前，我热衷于古典诗词，而且写得很多，也博得过一些赞誉。可是我在勤奋的写作中，却渐渐发现自己总是在重复着类似的语言，特别是那得意之处，总是好像是"似曾相识"，好像自己并不是在真正地进行创作，而是在进行着对于古诗的改编。这当然是由于我自己的才力有限，不容易突破前人的藩篱，可是我为什么一定要用古人的语言来写诗呢？为什么不能痛痛快快地说自己的话呢？从古典诗歌的历史看来，过了时的诗歌形式也不一定就不能产生新的佳作，……但这毕竟是偶然的例外。①

林庚在另外一篇文章中也从另外一个角度谈到古典诗歌的束缚："一切可说的话都概念化了，一切的动词、形容词、副词在诗中也都成了定型的而

---

① 林庚：《谈谈新诗回顾楚辞》，《新诗格律与语言的诗化》，经济日报出版社，2000 年，第 98 页。

再掉不出什么花样来了。"①林庚意识到必须走另外的探索之路。"我是从两方面开始这种探索的。一方面致力于把握现代生活语言中全新的节奏,因为它正是构成新诗行的物质基础;一方面则追溯中国民族诗歌发展的历史经验与规律。这两方面原是相辅相成相互促进的。历史的回顾更加深了我的信念。"②林庚改写新诗了!他以自己的新诗创作开启了几十年的新格律诗建设的探索。展开诗学探讨时,林庚往往强调新诗的形式问题,甚至有一种将形式提到诗歌本体的倾向:"其实说到什么是'诗','诗'原只是一种特殊形式的语言,诗如果没有形式,诗就是散文、哲学、论说,或其他什么,反正不是诗。"③

从20世纪30年代到90年代,林庚一面从事创作,一面发表诗学论文。在这个过程中,他发现:"诗歌作为一种艺术体裁,首先遇见的就是它的形式问题,因而这方面产生的争论也就最多。形式怎样才能更有利于诗歌的创作乃是问题的核心,不同的意见也是以此为焦点的。"④诗歌的形式问题是林庚一生的孜孜以求,而其中的焦点又是新诗的"建行问题"。林庚写新诗,与一般人不同,是带着自我理论使命来的:解决新诗的"建行问题"。

经过从20世纪30年代中后期到20世纪50年代末长时期的探索,林庚从创作到理论,确立了一套以"典型诗行"、"半逗律"和"节奏音组"为三大支柱的新诗建行理论,最终以此汇流到新诗格律理论之中。他提出这些主张目的是解决新诗的"建行问题"。林庚认为,"诗歌的形式问题或格律问题,首先是建行的问题"⑤,这个问题不解决,其他的方面都会落空。林庚提出这个问题,有新诗写作实践经验的启发,更有古典诗歌写作和研究的触发。专门以探索新诗的"建行问题"为自己理论的中心命题,在当代新诗理论史上,还是第一次。

---

① 林庚:《诗与自由诗》,《新诗格律与语言的诗化》,经济日报出版社,2000年,第8-9页。
② 林庚:《〈问路集〉序》,《新诗格律与语言的诗化》,经济日报出版社,2000年,第4页。
③ 林庚:《再论新诗的形式》,《新诗格律与语言的诗化》,经济日报出版社,2000年,第39页。
④ 林庚:《从自由诗到九言诗(代序)》,《新诗格律与语言的诗化》,经济日报出版社,2000年,第15页。
⑤ 林庚:《关于新诗形式的问题和建议》,《新建设》,1957年第5期。

二、典型诗行

林庚认为，从历史经验来看，诗的形式"出于语言的节奏自然的形成"[①]，四言诗、五言诗、七言诗均是如此。成熟的新诗形式也应是"诗的自然的现象"[②]。各种诗的形式形成的过程动辄要在历史的长河中沉淀几百年，因此绝对不会有一种成熟的新诗节奏很容易地诞生。林庚认为理论家的使命就是努力"催生"成熟的新诗节奏。为了更好地履行这个使命，必须廓清一种模糊的诗歌形式观：诗歌形式追求的是"悦耳"的因素，如双声、叠韵等。这些因素并不是诗歌的形式，也不能用来代替诗歌的形式。"诗的形式真正的命意，在于在一切语言形式上获得最普遍的形式。"[③]玄妙而让人难以把握的"最普遍的形式"到底是什么？林庚用一个例子来说明：

> 五七言是诗的形式。正因为它能够普遍。我们从一切形式上获取这普遍的形式，我们也就是从一切特殊的形式里解放出来。[④]

研究或探究新诗，也必须从"普遍的形式"这个根本入手。典型诗行就是林庚找到的新诗的"普遍的形式"。典型诗行的建构是林庚新诗格律形式建设的核心。其实，在林庚诗学生涯的早期，他就隐隐约约提出了相关的问题。1940年林庚在厦门大学中国文学会上作过一个专门探讨诗歌形式的报告。报告开门见山提出一个设问："新诗为什么没有形式，新诗是不是也应该有形式，新诗没有诗的形式为什么叫作诗，新诗若有了形式与旧诗有何区别？"[⑤]对新诗的形式问题虽然在20世纪40年代林庚就开始了思索，但是直到50年代他才找到自己的系统"答案"：

> 一个理想的诗行它必须是特殊的又是普遍的，它集中了诗歌语言上的最大可能。这就是典型诗行。它不是偶然的能够写出一句诗

---

① 林庚：《再论新诗的形式》，《新诗格律与语言的诗化》，经济日报出版社，2000年，第38页。
② 同①。
③ 林庚：《再论新诗的形式》，《新诗格律与语言的诗化》，经济日报出版社，2000年，第39页。
④ 同③。
⑤ 林庚：《新诗的形式》，《新诗格律与语言的诗化》，经济日报出版社，2000年，第28页。

或一首诗,而是通过它能够写出亿万行诗、亿万首诗;这样的诗行,当第一个诗行出现的时候,就意味着亿万个同样的诗行的行将出现,诗歌形式因此才不会是束缚内容,而是作为内容的有力的跳板而便利于内容的涌现。①

中华人民共和国成立后,林庚把新诗格律形式的建构归结到"典型诗行"的创造。在林庚心目中,作为最重要的诗歌形式问题的"典型诗行"往往被诗歌"行与行"的组合及"叶韵"等问题所遮蔽。国外的十四行诗要分四四四二或四四三三,中国律诗规定八行,中间四行对仗,行与行的平仄要合规律,等等,都属于"行与行"的组合问题。这些问题与"叶韵"问题一样,都"能把诗行明显划分出来",可是都是"最粗糙的建立诗行的方式"②。行与行的组合及叶韵问题是诗歌的形式问题,但不是基本的形式问题。诗歌的基本形式问题是诗歌的建行。诗歌的建行问题解决好了,才能进一步谈诗歌的行与行之间的组合问题。认识清楚了这个背景,才能充分知晓林庚将主要注意力放在新诗的建行问题之上的原因。

新诗的建行问题或者说典型诗行的寻找——这个理论命题的提出来自林庚对古典诗歌的个性的独特体察。在他看来,古诗中的四言、五言、七言正是"典型诗行",所以能产生无限的创造。也就是说,浩如烟海的四言、五言、七言诗其实可以归纳出三种典型诗行:四言典型诗行、五言典型诗行和七言典型诗行。

林庚在这个分析基础上得到启示:现代新诗要建设一种成熟的形式,必须要有自己的典型诗行。新的典型诗行建立的普遍原则是接受传统又随着语言的发展而发展新的典型诗行:

　　文言发展为白话既是一个客观事实,在这个事实面前,过去的传统我们是要接受的,但必须是批判的接受。……要把五七言形式的传统同今天语言文字(也即口语或白话)的发展统一起来,我想这就是当前存在的一个问题。可是如果统一之后还就是五七言,那似乎不能算是什么统一;它的结果必然限制了语言文字的发展。如果统一之后

---

① 林庚:《再谈新诗的建行问题》,《文汇报》,1959 年 12 月 27 日。
② 林庚:《新诗的建行问题》,《文艺报》,1950 年 1 卷 12 期。

与五七言全然不同，那当然更不是统一；那只是打破传统而已。①

根据现代汉语的语言特点，他提出了具体的意见："这些年来我的体会，九言诗行（五四）、十一言诗行（六五）可能最具有普遍性。"②下面我们通过林庚对九言诗行的具体讨论，看看他思考问题的理论逻辑。

林庚专门写论文讨论了九言诗的"五四体"。这种九言诗行的节奏为上"五"下"四"。特别要强调的是，如果是上"四"下"五"就是完全不同的诗行。虽然八字诗行（四四节奏）、十字诗行（五五节奏）、十一字诗行（六五节奏）都有可能广泛使用，但是上"五"下"四"的九字诗行"最接近民族传统，也最适合于口语的发展"③。"民族传统"与"口语的发展"是当下诗歌形式要解决的主要问题，九言诗的"五四体"将很好地解决这个问题。先来看看"五四体"对民族形式的继承。林庚认为，中国诗歌形式的传统是，由四言发展到五言，再发展到七言。从七言成熟的隋唐到现在，时间过去了一千多年，语言文字发生了很多改变，一个重要的方面是"双字"（两个字的词组）大量出现。这样，在诗歌的节奏上就不能不有所改变，改变的方向必然是诗句的变长（超过七言）。"五四体"适应了七言诗原来的节奏类型，而将"四三体"的字数进行了拓展，将"成为今天诗歌上一种较为普遍的新形式"④。

林庚认为，典型诗行的内在节奏就能够组成一种完满自足的新诗形式因素，在典型诗行内部像旧体诗一样的平仄和韵脚是不必要的，它们都是外在的修饰成分；典型诗行有规律的反复自然会形成韵律和节奏。

林庚提出典型诗行就是回答在"新""旧"两者之间如何沟通的问题——这个是他新诗写作大约 10 周年（1940 年）时提出的命题。这里的"新"是指自由体新诗；"旧"是指格律体旧诗。林庚将两者的不同描述为："自由诗是为了目的不择手段，旧诗是为了手段不要目的。"⑤在一些人觉得完全不

---

① 林庚:《新诗的建行问题》,《新诗格律与语言的诗化》,经济日报出版社,2000 年,第 44-45 页。
② 林庚:《再谈新诗的建行问题》,《文汇报》,1959 年 12 月 27 日。
③ 林庚:《九言诗的"五四体"》,《新诗格律与语言的诗化》,经济日报出版社,2000 年,第 47 页。
④ 林庚:《九言诗的"五四体"》,《新诗格律与语言的诗化》,经济日报出版社,2000 年,第 49 页。
⑤ 林庚:《新诗的形式》,《新诗格律与语言的诗化》,经济日报出版社,2000 年,第 28 页。

可沟通的地方，林庚要找到了希望。"典型诗行"理论的提出是林庚的重要贡献，把新诗格律的建设推向了一个新的高度。典型诗行理论是林庚从古诗传统中继承的形式经验；他又从现代语言发展提出两种现代新诗典型诗行（九言诗行、十一言诗行），推陈出新，很有独创性。现代白话新诗很容易滑入散文化而缺少"诗性"，林庚的"典型诗行"为防止新诗散文化、非诗化的不良倾向开拓了一条可能途径；同时，也为现代新诗获得自己的身份而与其他散文文体区别开来提供了一种可能。

三、半逗律

"半逗律"是林庚建构典型诗行所依据的内部重要形式因素，也是林庚总结中国传统古诗发展历程的重要发现。林庚发现《诗经》中的"兮"字有三种用法，但归成一类，"它们都是表情的字"①；可是到了《楚辞》里，"兮"字完全离开了表情的作用：

> 《楚辞》里的"兮"字乃是一个纯粹句逗上的作用，它的目的只在让句子在自身的中央起一个有如休止符的作用，它遇到需要表情字的时候，就再用其他的语吻字。……"兮"字所以在一切文字当中成为一个最特殊的字，它既不含有字义，又也非语吻字，这个独特的印象是通过《楚辞》才创造出来的。没有《楚辞》，"兮"字只不过是一个普通的语吻字。从《楚辞》开始，"兮"字才突出而成为一切文字之外的一个新字。《楚辞》所以才真正创造了我们熟悉的"兮"字。其他的语吻字如"些"、"只"等都只能放在句尾，那还是属于第三种的，而《楚辞》则创造了第四种的"兮"字。它似乎只是一个音符，它因此最有力量能构成诗的节奏。这就是《楚辞》里"兮"字的性质。②

一句话，"'兮'字的任务是构成节奏，它本身并无意义"③。这篇写于1948年的论文，一直启发着林庚后来的理论思维。这里林庚虽然还没有提出

---

① 林庚：《楚辞里"兮"字的性质》，《新诗格律与语言的诗化》，经济日报出版社，2000年，第108页。
② 林庚：《楚辞里"兮"字的性质》，《新诗格律与语言的诗化》，经济日报出版社，2000年，第109-110页。
③ 林庚：《楚辞里"兮"字的性质》，《新诗格律与语言的诗化》，经济日报出版社，2000年，第110页。

"半逗律"的概念，但已呼之欲出了。

"半逗律"在林庚建构新诗格律的理论体系中处于核心地位。他认为，建立典型诗行依据的不是字词的平仄和音节的轻重长短，也不是何其芳、卞之琳所主张的顿（音步），而是"半逗律"。

他认为中国传统古诗中就有半逗律的规律：

> 事实上中国诗歌形式从来都遵守着一条规律，那就是让每个诗行的半中腰都具有一个逗的作用，我们姑且称这个为半逗律，这样恰好就把一个诗行分为均匀的上下两半；不论诗行的长短如何，这上下两半相差总不出一字，或者完全相等。①

不仅四言典型诗行的规律是"二""二"，五言典型诗行的规律是"二""三"，七言典型诗行的规律是"四""三"，而且杂言的"楚辞"以"半逗律"来看也是很有规律的。在林庚看来，"半逗律"只是分成相对平衡的两部分，中间有一个较长的停顿。这样，可以照顾字意的完整，不至于把一个词义拆开，做到声音的节奏和诗行的意义相协调。

林庚在传统中发现了"半逗律"，认为它还有生命力，就把其纳入新格律诗建构中。重要的是：林庚认为这个"半逗律"属于"自己民族形式的规律"②，而将"音步""顿数"等概念移到中国新诗中来，则水土不服。西方诗歌可以通过"音步""顿数"来取得诗行间的匀称统一，而中国诗行不行，因其原本就不是用此构成格律，若要移来最终只能导致零乱。

林庚站在诗歌形式与民族传统的双重视点上，总结到：

> "半逗律"乃是中国诗行基于自己的语言特征所遵循的基本规律，这也就是中国诗歌民族形式上的普遍特征。③

按照"半逗律"建立的基本诗行不但接近民族传统，而且适合口语发展。

---

① 林庚：《关于新诗形式的问题和建议》，《新建设》，1957年第5期。
② 同①。
③ 同①。

四、节奏音组

"节奏音组"与"半逗律"一起构成了林庚的"典型诗行"理论的基本内核，最终三者一起形成了他的现代新诗格律理论。

20世纪30年代林庚对当时作家创作的自由诗做了一次统计，从中发现了节奏音组。他说：

> 在这统计里发现了一个事实，就是凡念得上口的诗行，其中多含有以五个字为基础的音组，姑称之为"节奏音组"。①

林庚对新诗诗行节奏的探索有自己的特色，与其他几位代表性的人物是不同的。闻一多的"音尺"更多地借鉴了西方诗歌格律资源；何其芳提出的"现代格律诗"，只有这样一点要求，按照现代口语的特点有规律地押韵，诗句每行的顿数有规律，并且每顿所占的时间大致相等，"每行的最后一顿基本上是两个字"，以适应现代汉语词汇绝大多数是两个字组成的情况；②卞之琳则认为诗行顿数要有规律，以二字或三字结尾都可以，分别形成两种诗歌调子：哼唱型和说话型。③不管是闻一多的"音尺论"，还是何其芳、卞之琳的"顿"说，都是从较小的语言单位着眼分析现代新诗的节奏，而林庚的"节奏音组"则是根据"半逗律"理论从更大的语言单位着眼分析新诗节奏。

林庚认为根据"半逗律"划分出的诗行后半部分一般是四个字或五个字，这就是现代新诗的节奏音组，其前的顿歇就是典型诗行的节奏点。林庚这样具体分析古诗的节奏音组：四言诗的节奏形式是"二二"，节奏音组是"二"；五七言诗的节奏形式是"二三""四三"，节奏音组都是"三"。根据"半逗律"和现代汉语双音词占绝大多数的发展趋势，林庚尝试了八言（四四）、九言（五四）、十言（五五）、十一言（六五）等各种典型诗行，最后确立了九言"五四体"和十一言"六五体"是最适合现代语言的典型诗行。因此，现代格律新诗的节奏音组应为五言、四言节奏音组。

---

① 林庚：《九言诗的"五四体"》，《光明日报》，1950年7月12日。
② 何其芳：《关于现代格律诗》，《关于写诗和读诗》，作家出版社，1956年，第51-74页。
③ 卞之琳：《自序》，《雕虫纪历（1930—1958）》，人民文学出版社，1984年，第1-21页。

林庚"一方面致力于把握现代生活语言中全新的节奏,一方面追溯中国民族诗歌形式发展的历史经验和规律"①,提出了自己的理论。至此林庚彻底完成了其新诗格律理论的自洽性建构。

在新诗格律探索的漫漫长路上,林庚的身影最为执着,成效也最为显著。他之所以这么重视诗的格律形式,是因为他并不是单纯从形式看形式。形式也是诗之特质的一部分,因此形式在新诗创作中就特别重要。林庚孜孜以求的"典型诗行"的重要性就在于此。"典型诗行"不简单是新诗格律建设的问题,而是事关新诗成败的重要"药方"。

在林庚的"药方"中,以"半逗律"为中心,每个诗句都有相对固定的字数,八言、九言、十言、十一言体等,他都有过试验性写作。其中成绩最为突出者为九言体,也因此有人称之为"林庚体"。从"半逗律"的发现、"节奏音组"的分析到"典型诗行"的建构,林庚为他心目中的现代新诗格律提供了独具特色的经验性的语言形式,开拓了现代新诗格律建设新的可能性。这个贡献不可抹杀,但是其典型诗行缺少应有的伸缩性,以一两种典型诗行统一新格律诗往往成了一种桎梏。

林庚自己曾说:"一切艺术形式都因为它有助于特殊艺术性能的充分发挥而存在,否则就都是不必要的。"②林庚提倡的以"半逗律"为中心的典型诗行理论,也必须以这个原则来衡量其价值,并且这种衡量必须以创作事实为依据。不但他自己要拿出说明这个理论的优秀作品,而且应该在一个较广的范围内影响其他诗人产出较好的作品。无论是在当时还是后来,读者对林庚理论体系的经典作品的期待并没有实现。可以说,林庚的探索并不成功,甚至是失败的。评价诗学理论批评家的观点,不但要看其逻辑是否自洽,而且看其是否拿得出受历史检验的经典优秀作品。这两点缺一不可。林庚的以"半逗律"为中心的典型诗行理论是一端完美而另一端严重失衡的跷跷板,论证得越惊心动魄,在创作中就离实践越远。

孙大雨有一段文字,没有直接说是针对林庚的,其实是没有指名的批评:

---

① 林庚:《〈问路集〉序》,《新诗格律与语言的诗化》,经济日报出版社,2000年,第4页。
② 林庚:《〈问路集〉序》,《新诗格律与语言的诗化》,经济日报出版社,2000年,第3-4页。

有些人觉得解决新诗的格律问题很简单，只要把诗行的字数弄整齐了就成，如一律九个字、十个字、十一个字等等，而且各行末一个字都得丁丁东东押上韵脚或脚韵。实际结果往往是呆滞、没有生气、旧诗翻新的，或者僵硬、不懂节奏原理和方法、误学西洋诗歌的"豆腐干诗"，把一些"美丽的"词藻和意象凑合在一起，扮演一番稀薄的情感就算做了一首诗。"豆腐干诗"或"骨牌阵"早已为人所诟病，但那样主张和实行的人近来似乎还没有绝迹，虽然人数不多，影响不大，而且只限于旧诗翻新的一派。这一种近于为格律而格律的主张，以为新诗不过是在中国文言韵文史里占重要地位的五言诗、七言诗的所谓发展，把问题看得太机械。怎样发展呢？简单得很，七言加上两个字变成九言，加上四个字变成十一言，加上六个字变成十三言，等等。①

新诗在五四时期带着"自由的血统"诞生。新诗革命性的"对手"是在几千年创作实践中形成完美格律形式的旧体诗。正是因为革命的需要，新诗不得不策略性地选择彻底的自由。否定一切诗歌形式，是一把重要的革命利器。在革命初期，如果新诗选择某种折中的"形式"来进行创作，这种不伦不类必将在旧诗的讥笑中失败。不要忘记一个历史已验证的法则，"矫枉过正"往往是革命者的一种不得不如此但也比较有效的路径。自由体新诗在五四新诗革命时期，为取得自身的合法性，也不得不采取这种通行的策略。而一旦这种革命策略获得成功就往往转化成一种"传统"，并对后来的其他探索构成重大压力。20世纪30年代，废名提出"新诗应该是自由诗"，是再一次对这种传统的合法性确认。这个传统将不断受到挑战，也将不断得到确认。何其芳、卞之琳、林庚的有关新诗格律的各种建设方案都是挑战中的重要理论策划书。遗憾的是到目前为止，新诗的最重要的实绩还是体现在自由体上。形式与自由的矛盾本是一切艺术必须面对的基本问题，然而对新诗来说，这一个问题特别醒目，也更显得似乎永远无法解决。

---

① 孙大雨：《新诗的格律》，《复旦学报》，1956年第2期。

第四章　情事两宜：抒情与叙事的面纱

从一种现代性的诗学理论来看，抒情和叙事构成了中国古典诗歌，当然也包括中国现当代新诗的双重艺术乐章。必须说明的是，"抒情"和"叙事"的概念就像"中国文学"的概念一样，诞生于现代学术概念的建构过程。当研究者用这种现代学术概念回望中国古典文学时，发现"抒情"和"叙事"亦已构成中国文学的重要实践和理论命题。而当这种双重乐章被现代学术发现并投向中国文学史时，很多学者认为，与"叙事"相比，"抒情"更是中国古代文学的一个重要传统。[①]"抒情"一词在中国诞生很早，《楚辞·九章·惜诵》中有"惜诵以致愍兮，发愤以抒情"诗句。近代之王国维等，现代之鲁迅等，以及当代诸多文论家，都有关于中国文学中"抒情"之讨论。尽管"抒情"用词同一，意义却微殊，更加显得中国文学中的"抒情"意涵之丰富。

为什么"抒情"传统在中国文学中特别显著？既是现代诗人又是古典诗歌研究者的林庚的一段话可以作为参考："欧洲的诗歌在小说出现之前承担了一部分叙事的使命，而中国的诗歌在一开始就以抒情为中心，等到小说发达时，抒情诗的传统早已充分发展，诗的国度也早已形成。从这里，我们可以得出怎样的结论呢？这就是：中国的诗歌是依靠抒情的特长而存在和发展的，并不因为缺少叙事诗，诗坛就不繁荣。相反，正因为走了抒情的道路，才成为诗的国度。从文学史上说，付出的代价是无法补偿的；但就诗歌来说，这个路子是走对了。"[②]

[①] 1971年，旅美学者陈世骧发表"论中国抒情传统"，指出抒情传统是中国文学的菁华。（陈世骧：《论中国抒情传统》，陈国球，王德威：《抒情之现代性："抒情传统"论述与中国文学研究》，生活·读书·新知三联书店，2014年。）

[②] 林庚：《漫谈中国古典诗歌的艺术借鉴：诗的国度与诗的语言》，《新诗格律与语言的诗化》，经济日报出版社，2000年，第114页。

美学传统一旦形成，就形成了内在的行进惯性和逻辑力量，后来的诗人和学者往往只能"生活"在这种美学传统中，而根本不会去质疑。无论将其描述为美学传统，还是美学"偏见"，它已经构成了巨大的诗歌美学存在。正因为这个巨大的诗歌美学存在，像诗人臧克家这样的观点就很容易理解：写人叙事不是诗的长处，诗应以抒情为主。①

"抒情"和"叙事"在中国新诗史上是否也像在中国古代文学中一样，形成了一种"抒情"独占鳌头式的传统，目前还没有人认真考究这个问题。总体上看，在当代新诗理论批评史上，"抒情"和"叙事"都得到了比较充分的讨论。

第一节 "抒人民之情"与抒情诗理论的兴盛

一、抒情诗：繁盛与问题

中国文学存在深厚的抒情传统，自是不言自明的事实，因为文学与情感本就是两位一体的，谁离开了谁都不能生存。然后就是这样一个简单事实，在 20 世纪 60 年代，经过留美学者陈世骧（1912—1971）从比较文学的视角"发现""中国的抒情传统"②命题，引来了诸多学者的深入探讨。陈世骧认为，从文学创作来说，"中国文学传统从整体而言就是一个抒情传统"，与"欧西史诗及戏剧传统"完全不同。③从文学批评来说，"中国古代的批评或审美关怀只在于抒情诗，在于其内在的音乐性，其情感流露或公或私之自抒胸臆的主体性"④。

---

① 臧克家：《写在卷头》，《臧克家长诗选》，山东人民出版社，1982 年，第 1 页。
② 最初，陈世骧在美国亚洲研究学会年会上作"论中国抒情传统"的英文讲演。1972 年杨铭涂将该演讲译为中文并发表于台湾《纯文学》月刊。又收入《陈世骧文存》（台湾志文出版社，1972 年；辽宁教育出版社，1998 年），以及《抒情之现代性："抒情传统"论述与中国文学研究》（生活·读书·新知三联书店，2014 年）和《中国文学的抒情传统：陈世骧古典文学论集》（生活·读书·新知三联书店，2015 年）。
③ 陈世骧：《论中国抒情传统》，陈国球、王德威：《抒情之现代性："抒情传统"论述与中国文学研究》，生活·读书·新知三联书店，2014 年，第 48 页。
④ 陈世骧：《论中国抒情传统》，陈国球、王德威：《抒情之现代性："抒情传统"论述与中国文学研究》，生活·读书·新知三联书店，2014 年，第 49-50 页。

随着现代白话新诗的发展，新诗不得不面对深厚的古代诗歌传统，虽然在创生时，它自己多有一份对古典诗歌传统断绝式抛弃，后来的不同阶段新诗还是不得不经常面临来自古典诗歌的巨大压力。如何转化并吸收来自古典诗歌的资源，大多数时候在诗人创作的冰川之底不知不觉发生，但也经常以创作和理论混杂的形式提到桌面上公开讨论。

中国古代抒情诗的创作十分繁荣，理论批评也非常盛大。然而一个有意思的现象是：在现代新诗史上，对现代抒情诗进行的理论阐释的专篇难得一见，缺乏对抒情诗系统深入的理论关注。这也许与新诗 30 多年的历史境遇有关：在深厚的古代诗歌传统面前，它不得不迅速地拿出实绩说明自己的强大。在这个强大的理论命题面前，一切都显得窘迫，人们根本来不及思考"抒情"与"叙事"这样比较纯粹的理论命题。

中华人民共和国成立后，情况立即发生了较大的变化：不但抒情诗出现新的繁荣，呈现了新的时代面貌，而且对抒情诗的理论探索也热闹起来。抒情诗在当代的繁荣是众所周知的情理之中的事。新政权的建立不断地推出一个又一个新的现代性社会意识形态，这些国家社会意识形态通过诸多文化形式宣传不断内化为大多数群众的自我内心需要。新的政权需要新的歌唱，抒情诗于是找到了最适合的舞台。对大多数诗人来说，面对新政权及其带来的建设成果，他们自觉或不自觉地放开了自己的歌喉。当代新诗史上抒情诗一直是相当繁荣的。值得注意的是，由于当代中国特殊的政治背景，文艺与政治在一系列事件中连续地发生了碰撞和纠结。倾向于直接感兴抒怀的抒情诗，在这个背景下更是呈现出自己的特殊面貌。政治抒情诗在 20 世纪五六十年代的兴盛，是那个特殊年代政治与抒情诗的结合所致。

抒情诗与政治的紧密联姻带来了一系列难以处理的问题：抒情诗是最个性化的创作，而政治是公共的空间，两者之间存在不可缝合的裂缝。矛盾如何克服？这是一个很难处理的矛盾。但是在现实面前抒情诗的作者必须找到自己的平衡点。而平衡点不是容易找到的，失衡往往成为常态。与失衡相随的往往是不断地批评，甚至批判，希望的是借助这些批评和批判帮助作者找到平衡点。当代新诗史上此类批评与批判的声音不绝于耳。诸如对胡风及其同伴的批判，对何其芳的批判，对《草木篇》与《吻》的批判，对李白凤的批判，对公刘的批判，对邵燕祥的批判，对雁翼的批判，对郭小川的批判，对苗得雨《文谈诗话》的批判，等等。诸多的批判性事件说明抒情诗在努力适应政治意识形态要求时还没有找到应有的定位点。

在抒情诗的创作中，对许多诗人来说，找到这个平衡性定位点是很困难的事。稍不平衡，就会摔跤。在这种情况下，对抒情诗给予理论上的阐释就显得十分需要和迫切，理论家不断地努力，或为在抒情诗与政治意识形态之间寻找平衡点，或为抒情诗维护"尊严"。与创作相反，在理论上找到抒情与政治的平衡点却相对容易得多，也因此风险较小。告诉骑自行车者如何找到平衡点比如何在骑行时找到平衡点要容易得多。由于这个原因，加上政治抒情诗特别兴盛，就导致了当代新诗理论批评史上关于抒情诗的理论批评文章比叙事诗的数量多得多。

二、"抒人民之情"：政治与艺术的折冲

关于抒情诗的讨论在 1956 年、1957 年达到一个高潮，直接的原因是中国作家协会第二次理事会议（扩大）的召开。周扬在《建设社会主义文学的任务》的会议报告中谈到诗歌创作时说：

> 我们需要的是人民的诗歌。我们的抒情诗，不是单纯的表现个人情感，个人情感总是要和时代的、人民的、阶级的情感相一致。诗人是时代的号角。在我们的抒情诗和叙事诗之间，并没有万里长城隔着，抒情是抒人民之情，叙事是叙人民之事。这就是我们的抒情诗的基本特点。①

"抒人民之情"的口号一时广为流传，如沈仁康写有《抒人民之情》②的文章，安旗出版过《论抒人民之情——抒情诗论集》③的专著。这番话引起了关于抒情诗的广泛讨论，一些有关的或新或旧的话题陆续浮出水面：抒情诗

---

① 周扬：《建设社会主义文学的任务》，作家协会：《中国作家协会第二次理事会议（扩大）报告、发言集》，人民文学出版社，1956 年，第 25 页。
② 沈仁康：《抒人民之情》，沈仁康、黄佩玉：《抒情诗的构思》，长江文艺出版社，1959 年。
③ 安旗：《论抒人民之情——抒情诗论集》，新文艺出版社，1958 年。

的生活基础、"小我"与"大我"的关系、构思、抒情形象、细节描写、炼意等，都广有涉及。这些话题看起来几乎都不是什么新鲜东西，然而一被带入"抒人民之情"新的语境，就生长出许多新的叶片，使得古老的话题有时变得"生机盎然"，有时也显得沉重不堪。

与"抒人民之情"最直接相关的是抒情诗的创作来源问题。宋垒将此表述为依靠灵感还是生活。① 宋垒认为，灵感对诗歌创作的确有相当重要的作用，但是创作优秀的诗歌需要更多的其他条件，如丰富的想象、深刻的思想、高度的洞察力和概括力、丰富的语言、熟练的技巧等。诗作者的世界观、精神品质和生活经验，更决定着他的诗作中思想感情的深度和倾向。而且不能忘记，灵感来自生活，从属于生活。我们必须认清它们之间的主从关系。离开了生活，一个人产生不出任何灵感。因此，否定深入生活的必要，不啻是间接地对灵感的扼杀。总之，写抒情诗要遵循这样一个原则：写抒情诗必须深入生活，因为生活是第一性的，创作是第二性的。萧殷就认为写抒情诗首先要有情可抒，这情感只有从生活中、从斗争中来。一个诗作者，如果对人民的事业缺少热情，缺少与人民共鸣共感的激情，要写出激动人心的诗篇，是很难想象的。②

我们可以将许多与宋垒、萧殷表述各异而内在相通的主张，哲学性地还原为这样一个问题：抒情诗的创作源泉来源于主观还是客观？通过这一还原，问题顿时就明显而严重起来：抒情诗有了主观主义和客观主义之分。一个文学问题就不仅是哲学问题，而且是政治问题。抒情诗作为文学与政治的互渗与较量的重要场域，在这样一个哲学性问题面前，政治就获得哲学性胜利。政治抒情诗作为一种文类在 20 世纪五六十年代之所以一路繁荣，与其天然获得这种政治哲学性胜利有关。

不过我们也不要将问题看得非常简单，似乎在这种诗歌政治哲学性压制下，抒情诗本来应有的诗学因素就会被压榨得"面目全非"。即使在这种情况下，抒情诗中的许多原始性问题还是不断自我行走，按照应有的逻辑不断

---

① 宋垒：《写抒情诗依靠灵感，还是依靠生活？》，《文艺学习》，1956 年第 2 期。
② 萧殷：《谈抒情诗——在一个座谈会上的发言》，《谈谈写作》，中国青年出版社，1957 年，第 7-8 页。

生发，呈现出非常驳杂的面貌，尽管都带有强烈的时代色彩。章晶修认为在抒情诗有"抒人民之情"的伟大作用的前提下，应学习古今中外的表现形式，但反对形式主义。因为现实生活是多种多样的，诗的表现形式当然也应该是多种多样的。①这种观点与抒情诗"抒人民之情"并不构成内在冲突，因为形式的多样有利于更好地"抒人民之情"。章晶修的抒情诗的多样形式最终的指向还是更好地"抒人民之情"，抒情诗的多样形式还是由"抒人民之情"决定的。

在"抒人民之情"这个理论前提下，对抒情诗各种具体写作技巧有系统性分析的是安旗。②也许安旗论述的问题被我们概括为"写作技巧"不够准确，它们抽象得更像是"写作原则"。这些介于抒情诗"写作技巧"和"写作原则"之间的范围十分广，包括抒情诗的典型化、概括、构思、夸张、含蓄等。

"典型化"这个概念被当时文学理论界广为使用，来要求所有艺术尤其是文学创作，概念背后牵涉的是"人民"和"政治"等相关的一些概念。不过，"典型化"更多地用来分析叙事性作品，而安旗认为抒情诗写作也必须讲"典型化"，这样也就将"人民"和"政治"内涵插进了抒情诗。不过安旗认为抒情诗的"典型化"方法必须多样：细节描写可有亦可无；创造人物形象可刻画具有特征的形态和动作，亦可发掘人物的内心思想感情；可直抒胸臆亦可曲折隐藏；可如实白描亦可惊人夸张。除此之外，议论精辟、提出问题、创造人物、描绘景物等也应是方法。这里的抒情诗"方法"几乎无所不包了，分类标准的含混导致了概念的混乱。避开这个纠缠不讲，安旗在一个诗歌创作方法日趋单调的时间，重提一些常识性的方法，浅显中包含着明确的针对性。

如果说前面谈到的抒情诗的创作方法是真正的具体方法，那么后面谈到的方法（概括、夸张、含蓄、构思）更接近创作原则。

---

① 章晶修：《谈抒情诗》，《红岩》，1956年7月号。
② 安旗于1956年、1957年发表了《论诗的典型化方法的多样性》《论诗的概括》《论诗的构思》《论诗的夸张》《论诗的含蓄》等文章，后收入新文艺出版社1958年4月出版的《论抒人民之情——抒情诗论集》第2辑。

安旗以杜甫的《哀江头》、贺敬之的《回延安》为例，认为诗的形象具体性不是不讲概括。诗不能只照抄生活、罗列现象、堆砌材料和事实。对一些理论文章没辩证地看待这个问题，只强调诗的"形象性"和"具体性"，忽视了概括的重要性，她提出了批评。"具体""形象"是抒情诗走向概括的手段，否则只能是走向"具体而流于烦琐，形象而流于拍照"。

安旗认为，为达到抒情诗的形象具体性，夸张是重要的表现手法。夸张可以使诗避免表面形似的描写和具体材料的束缚。夸张不仅在形似，而且在神似。不过，安旗又强调：夸张可以给诗带来感人的力量，但也不是万应灵丹，仅是多样方法之一。滥用夸张只能是虚伪而不真实，原则就看其现实基础和艺术效果。

经常运用夸张表现手法的抒情诗，必须讲求含蓄，否则也谈不上前面提到的概括。安旗认为，含蓄不是朦胧晦涩、故弄玄虚，而是以丰富的现实生活、朴素精炼的语言创造出广阔深远的意境。明朗与含蓄是不同的艺术风格但又相反相成。非常有意思的是，"明朗"与"含蓄"本来是非常纯粹的美学话语，有时也不知不觉被安旗注入了新的时代话语内容，如她认为"谜一样的诗"是资产阶级文艺趣味。这就将抒情诗的美学风格与阶级趣味联系了起来。这又让读者再一次相信，任何话语都是时代的话语。

要实现前面谈到的典型化、概括、夸张、含蓄等，一切都离不开抒情诗的构思。安旗强调，优秀的诗首先必须有优秀的构思。必须发挥创造性想象在构思中的作用，不过丰富的生活和思想感情永远是新颖构思的最终来源。

现在看来，这些文章表达的理论思想只不过是普遍性的基础知识，以前及同时代的诗学理论家也有类似的看法，比如，马上要谈到的同时期的叶橹也提出过抒情诗的典型化、概括提炼问题。但安旗还是以文章的系统而细腻引人注目，尽管其内容并不是非常新颖。总体上，安旗为"抒人民之情"设计了一套自己的"写作方法体系"，只有这样才能高效地"抒人民之情"。

萧殷从"抒人民之情"中，提出了抒情诗文体中的"形象"问题。[①]他认为，抒情诗的形象与小说的形象不同。小说、戏剧通过直接刻画相貌、脾

---

① 萧殷：《谈抒情诗——在一个座谈会上的发言》，《谈谈写作》，中国青年出版社，1957年，第9-16页。

气、动作等,来表现人物的性格;而抒情诗只通过表现人物的思想感情和情绪,来显示人物的性格。虽然这个分析还欠深入细致,但是基本上还是抓住了问题的核心。然而,接下去的分析又显出时代因素的巨大影响力。他认为,抒情的优劣取决于人物性格是否典型。如果性格与时代的步调格格不入,所抒发的思想感情和情绪又是极狭隘和纯个人的,那么抒情就很难有打动人的力量。作者最终又滑入了主流的诗学话语。从中可见,有关诗歌"抒人民之抒情"的理论话语的力量是如此强大而使得理论家围绕着它几乎原地打转。

以"抒人民之情"为中心,把各种具体诗学问题说得非常圆融贴切而又非常系统的,是叶橹。叶橹,原名叫莫绍裘,发表《关于抒情诗》①这篇文章的时候,还是武汉大学中文系一名大三的学生。据他自己回忆,凭着初生牛犊不怕虎的勇气将自己的第一篇诗歌评论《激情的赞歌》投给了《人民文学》,从而引起大家的注意和自己写诗评的兴趣。紧接着,他又为《人民文学》写了篇宏观理论性的约两万字的论文《关于抒情诗》。可以说,这是一篇在当时有关抒情诗的最有影响、也最系统的论文。现在还无从考证,为什么一个在读大学生的论文标题在目录中醒目地印成了黑体。因为作者是在读大学生,值得特别鼓励?还是论文写得特别好,系统而有见地?也许都有。不过,另外一个原因也不能忽视:这篇论文得以发表在最有影响的文学刊物《人民文学》上,很大程度上是因其观点符合周扬提出的"抒人民之情"的精神。可以说,叶橹的《关于抒情诗》是当时将周扬观点阐述得最系统而周详的文章。

叶橹首先对"抒人民之情"进行了直截了当的阐释。他认为,抒情诗中诗人的主观世界表现得比任何文学形式都更直接、突出,描写不能限制在个人情感的狭隘天地里,必须反映诗人所处时代的广大人民的要求和愿望、欢乐和痛苦。诗人的声音应当是时代的声音,诗人的感情应当是人民的感情。主观感受的描写只有在这个意义上才有价值。抒情诗是可以而且也应当反映生活中的重大事件和主题。

---

① 叶橹:《关于抒情诗》,《人民文学》,1956年第5期。

难能可贵的是，叶橹特别敏锐，他将"抒人民之情"的诗学讨论推进到抒情诗理论讨论的方方面面，讨论详细而周洽。《关于抒情诗》是那个时代少见的将"抒人民之情"这个大前提和自己的系统诗学观点完美结合而完成的长篇理论文章。大致说来，在大前提下，文章讨论了有关抒情诗的以下几个方面。

首先讨论了抒情诗的构思特点。叶橹从抒情诗最基本的文体特征谈起：

> 一般说来，在小说、戏剧、叙事诗中，生活中的矛盾和冲突，是通过作家和诗人对客观现实具体的直接的描写和刻画而体现出来的。在这里，生活、矛盾和冲突体现为人物的典型性格之间的矛盾和冲突，这里面有着纵横交错的生活画面。读者从这些各处不同的人物形象中更深刻地认识社会和生活，看到广阔的斗争场景。但是，在抒情诗中却不是这样的。抒情诗虽然也有完整的艺术形象出现，但是它揭示生活中的矛盾和冲突的方法是并不相同的。它更多地侧重于感情的抒发，它是通过形象来抒发感情，抒发自己对于生活的见解；也可以说，他是通过对于客观世界的感情的抒发以完成其艺术形象，以感染读者的①。

在那个时代，这些观点并非叶橹的独创，几乎可以看作是一种被普遍接受的文体知识，可贵的是能将这一切都系统化在一个有关"抒人民之情"的抒情诗的理论体系之中。

重要的是，叶橹以一个并非独创的抒情诗的文体特征为起点，提出了自己的抒情诗写作"情感"的特殊处理方式问题。既然如上所说抒情诗侧重于感情的抒发，那么什么情况下抒发感情才能打动读者？这牵涉"情感的典型化"。他认为这是抒情诗最基本的也是首要的要求。"情感的典型化"内涵是什么？一方面"指诗人的情感融汇到诗中去的时候，应当是对生活现象作广泛的研究所概括出来的"，另一方面"抒情诗要求诗人把人们情感中最本质的部分表现出来"，反之，如果"让一些微不足道的、渺小的灰色感情充

---

① 叶橹：《关于抒情诗》，《人民文学》，1956年第5期。

斥在诗中，那么他的诗就会失去意义[①]"。

叶橹发明了"情感的典型化"的概念，回答了如何处理抒情诗的内质"情感"问题。抒情诗中的"情感"处于"人民"和"自我"的矛盾位置，通过"典型化"就达到了新的统一。"情感的典型化"理论很好地为抒情诗中的"情感"架起了一座从"自我"通向"人民"的桥梁。在这一点上，20世纪五六十年代政治抒情诗的特征，可以和叶橹"情感的典型化"理论很好地互证。

与"情感的典型化"分不开的是题材的提炼和典型化。叶橹认为，必须选择生活中说明问题的最有特征、最本质的细节和事件来表达诗的思想。在当代，"最有特征、最本质"这个歧义纷呈的词汇往往被主流意识形态圈定在狭窄的范围之内，诗学的意义被政治的意义所淹没。也就是说"最有特征、最本质"往往被加入阶级性意识形态含义。这是抒情诗"抒人民之情"在题材选择中的必然要求。不过，叶橹在他的"最有特征、最本质"的架构中，还是为包含丰富想象的形象思维在抒情诗的构思过程保存了一个重要位置。叶橹毕竟是一个有诗人气质的理论家。

就抒情诗的风格来说，"情感的典型化"很可能最终导致写作风格的萎缩。也就是说"情感的典型化"很有可能导致"风格的典型化"。叶橹潜意识发现了这个问题，认为必须保持抒情诗风格的多样化；因为抒情诗本应是最个性多样化的文体，诗人独特的生活经验决定了其观察生活、体验生活上的不同情况，最终就必然表现为抒情诗创作的多样风格。他认为，诗人必须通过无限丰富和多样化的诗歌形式形成自己独特的风格，最终必定是有多少诗人就有多少种不同风格。这些观点的经验来源，也许是古诗的阅读，也许是对当时抒情诗写作现状的担忧。那个时代的抒情诗风格雷同的现象确实堪忧，政治抒情诗即一个典型的案例。叶橹秉着诗人的直觉，意识到"抒人民之情"可能对诗人个人风格的伤害，提出了风格多样化的论题，并从学理上进行了一定的论证。不过，叶橹没有完成也很难完成的是，回答到底如何在周扬的"抒人民之情"及自己的"情感的典型

[①] 叶橹：《关于抒情诗》，《人民文学》，1956年第5期。

化"中实现抒情诗风格的多样化？可能的路径到底在哪里？只能说，叶橹提出了一个真正的问题，但并没有给出有力的回答，或者说只给出了一个没有充分论证过程的简单答案。其实，一定要叶橹给出这个答案，太为难他了。他很难给出这个论证。既要"抒人民之情"和"情感的典型化"，又要风格多样化，中间存在着难以处理的各种时代矛盾。叶橹不可能在他的诗学体系里很好地回答这个问题。那个时代的诗歌实践证明，这不是一个很容易给出答案的问题。这不是他一个人的尴尬，而是一代诗歌作者、诗歌理论家的尴尬。

前面谈到的萧殷、叶橹的诗学观点，尽管分析重点和体系简详有区别，但是最终的指向都是"抒人民之情"。他们都是与主流相"和谐"的诗学，只是存在"主流"之下自己理论中"诗心"多寡的区别。与此不同的是，少见的与主流相左的"冲突诗学"与"抒人民之情"间的冲突简直难以掩饰。比如，王余认为，抒情诗有其独有的特征，那就是诗人自己的形象必须突出于全诗。如果取消了抒情诗中诗人自己的形象，不但抒情诗没有了，甚至诗的这种形式也不知道会变成什么样子。"诗人自己的形象"牵连的是自我、主观、灵感、想象等一系列此类的话语族系。这个话语族系与"抒人民之情"和抒情诗"来源于生活"这样的话语存在着明显冲突。王余从"抒情诗应该有诗人自己的形象"出发，批评了当时抒情诗写作中的缺点：

> 在较多的作品中还有公式化、概念化、标语口号化的毛病；还有忽视诗的优美形式的散文分行的毛病；还缺乏深刻的对诗行中的节奏、韵律和它的丰富的表现方法进行研究；还存在着对诗的形式重视不够的现象；对诗的语言还缺乏理论研究；题材的构思上、语言形象上、表现方法上有明显雷同的毛病。①

这些看法都触及了当时抒情诗写作中出现的基本问题，而且也是抒情诗这种文体写作中一些基本的理论问题。文章既有现实针对性，也有理论创新性。他说："认为抒情诗通过诗人自己的形象对生活作了评价的这种

---

① 王余：《有关抒情诗的一些问题》，《红岩》，1956年7月号。

特有的表现方法，就认为是在表现小资产阶级个人狭隘的感情是错误的。"①几乎就要明言这篇文章的理论观点与"抒人民之情"之间的某种批判性对话关系。虽然时代的原因，这种反思并不彻底，但是在当代诗学史上是难能可贵的。

通过前面的讨论可以看出，抒情诗理论的探讨是如何在政治话语和诗学话语之间徘徊前进，政治话语如何对诗学话语进行渗透，诗学理论家如何在政治话语和诗学话语两者之间努力地寻找平衡。各种各样的矛盾纠结在一起使当代抒情诗文体理论的探讨呈现出非常复杂的面貌。我们从中也清楚地看到各种权力话语力量的深层较量。

第二节 沈仁康的抒情诗理论

参与当年抒情诗讨论的，叶橹当时在读武汉大学，而沈仁康①刚刚从北京大学毕业。1956 年春夏之交兴起抒情诗的理论探讨大潮，沈仁康就这个论题在《人民文学》等刊物上发表了一系列论文，包括《抒情诗的构思》《抒情诗的意境》《抒情诗的含蓄》《抒情诗的概括》《谈抒情诗的写作》《抒人民之情》等。在当年参与抒情诗讨论的人中，沈仁康的文章发表量和理论系统性都名冠一时。这位出生于江苏常州的才子，以凌厉又灵气的文字，迅速在中国当代新诗理论批评史上占有一席之地。1959 年 5 月这几篇文章汇编为《抒情诗的构思》，由长江文艺出版社出版，第一次印数根据版权页显示就达 30,600 册，可见其影响是很大的。②这几篇文章中写得最早的是《谈抒情诗的

---

① 沈仁康，1933 年生，江苏宜兴人。1955 年北京大学中文系毕业，进入中国科学院工作。大学期间，发表《〈西游记〉试论》《离婚》等文章。1956 年任《中国青年报》记者、编辑。同年，参加全国第一届青年文艺工作者大会。1961 年调入广东省作家协会。历任《作品》杂志编辑、副主编，广东文学院副院长等职。出版诗集《秋天的白桦林》《延安道上》《南疆风》《酒涡》等，诗论集《抒情诗的构思》《诗意美及其他》等，也出版有多种散文集、小说集。
② 该书初版署名为沈仁康、黄佩玉，作者在初版后记中也说："这本书里的几篇主要的抒情论文，是两人合写的，因而署了两个人的名。"该书于 1978 年 11 月由湖北人民出版社修订重新出版时只署名沈仁康，后记用"自己"指称作者。真实情况待考。可能沈仁康是主要执笔者。

写作》,是在 1956 年 5 月初,正是讨论抒情诗最热闹的时候。此文与沈仁康的其他几篇论文不同,只是非常概括地论述,并未分论题具体展开。其精神在其后的文章中才得到充分展开,他当时可能并未来得及仔细考虑,只是为大形势提供了自己的提纲式"发言"。后来,他似乎有意识地建构自己的抒情诗理论系统。

一、作为复杂场域的"构思"

抒情诗的构思大概是当时理论界比较关心的问题,只要翻阅一下 1956 年、1957 年两年的刊物就会发现许多以此为题的文章。构思在抒情诗的艺术因素里,与情感性内容比,几乎不带任何意识形态性。抒情诗"构思"的这种意识形态纯粹性,使得谈论它的风险大大降低,这也许就是当年这个话题每每被提起的原因。另一个相反的层面似乎也成立,通过谈论抒情诗的"构思",可以更有效地抵达抒情诗的时代性。无论如何,"构思"作为一个抒情诗的中心理论问题,又一次登上了理论舞台。

沈仁康如大多数批评家一样,强调精巧的构思对诗的重要性。他说,对更讲文字精炼和题材选择的诗来说,构思尤为重要。注重构思的目的大约有两点:更概括地、更有说服力地、更凝练地反映诗人所要表达的思想;更形象地、更突出地描写吸引人的境界和浓郁的感情。那么如何才能获取精巧的构思呢?在作者看来,必须注意灵感、联想、想象三者的作用。灵感的开启,使诗人驰骋想象与联想,捕捉能充分表达自己感情的形象和语言,完成凝练、集中、完整、美丽的诗篇。诗的构思没有固定成套的公式,每首诗都应有自己独特的构思。构思是发现,是创造。经过独特构思的每首诗都必须从新的方面反映生活,并从而产生新的意义。

针对当时许多抒情诗尤其是政治抒情诗公式化、概念化的现象,提出抒情诗的构思的重要性是有现实意义的;尽管产生抒情诗公式化、概念化现象的更重要原因并不是当时诗人集体构思天分的缺失,诗歌的构思未必能很好地解决抒情诗的公式化、概念化问题。沈仁康从一个属于诗歌形式性因素的构思入手,开始自己的抒情诗理论建构,从而可以最大限度地避免意识形态的危险性。他进一步讨论了作为实现抒情诗良好构思重要路径的灵感、联想、想象三个因素。严格说来，从灵感、联想、想象三个因素切入抒情诗的构思难免流于粗疏，只是把一些文学理论中的一般概念加以新的穿插解释，并没有深入到构思的深层细致之处。这也许是受到学力的限制，也许是写得过于仓促。不过，尤其值得提出的是，沈仁康将"灵感"通过"构思"带入了抒情诗的讨论。在前面一节讨论宋垒《写抒情诗依靠灵感，还是依靠生活？》时，发现主张抒情诗写作中的灵感，往往隐含着否定"抒人民之情"的可能逻辑；而沈仁康又在一个新的理论逻辑中将"灵感"带了回来。这让我们看到，一个被中外学者广泛认同的文艺理论讨论的核心现象"灵感"是如何在有关"抒情诗"讨论的场域中被"请"进"请"出的，从而看到在建构一个看似简单的诗学体系过程中的实际的复杂性。

接下来，围绕着抒情诗的构思，沈仁康论述了抒情诗的含蓄、概括、意境等理论问题。含蓄与概括是抒情诗构思的基本原则，而意境是抒情诗构思的最终追求。

二、从人民性到阶级性的"意境"

这里先来看看沈仁康是如何谈抒情诗的意境的。抒情诗的艺术意境是如何构成的呢？沈仁康认为："形象、气氛、感情三者合而为一，构成了抒情诗的艺术意境。"①之所以这么说，是因为抒情诗是通过具体、生动、个别但又是经过了艺术概括的形象和气氛，表达诗人独特的感受和强烈感情。这个认识虽然并没有深入"意境"这个美学范畴的内部而只是从外部进行理论分析，但是也说不上完全偏离"意境"的阐释航道。他进一步认为："艺术意境既反映了现实生活的真实内容和诗人对生活的认识理解，又表现了诗人的风格、个性、智慧、艺术才能和具体感受。"②沈仁康在逻辑上将"意境"进行了一个"混杂"的解释，即将形式和内容都放到了"意境"概念之中，并且有"内容"畸重的倾向。而按照一般的理论理解，"境界"是内容和形式经过发酵式处理后的一种综合艺术效果，它超越内容也超越形式。王国维说

---

① 沈仁康、黄佩玉：《抒情诗的构思》，长江文艺出版社，1959年，第18页。
② 同①。

的"造境"和"写境"、"有我之境"和"无我之境"①等就是指超越内容和形式的综合艺术效果。必须看到,沈仁康将"意境"带到偏重内容的解释方向,也就是将"意境"带到了一块意识形态味极重的阐释之地。不过,这正是当时理论氛围的需要。沈仁康通过这种理论体系的创建,无意中为自己实现了"理论合法性"。

沈仁康认为意境对抒情诗来说非常重要,谈抒情诗的特点,必然要谈到意境问题。"抒情诗因为有了意境才有了艺术气氛、艺术感染力和艺术境界,才有了抒情诗的存在。"②意境成了抒情诗本体性存在的因素,成了确认抒情诗文体身份的标志。那么抒情诗怎样才能创造意境呢?意境的创造过程就是"典型形象提炼的过程和典型感受提炼的过程。这两者是同时进行的,典型形象提炼又因典型感受提炼的完成而完成的"③。把恩格斯典型环境中典型性格理论运用到抒情诗理论阐释中是沈仁康的一个创举,体现了马克思主义"典型"理论的巨大影响力,又反映了作者理论思维中难以摆脱的时代影响。

沈仁康的这个"活用"是否能与抒情诗这个阐释对象吻合呢?还是先看他的进一步解释。典型形象怎么提炼呢?"个别的形象和深刻的内含意义、真切感受的统一,完成了典型形象的提炼。"④典型形象中的"真切感受"是什么感受呢?其实就是典型感受。那什么是典型感受呢?"抒情诗中出现的是典型感受,也就是和人民思想感情达到一致程度的具体感受,也就是反映了深刻的生活内容的个性化了的独特感受。"⑤典型感受是"与人民思想感情达到一致"的感受。这里的逻辑线索是:典型形象是包含着典型感受的形象,而典型感受是统一于人民思想的感受。因此,无论是典型感受还是典型形象,都统一于人民的思想。至此,可以看到,作者再一次以"典型形象"与"典型感受"两个词汇把关于抒情诗的美学问题纳入宏大政治话语之中。

---

① 王国维所说的"造境""写境""有我之境""无我之境"等中的"境"即意境。
② 沈仁康、黄佩玉:《抒情诗的构思》,长江文艺出版社,1959年,第19页。
③ 沈仁康、黄佩玉:《抒情诗的构思》,长江文艺出版社,1959年,第23页。
④ 同③。
⑤ 沈仁康、黄佩玉:《抒情诗的构思》,长江文艺出版社,1959年,第24页。

在这个宏大的政治话语之中,"人民"一词带有天然的排斥倾向,因为它并不包括所有人。因此,沈仁康的抒情诗"典型美学"也就隐隐染上了时代的政治色彩。沈仁康的关于抒情诗的文体美学思考与意识形态话语是紧紧相渗的。用"典型"(典型形象、典型感受)来指称抒情诗的美学特征,必然会使抒情诗畸形地"崇高化",而失去许多本来属于它的诗意领地。抒情诗的"崇高化"在当时正是时代所需,也是绝大多数诗作的特征。可以说,沈仁康独特的体系来自于集体创作实践。

沈仁康并没有止步于意境的人民性,而是进一步将其推向阶级性。"社会主义时代抒情诗的意境"的提出,标志着沈仁康的意境美学理论终于走入"阶级性"话语。他按照时代的最高政治要求最后完成了他的理论雕塑。沈仁康说:

> 社会主义时代的抒情诗的意境,是社会主义生活集中、提炼和概括的反映,有别于社会主义以前任何时代的抒情诗意境;这个意境的构成,必须有无产阶级的世界观和无产阶级的感情!这个意境的浓烈程度,决定于无产阶级世界观和无产阶级感情的浓烈程度。①

沈仁康完成了时代所要求的诗歌理论家的造型,把抒情诗意境这个典型的美学问题彻底阶级化了。其思维中有一种抒情诗的意境进化观,似乎意境越发展越先进,越与先进阶级思想联系在一起。这与当时乐观的线性的社会革命论是紧密联系的,是其在抒情诗意境理论上的反映。抒情诗意境,一个原本较纯粹的美学话语,沈仁康却用自己的体系将其彻底带入了阶级性话语。沈仁康毕竟难以脱离时代,他的抒情诗理论也必定是一种时代语境中的理论。

三、在含蓄、概括中抵达革命浪漫主义

沈仁康认为,好的抒情诗一定是概括而含蓄的。尽管抒情诗大多表现为强调感情的直接抒发,感情抒发得淋漓尽致当然是一种美,但是其中有个美

---

① 沈仁康、黄佩玉:《抒情诗的构思》,长江文艺出版社,1959年,第26页。

感的艺术把握问题。否则，很容易流于一览无余式的叫喊，当代诗坛就曾深染此弊。正因为此，继承中国古代诗歌含蓄而有余味的传统被不断地提上议事日程。沈仁康认为之所以提出抒情诗要含蓄，就是为了抒情诗更有盎然的诗意和深厚的内容。他说："含蓄总是和丰富、深厚联系着，总是和单薄、浅陋对立着。"①

怎样才能达到抒情诗的含蓄呢？"通过艺术形象和艺术构思来表达作者的思想感情，才有了含蓄的可能，才有了获取艺术美的可能。"② 艺术形象与艺术构思在抒情诗创作中的所起的作用就是集中和概括，作者认为集中和概括是含蓄的两个必要条件。概括了巨大的生活内容才可能含蓄；含蓄和提炼生活现象、抓取有表现力的生活现象，有密切关系。诗人必须抓住最富有表现力的、最富有特征的形象，进行艺术加工。

这里我们要问的是，有了艺术形象和艺术构思、集中和概括，抒情诗就一定表现为含蓄吗？一些有艺术形象的诗可能并不含蓄，两者之间并没有必然的联系，其中还涉及艺术形象塑造过程中的诸多艺术手法问题，有必要在这方面作进一步探讨。另外，"集中与概括深广的生活内容"是艺术含量的问题，其当然也是含蓄的一个方面，但是抒情诗的含蓄更多的是艺术传达的问题，而不是艺术内容的问题。相同的艺术内容可以表达得含蓄也可以表达得不含蓄。沈仁康并没有在这方面进行细致的梳理。

沈仁康认为含蓄与畅朗平易并不矛盾，含蓄不是难懂、晦涩和不知所云，不是形式主义的文字游戏。这就避免了含蓄走向相反的方面。

与含蓄相关的是抒情诗的概括。含蓄是概括的效果，概括是含蓄的手段。沈仁康用传统画论中"形似"与"神似"的关系来说明抒情诗的概括。抒情诗的概括就是要通过真实形象的"形似"达到反映事物本质的"神似"。所谓形神兼备，真实传神，说的就是概括。抒情诗概括中的"似"，不是某一具体生活现象的"似"，而是概括了同类事物本质的"似"。要很好地理解抒情诗中的概括，必须弄清什么是抒情诗中的生活真实，因为抒情

---

① 沈仁康、黄佩玉：《抒情诗的构思》，长江文艺出版社，1959年，第38页。
② 沈仁康、黄佩玉：《抒情诗的构思》，长江文艺出版社，1959年，第39页。

诗中的概括来源于生活真实,又要更高层次地回归于生活。将问题带入这个视野后,沈仁康认为抒情诗中的生活真实不是自然主义地模拟生活现象,也不是形式主义平铺直叙地罗列生活现象。

有意思的是,沈仁康进一步指出,抒情诗的概括要表现出事物发展的未来,突出社会主义现实的实质,有认识生活、改造生活的责任,有为社会主义现实服务的鲜明目的性。为了达到此要求,他认为,抒情诗常常采用夸张的艺术手法达至浪漫主义的艺术表现。这里的浪漫主义有必要"升级"至革命浪漫主义,因为只有此才能赋予抒情诗更高昂的调子和更突出的表现能力,才能担负起对一个革命浪漫主义的时代革命浪漫主义生活的反映的任务。最终,沈仁康将抒情诗的概括指向了革命浪漫主义。

"革命浪漫主义"的理论印记是时间的给予。这些文章在写作时,正值中国大地掀起新民歌的创作热潮,理论界也对新民歌讨论得热火朝天。新民歌的最主要特征就是革命浪漫主义,这一点也得到了从最高层到广大普通理论工作者的充分肯定。①

说起沈仁康文章中提到的"革命浪漫主义",有必要看看他是如何为此修改自己的理论文章的。在沈仁康几篇主要的有关抒情诗的文章中,《抒情诗的概括》和《抒人民之情》两篇与其他不同,写于1957年而又在1958年作了修改。改了哪些内容?为什么修改?大致说来,就是将1958年新民歌运动中出现的受到全面肯定的"新"的美学话语引进自己的抒情诗理论体系。《抒情诗的概括》一文修改情况很好地证明了这一点。比如,从抒情诗中可以看到社会发展的未来,抒情诗拥有改造生活、为社会主义现实服务的责任,抒情诗必须具有高昂的革命浪漫主义调子等修改后的观点表述,让抒情诗承担了如此多的社会政治责任。之所以在一年内快速做出修改,是为了使自己的理论跟上时代的新形势,也即暴风骤雨般来临的新民歌运动。话语体系与时代接轨了,而独立的美学内涵却减少了。在一个个人缺乏独立性的时代,创作必然缺乏独立性,理论也必然缺乏独立性。

---

① 参看本书第五章。

四、艺术个性:"抒人民之情"下的命运

沈仁康关于抒情诗的诸多阐释最终的理论归宿就是"抒人民之情",沈仁康就写有一篇《抒人民之情》的理论文章。1956 年周扬在中国作家协会第二次理事会议上提出抒情诗要"抒人民之情",沈仁康在改定于 1958 年的《抒人民之情》中赋予这个词汇诸多新的时代含义。沈仁康说:

> 抒情诗一方面要求有独特的感受,独特的构思、独特的意境构成千差万别的不同的诗歌。……另一方面要求真实地反映时代的特征,真实地反映人民的精神面貌。诗人的艺术个性必须和时代、和人民的思想感情深刻地一致,才有可能真实地反映时代和人民。①

这样的论述基本上是周扬"抒人民之情"的基本理论内涵的具体延伸。其中存在一个不可克服的艺术矛盾:诗人的艺术个性和时代、和人民的思想感情如何得到一致。

沈仁康怎么去解决它呢?他没有提供理论上的通道来沟通两者。实质上,只能是取消诗人的艺术个性。当然沈仁康并没有明说,只是有这样一段话:

> 抒情诗创作中不同的艺术个性、不同的艺术风格,都是反映真理的艺术手段而已,因而它们没有独立存在的价值。违反了生活真实和人民思想感情,那么艺术风格等等,也就失去意义。因而艺术个性必须是人民思想感情的忠实镜子,必须扩大开去真实地反映广阔的生活面,而不是陷在"我"的圈子之中。②

艺术个性仅仅是可怜兮兮没有独立价值的艺术手段,是应该为了"人民思想感情"而牺牲"我"的"奴仆"性存在。沈仁康进一步认为,诗人世界观的不同决定了艺术个性的实质不同,这样就以世界观取代了艺术个性的独立价值。有个人主义的世界观,艺术个性必然是狭窄的个人主义。在这个话

---

① 沈仁康、黄佩玉:《抒情诗的构思》,长江文艺出版社,1959 年,第 75-76 页。
② 沈仁康、黄佩玉:《抒情诗的构思》,长江文艺出版社,1959 年,第 76 页。

语体系下,"个人主义"是很难容得下作者"个人"的。这样就会导致以世界观个人主义的大罪打击艺术个性的"个人主义",最终必然走向取消抒情诗的艺术个性。沈仁康认为"强调艺术作品的独特性,强调艺术个性的独特性,以致可以离开人民生活、违反生活真实"①这样的主张,是修正主义的观点。艺术个性在抒情诗中有一个什么样的位置一目了然。

"抒人民之情"的"人民"确实是一个内涵广而又模糊的词语。谁是人民?从广泛的意义来说,可以将每个作者都看作人民,那么"抒人民之情"就"抒作者之情"。当然,如果将概念抽离时空,这样的解释就会显得有自己独特的意义,从而有特殊的价值。然而,这却背离了那个时代"抒人民之情"的特定含义,也扭曲了沈仁康的原意。沈仁康下面的一段话很有时代的典型性:

> 人民这个概念,在不同国家和不同时代,有不同内容。在社会主义时代,抒人民之情不是别的,即是抒社会主义之情,抒社会主义革命者之情。如果要抒社会主义之情,诗人的世界观和艺术个性,必须是和社会主义思想感情一致的、统一的、深刻联系着的。②

可见,"人民之情"并不是谁都可以自由进出的领地,其中充满了特定的阶级内容。诸多充满艺术个性和思想内涵的抒情诗以"资产阶级个人主义世界观和艺术个性"的罪名被逐出了家园。在沈仁康的文章中,艾青的诗就遭到了批评。

中外诗歌史告诉我们,爱情诗与景物诗是最易体现艺术个性的文体。然而,在 20 世纪五六十年代,这两个在历史上曾产生过无数动人诗篇的文体遭到批判。1957 年初,由《草木篇》和《吻》引发了一场关于爱情诗与景物诗的讨论。如诸多讨论文章一样,沈仁康认为,景物诗、爱情诗"在思想意义的明确上,在社会主义感情的强烈程度上,远远不如直接反映战斗场面、工业建设和农业生产等方面的抒情诗,它们更有可能也更容易成为资产阶

---

① 沈仁康、黄佩玉:《抒情诗的构思》,长江文艺出版社,1959 年,第 82 页。
② 沈仁康、黄佩玉:《抒情诗的构思》,长江文艺出版社,1959 年,第 86 页。

级小资产阶级思想感情的防空洞和避难所"。①沈仁康以题材决定论思维，大大贬低爱情诗、景物诗，使抒情诗家族少了美丽动人的家庭成员。在那个时代，抒情诗被改造得"面无血色"。重新"输血"的工程只有到了改革开放的新时期才启动。按照沈仁康的逻辑，即使不致斩杀爱情诗与景物诗，也只能走到：爱情诗、景物诗"只是党的文学在这个生活领域中所体现的具体形式而已"②。那时，爱情诗与景物诗在"党的文学"名义下几乎要遭遇扼杀的命运。

20世纪五六十年代，像沈仁康一样，写有系列有关抒情诗理论论文的并不多见③。沈仁康的抒情诗理论有基础理论方面有价值的探索，虽然诸多方面还有待深入和细致化，但是在当时已十分可贵了。当然，他的诗论又明显地受到时代因素的影响。这种影响不是个人的，很多当时有关诗歌的讨论都没有逃过这种历史的注定。比如，安旗曾在她的《论抒人民之情——抒情诗论集》的后记中说过这样一段话：

> 当我看见胡风分子们的反动的诗歌理论和诗作把我们的诗坛弄得乌烟瘴气的时候，我不能不拿起笔来；当我看见右派分子们在我们的诗坛上种植鸦片而冒充鲜花的时候，我不能不拿起笔来。还有，当我发现我国古典诗歌的惊人的宝藏还没有被我们今天的诗人充分注意，还没有充分汲取其中有用的东西来提高社会主义的诗歌艺术时，我也不能不拿起笔来。拿起笔来为社会主义文学事业贡献出我一点微薄的力量。假若我能够初步识别香花和毒草、正确和谬误、精华和糟粕，这首先要归功于党的教育，马克思列宁主义的教

---

① 沈仁康、黄佩玉：《抒情诗的构思》，长江文艺出版社，1959年，第91页。
② 沈仁康、黄佩玉：《抒情诗的构思》，长江文艺出版社，1959年，第93页。
③ 安旗出版过《论抒人民之情——抒情诗论集》，该书第一版由新文艺出版社1958年4月出版，第二版由上海文艺出版社1959年11月出版。第一版印数为11 000册，第二版印数为5000册。该书的内容分为两辑，第一辑收录对当时一些诗人作品的评论，第二辑收录一些诗歌写作的理论探讨文章，如《论诗的典型化方法的多样性》《论诗的概括》《论诗的构思》《论诗的夸张》《论诗的含蓄》等。之所以没有专门论述安旗的抒情诗理论，是因为她的理论基本方面和沈仁康的存在很大的一致性，而后面要专门论述安旗的叙事诗理论。这样，更多的人就能进入叙述范围，书的内容也就更丰富些。

育。没有这种教育，我什么也看不出来，什么也写不出来。①

安旗这本书的写作时间与沈仁康《抒情诗的构思》的时间基本重叠，两个人处在同样的时代氛围中，提出了基本相同的问题，做出了模式基本一致的回答。两个人在文章中讨论的有关抒情诗的基本问题包括抒情诗的典型化方法、抒情诗的概括、抒情诗的构思、抒情诗的夸张、抒情诗的含蓄等。可见，当时诗歌理论界对诗歌提问的能力是如何枯竭，理论想象力是如何模式化。更重要的也更可怕的是，他们为这些基本相同的论题做出了模式基本一致的回答。所谓基本一致的"回答"包括几乎相同的"答案"和回答"方式"，包括语气、句式、逻辑模式、思维结构等。

对沈仁康抒情诗理论的分析，可以从一个侧面知道有关抒情诗的理论探讨在当代的发展情况，尤其是可以具体生动地展示时代因素是如何浸入甚至扭曲抒情诗理论阐述的。在一个大一统的理论氛围中，没有强大的个人，只有强大的时代。更多的是时代改写个人，而少见个人改写时代。沈仁康的抒情诗理论的形成和改写过程就反映出了理论家和时代的这种既简单也复杂的互动过程。

1978年，沈仁康把《抒情诗的构思》中关于鲁迅短篇小说的分析文章删去，增加了一些过去未结集的文章，重新由湖北人民出版社出版了他的《诗意美及其他》，除谈诗外，还兼及小说。文章谈古论今，视野开阔。

第三节　安旗的叙事诗理论

一、叙事诗理论发展的小高潮

虽然中国古代产生了像《孔雀东南飞》《陌上桑》《琵琶行》《木兰诗》等这样的优秀叙事诗，然而总的来看，中国漫长的诗歌史中，叙事诗尤其是长篇叙事诗，却谈不上成果辉煌。关于叙事诗的理论自然也丰富不起来。中国现代诗歌史上，与抒情诗相比，叙事诗虽然并没有更加出色，但是

---

① 安旗：《论抒人民之情——抒情诗论集》，新文艺出版社，1958年，第146页。

也产生了不少著名诗人和光辉诗篇①，20 世纪 40 年代还有过一次不大不小的叙事诗创作高潮②。在本书论述的时间范围内，好的叙事诗也星光点点，一段时间甚至还出现过叙事诗创作的热潮。艾青、田间、李季、张志民、闻捷等老诗人写出了新的可喜的叙事诗篇章，郭小川更是以叙事诗的盛名闻于诗坛③。

这个不大不小的当代中国 17 年叙事诗创作的成绩，不断引起批评家的介入，他们或评介叙事诗诗人和作品个案，或阐释叙事诗内部的各种理论问题。关于叙事诗的理论探讨在中华人民共和国成立后 17 年中也曾经掀起一阵热潮。热潮归热潮，如今以一种相对苛刻的眼光来打量当年的成果，可以发现关于叙事诗的系统理论成果其实并不丰硕。就个人所见，重要的有下面几篇：左之洞《更多更好地写叙事短诗》④、郝作《论叙事诗的创作》⑤、徐迟《漫谈叙事长诗》⑥、李元洛《叙事诗的剪裁》和《叙事诗中的自然是景物描写——读诗札记》⑦、江风《长篇叙事诗》⑧、郭尉球等《漫谈叙事诗——1 月 17 日本刊编辑部举行诗作者座谈会纪要》⑨、马家骏《短篇叙事诗的技巧——从马雅可夫斯基的〈黑与白〉说起》⑩等。

在阐释叙事诗理论的文章中，臧克家的《关于叙事诗》值得特别注意。这不仅是因为臧克家作为一个大名鼎鼎的诗人来发言，而是因为文章视野开阔、贯通古今，又提出了很多有关叙事诗普遍性的理论问题。

在小说、特写盛行的年代，叙事诗有没有可能被取代？这个疑问并不是

---

① 参考王荣：《中国现代叙事诗史》，中国社会科学出版社，2004 年；骆寒超：《论中国现代叙事诗》，《文学评论》，1985 年第 6 期。
② 陆耀东：《四十年代长篇叙事诗初探》，《文学评论》，1995 年第 6 期。
③ 20 世纪 50 年代，郭小川创作的代表性叙事诗有《白雪的赞歌》《深深的山谷》《一人和八个》《严厉的爱》《将军三部曲》(《月下》《雾中》《风前》)。
④ 左之洞：《更多更好地写叙事短诗》，《解放军文艺》，1958 年第 9 期。
⑤ 郝作：《论叙事诗的创作》，《诗刊》，1959 年第 6 期。
⑥ 徐迟：《漫谈叙事长诗》，《光明日报》，1959 年 7 月 27 日。
⑦ 李元洛：《叙事诗的剪裁》，《诗刊》，1959 年第 11 期；李元洛：《叙事诗中的自然是景物描写——读诗札记》，《长江文艺》，1961 年第 12 期。
⑧ 江风：《长篇叙事诗》，《新民晚报》，1960 年 11 月 26 日。
⑨ 郭尉球等：《漫谈叙事诗——1 月 17 日本刊编辑部举行诗作者座谈会纪要》，《星火》，1962 年第 2 期。
⑩ 马家骏：《短篇叙事诗的技巧——从马雅可夫斯基的〈黑与白〉说起》，《延河》，1962 年第 11 期。

空穴来风，我们看看著名诗人兼诗歌理论家林庚的一段话：

> 就抒情和叙事的功能而言，显然，用诗歌叙述故事就比不上小说，因此，小说可以逐渐取代叙事诗。而诗歌抒情的特长则是小说、戏剧所无法与之相比的，也是无法取代的，诗歌因此也就将会永远存在和发展下去。中国古典诗歌发挥了诗歌的特长，以抒情为核心，使它的本质和特征发展得很充分、很全面。①

臧克家从这个大家最关心的急迫疑问入手展开论述。他认为即使是表现同样的题材，也不用担心叙事诗被取代，因为"在人物的刻画、环境的描绘、故事的进展各方面，叙事诗受到一定的限制，不能像小说、特写那样，可以细琢细磨、舒展自如。反转来说，在一唱三叹，令人反复吟味这一点上，叙事诗有其不可及处"②。正因为它们各有所长，有的题材可以适用各种形式，如古代张生和崔莺莺的恋爱故事，元稹写了《会真记》，董解元、王实甫写了《西厢记》，白居易写了《长恨歌》，陈鸿写了《长恨歌传》等；而有的题材比较适合某种形式，就叙事诗来说，如《陌上桑》《琵琶行》的题材就不好写成小说或散文。总之，在各种文学题材中，叙事诗有自己的特点，不能被代替，就像小说和散文不能被代替一样。这样，臧克家从根本上为叙事诗找到了艺术哲学上的合法性。

那么具体来说，叙事诗适合表现什么样的题材呢？臧克家认为："一般地讲，人物众多、故事太复杂而情节又较平常的题材，叙事诗这形式就不大好处理。"③这样，他就机智地用排除法讲清了叙事诗不能表达什么从而为其能表达什么划出了一块领地，其实就是将叙事诗和小说、戏剧进行了区分。那在诗歌文体的内部，叙事诗和抒情诗又有什么区别呢？他说，除了"人物""故事""情节"等因素之外，叙事诗更本质的要求还是"抒情"："诗歌在文艺领域上独树一帜。旗帜上高标着两个大字：抒情。叙事

---

① 林庚：《漫谈中国古典诗歌的艺术借鉴——诗的国度与诗的语言》，《新诗格律与语言的诗化》，经济日报出版社，2000年，第114页。
② 臧克家：《关于叙事诗》，《学诗断想》，北京出版社，1962年，第36-37页。
③ 臧克家：《关于叙事诗》，《学诗断想》，北京出版社，1962年，第37页。

诗也不能忽视这个特点。"①诗人必须在人物对象上付出热情，从而将叙事诗中的"描写"转化成"诗意"。至此，他给叙事诗和抒情诗找到了相同点，而对相异点还是没有说清楚。他接着讲，叙事诗中的抒情有一种特殊的要求，必须结合故事和人物，不能感情空泛。这样两者的相异点就明白了。彻底弄清了叙事诗的"艺术个性"基点后，接着讲好的叙事诗的具体要求：结构布局、人物描写、环境气氛、抒发情感等，都必须紧凑集中，才能够读了兴味不败。在"紧凑集中"的要求下，叙事诗一定不能贪长，当长即长，当短即短。

臧克家这里的讨论，问题明确清晰，论述逻辑连贯，是当时出现的较少受到时代话语严重影响的理论文章。遗憾的是，臧克家并没有持续对叙事诗保持理论关注，没有写出更多有关的理论文章。其他一些研究者也陆陆续续写过有关叙事诗主题的理论文章，都有不持续、不系统的问题。当代 17 年中，对叙事诗进行过系统发言的是安旗。

二、叙事诗的基本矛盾

改革开放后安旗是以古典文学研究尤其是李白的研究知名的，出版了多本专著。然而从 20 世纪 50 年代始，安旗却以现代新诗批评的弄潮儿广为人知，1962 年出版了《论叙事诗》的专著。

安旗，女，满族，1925 年 9 月生于四川成都，1955 年任陕西省委宣传部文艺处副处长，她的评论生涯就是从这里开始的。1959 年入四川省文联从事专业写作。先后出版了 4 本新诗理论论文集：《论抒人民之情——抒情诗论集》（新文艺出版社，1958 年 4 月）、《论诗与民歌》（作家出版社，1959 年 8 月）、《论叙事诗》（作家出版社，1962 年 12 月）、《新诗民族化群众化问题初探》（四川人民出版社，1963 年 11 月）。1978 年 11 月出版了《探海集》，该书选辑了其"文化大革命"前的部分诗论文章，共 12 篇。

1962 年 12 月由作家出版社出版的安旗《论叙事诗》，共收文章 10 篇。这些都陆续发表于 1959—1962 年的各种刊物。与前面讨论的沈仁康抒情诗理

---

① 臧克家：《关于叙事诗》，《学诗断想》，北京出版社，1962 年，第 37 页。

论不同，安旗有关叙事诗的理论文章都是对具体叙事诗文本的批评，看上去散乱而不成系统，但是细读之下可以发现其与一般的感想式批评截然不同，她的批评背后隐藏着深厚的理论思考。它们出自一个爱思考而感性的女批评家之手。安旗的这组关于叙事诗的理论批评文章在当代新诗理论批评史上，占有重要地位。

安旗对叙事诗的思考，围绕着以下几个问题展开。这几个问题，其实就是叙事诗创作中必须面对的几对基本关系，或者说几个基本矛盾。

一是人物与故事。叙事诗在一定的意义上是以诗来"叙事"。"叙事"就是叙述故事。故事的展开在叙事诗中占有重要的位置，因此叙事诗的写作必须处理好"故事"层面。安旗不但看到了这些尽人皆知的层面，而且发现了一个并未广泛感知的问题：

> 更多的已发表、未发表的作品却还普遍地存在着这样的问题：从很多青年作者的诗稿中可以看出来，他们还没有注意到创造人物，似乎叙事诗就是叙述故事。[①]

叙事诗不仅要叙述故事，而且要创造人物。安旗认为，创造人物和叙述故事并不是简单的并列关系，叙述故事必须最终指向创造人物。因此可以说，"创造人物"是叙事诗美学的中心问题。这是一个对叙事诗创作者来说必须认真处理的课题。在安旗的叙事诗诗学体系中，人物创造又回到了应有的位置。

那么，如何去创造叙事诗中的人物呢？要注意哪些不良倾向呢？安旗认为：叙事诗刻画人物的行为时，必须要勾画出人物的精神状态。在安旗看来，叙事诗人物精神状态的干瘪也许是当时诗坛的重要创作症候。其中的原因多种多样，政治意识形态对叙事诗人物的强力影响应该是重要原因。很多人都看到了这一点，安旗当然不可能例外。政治的气息强了，叙事诗中的人物不可能会有属于自己的生龙活虎的精神状态。叙事诗写作中，用人物去附着政治，人物就很难有自己的精神生活。除此之外，安旗看到了更加隐

---

① 安旗：《论叙事诗》，作家出版社，1962年，第7页。

秘的一个诗学问题。抒情诗的人物创造，如果说前面谈的政治与人物的关系，这个隐秘的诗学问题就是作者与人物的关系。

处理不好"作者与人物"关系的病症安旗用"傀儡"来概括指明。"傀儡"是指被写作者强行驱使的叙事诗中的人物。安旗认为，叙事诗中的人物不能只是作者笔下的傀儡。傀儡人物受作者安排的行为链条驱使，没有自己独立的精神发展逻辑。要揭示叙事诗中人物的精神状态，作家就要深入体会人物的心理逻辑，不能在并不理解或不完全理解人物的真正精神状态的情况下，就把一些莫名其妙的思想感情加在人物身上。

安旗提出并提供了解决叙事诗人物创造中出现的"傀儡"病症问题，实际上为解决政治与叙事诗人物塑造之间的复杂矛盾关系，提供了一个看似侧面而有效的解决途径。不过又要看到，这种解决是十分有限度的。这里牵涉到两对矛盾关系，一个是政治与叙事诗的人物塑造之间的矛盾，另一个是叙事诗作者与叙事诗人物之间的矛盾。当第一个矛盾解决不好时，想完全依靠第二个矛盾来解决一切问题，是非常有限度的。安旗能够扒开或者说有意绕过第一个问题而发现第二个问题，并不多见。当代叙事诗创作中的人物创作往往为的是表达一定的意识形态，其精神逻辑往往被外在设定的行为逻辑摧垮。这就牵涉到第一个问题，安旗没有对此提供自己的讨论。安旗试图在第一个问题和第二个问题之间架起解决问题的桥梁，而实际上架起的是一座无法承重的桥梁。

二是叙事与抒情。在中国古典传统中，诗歌主要是一种直接抒发情感的文体，可以说，抒情与诗是二位一体的。从这个角度来看，我们这里要讨论的叙事诗就包含了叙事与抒情两个既矛盾又统一的因素。如何处理叙事诗创作中叙事与抒情两者的关系非常重要。诸多叙事诗创作充分发挥了叙事的功能，而叙事过于绵密往往诗篇就显得沉滞。安旗认为，要克服这个问题必须发挥叙事诗中抒情因素的功能。她认为：李季的长篇叙事诗《杨高传》"很多地方都洋溢着抒情调子，这种抒情调子给长诗增加了不少艺术魅力"[①]；李

[①] 安旗：《论叙事诗》，作家出版社，1962年，第15页。

季的《生活之歌》"叙事和抒情没很好结合"①，缺乏诗意。论到彝族民间长诗《妈妈的女儿》时，她说：此诗艺术上令人喜爱的特色是，"叙事和抒情的结合"，"许多地方即景抒情、即事抒情，达到了水乳交融的程度。因此这个作品可以说是带有叙事成分的抒情诗，也可以说是带有浓厚抒情成分的叙事诗"，"由于它的抒情性质，富有高度的艺术魅力。在当代叙事诗创作中，有些作者过分注意编故事的倾向，企图以情节取胜，而往往忽视了诗歌的基本因素——抒情，在这种情况下，这种抒情——叙事体裁是值得学习的"②。总的来说，安旗认为抒情诗的创作"需要善于利用诗歌艺术所长——抒情，而适当避开诗歌艺术所短——叙述"。③

安旗的这些关于当代叙事诗的看法，受启发于我国古典诗歌传统。可以说，安旗所理解的当代叙事诗中的叙事和抒情的关系，必须放到中国古典传统中才能看得更清晰。安旗说，"我国古典叙事诗的艺术特点，首先值得我们注意的是抒情和叙事的高度结合"，"以抒情手法叙事，这种现象在中国古典诗歌中是屡见不鲜的。因此在中国古典诗歌中，抒情之作和叙事之作实际上很难截然划分"。④

总之，安旗把叙事与抒情的结合作为叙事诗在艺术上的一个重要问题来对待。认为叙事诗要做到"既是抒情又是叙事，既是叙事又是抒情；在抒情中叙事，在叙事中抒情。二者水乳交融，浑然一体"。⑤

可以继续讨论的问题是：以抒情的手法来叙事的中国古典叙事诗传统有没有发展的必要和可能？如果可能，对一些纯以叙事见长的叙事诗，该如何评价？未来的叙事诗的发展路径又何在？安旗并没有将思考触角延伸到这些方面。她是一个对当时叙事诗现状有敏锐思考的理论批评家，但走得并不十分遥远。

三是精炼与芜蔓。叙事诗要叙述故事，而故事一般是有一定长度的，因

---

① 安旗：《论叙事诗》，作家出版社，1962年，第89页。
② 安旗：《论叙事诗》，作家出版社，1962年，第107-108页。
③ 安旗：《论叙事诗》，作家出版社，1962年，第35页。
④ 安旗：《论叙事诗》，作家出版社，1962年，第111-112页。
⑤ 安旗：《论叙事诗》，作家出版社，1962年，第130页。

此常常出现随着叙事的伸展，叙事诗往往容易写得芜蔓的情形。安旗常常批评这种芜蔓的叙事诗，她说李季的《杨高传》"有些地方不够精炼，有些显得冗烦拖沓"。安旗认为，精炼是叙事诗创作中又一个必须认真面对的美学问题。那么怎么才能达到叙事的精炼呢？

第一，注重叙事诗情节和细节的选择和提炼。"叙事诗的精炼问题不只是作到'句中无余字，篇中无长语'就能解决的，彻底解决这一问题必须在情节和细节的选择和提炼上下工夫。"①安旗的下面一段话论述更详细："在叙事诗中，人物的出现、情节的安排，都必须精心选择，严加控制，选择那最富于表现力的，可以包括'众端'的那'一端'。否则，人物过多，作者势难兼顾，必然有些人物写不好；人物过多关系复杂，不免有一些说明性、交代性的笔墨，在这些地方就很难逐字地锻炼、推敲，这就势必形成某些评议上的冗杂和粗糙。"②安旗认为情节和细节的精炼是叙事诗区别于其他叙事文体的一个重要特征。这也是我国古典叙事诗的一个优良传统，是必须要继承的。她说，"高度精炼是我国古典叙事诗的最大特点"，表现之一就是"人物不多、线索单纯"。③因此，不能用一般化的叙述代替典型化的情节和细节。

第二，充分发挥叙事诗的抒情特点。在安旗看来，抒情是诗歌艺术所长，叙述是诗歌艺术之所短，无论是抒情诗还是叙事诗都是如此。因此，必须善于利用其所长而避开其所短。安旗之所以强调叙事诗中人物不可过多、情节不可过杂，就是要诗作者腾出手脚从容地抒情，增强诗歌的感染力。因此，如果故事性本身就不强，就不要刻意去追求，编造叙事诗中的故事，应发挥抒情的作用，选择几个情节来抒情。在情节上可以跳跃而前，不必寸步不遗，这在叙事诗中是吃力不讨好的。叙事诗叙事时不可过密，其空白处应多用抒情来糊实。只有好好处理了叙事诗叙事的疏密关系，并处理好抒情在疏密结构中的作用，叙事诗才能够走向精炼，否则必定芜蔓不堪。

安旗的关于叙事诗基本矛盾的诗学理论，基本上都是以作品批评的形式

---

① 安旗：《论叙事诗》，作家出版社，1962年，第34页。
② 安旗：《论叙事诗》，作家出版社，1962年，第57页。
③ 安旗：《论叙事诗》，作家出版社，1962年，第117-118页。

出现的。在这里,我们基本抽空了那些具体诗歌作品的内容,从而使得她的论述和观点看上去更加理论化,也更加少了那个时代应有的气息。这个为了讨论方便的写作策略,也将安旗的批评理论从时代语境中抽空,从而使一个具体的批评个案变作了一个抽象的理论样本。如果进行比较详细的论述语境还原,安旗的叙事诗理论将在诸多案例批评时显得粗疏蹩脚。然而若忽略文本细节,其中的闪光点是不可埋没的。这是不得不提醒读者诸君的。

三、诗学:批评化与即时性

在一些比较纯粹的叙事诗理论文章之外,安旗把更大的精力花在了从事即时性的叙事诗文本和现象的批评之上。诗学理论批评化是安旗诗学文章的重要特色。安旗敏锐而又勤奋,笔头来得很快,很多刚出现的作品、作家及其他的诗歌现象,都很快进入她的批评视野。她的很多这类文章,就像路边上的快餐,提供了品尝各类菜肴的最新而便捷的摊位。读者是吃得快忘得也快。然而,这些快捷的文字却是诗坛的很好的晴雨表,从中可以看出当时诗坛的各式兴奋点,诸如哪位诗人最近受到关注或批判,哪些理论问题在浮出水面等。

安旗《论叙事诗》一书中收入了很多具体的叙事诗文本的批评文章,如《读〈五月端阳〉和〈当红军的哥哥回来了〉》《读闻捷〈动荡的年代〉》《读郭小川〈将军三部曲〉》《读彝族民间长诗〈妈妈的女儿〉》等。其实,无论是有关叙事诗还是抒情诗的文章,安旗采用的大多是个案批评体。1955年"胡风反革命集团"案发,安旗也写了许多当时自己并不认为是应景的文章。这些文章后来收入1958年出版的《论抒人民之情——抒情诗论集》一书。正如该书出版时写的内容提要:"第一辑是批判诗歌理论中的资产阶级唯心主义思想的,这一辑里批判了胡风、胡风分子的诗歌理论及诗作和右派的诗歌理论及诗作。"这些观点基本上紧随主流意识形态的文章,现在看来并没有多少纯粹意义上的诗学价值,但是我们还是能从中看到作者的锐气和才气。安旗就是依靠这些文章被诗坛知道的。后来她还写过文章评价光未然、傅仇、雁翼等的诗作,数量不小,影响也就越来越大。

安旗的另外一些理论文章,与前面的完全批评化的文章不同,概括性更强了,理论性更足了,但是也还是逃脱不了"即时性"。"即时性"中的"时"既指"时间"也指"时代"。1958 年新民歌运动发动,关于革命现实主义和革命浪漫主义相结合的创作方法被广泛讨论。安旗在这一年的 6 月、10 月、12 月分别写成《从现实出发而又高于现实——试论革命现实主义和革命浪漫主义相结合》《在思想上更上一层楼,在生活上更下一层楼——再论革命现实主义和革命浪漫主义相结合》《"感物咏志"及其他——三论革命现实主义和革命浪漫主义相结合》参与讨论。所谓讨论也只不过是按主流意识形态的逻辑框架,申而论之,真正属于自己的东西并不多。同年的《略论新民歌思想艺术上的主要特点》《建立民族的大众化的新诗风》也是如此,其思想与其他人的文章相比并无独创,更不论批判性了。安旗的文章活在时间的最前沿,也活在时代的最前沿。那些刚刚从时间中冒出来的,还有被时代推向前线的,都快速地出现在她的笔端。这些文章多的是"诠释",缺的是"批评"。提出这样的问题,并不是苛求甚至指责安旗,只想说明在当代新诗批评史上,时代潮流的力量是大得惊人的,它几乎能扫荡所有人思维的批判性。

安旗的诸多诗歌批评文章随着时代的推移而失去了应有的光泽。这并不是安旗一个人的命运,当代诸多诗歌批评家都难逃此命运。苛责并不应该落于哪个人头上,对此我们应该送上更多的理解。在当代新诗理论批评史上,安旗是一位积极介入者,目光犀利、触角敏锐;同时,她也是一位深思者,对许多深层的诗歌理论问题深掘出泉,贡献良多。

第五章　激情癫狂：新民歌的理论话题

1958 年是中国当代文学史，尤其是当代诗歌史上具有特别意义的年份。这一年，中华大地上发生了一场轰轰烈烈的全民性的新民歌运动。这场运动广泛发动了底层大众参与诗歌创作，也带给了几乎所有原本就"成熟"的诗人以激动、不安、惶恐。他们中的许多或自愿或被迫改变了自己在多年艺术实践中形成的风格，走向了新的诗歌道路。老诗人周煦良描述了这对包括自己在内的广大诗人的影响：

> 去年大跃进民歌的涌现在我国文学界的确是划时代的一件大事，可以说所有写诗的人没有一个不受到影响的；有些人，如徐迟同志，多年来一直是写自由诗的，竟会反过来写新民歌，别别扭扭地写七言句，这不能不说是一百八十度的大转弯；另外许多写自由诗的人也放弃了自己的自由诗，在写诗风格上有所改变。我是一个一向为自己选择了格律诗道路的人，读了许多工人农民的优秀作品之后，也不能不受到影响。①

这场运动搅和着政治和诗歌、古诗和新诗、民歌和新诗等各种话题突然冲进诗坛，以其迅雷之势震惊了与诗歌有关的所有人——从最高领导者到国家文化官员，从新诗人到老诗人，从大学生到资深理论工作者。此时的诗歌理论作为社会文化的一部分，变迁的速度太快，给所有身处其中的人带来一种"冲击"效果。"文化冲击"（culture shock）本来是指一种跨文化现象：当一个人从自己熟悉的文化突然跨界进入一种异质文化时，必然经历极大心理冲击。可以说，许多身处新民歌运动的和诗歌有关的人也经历了一场"文化冲击"。可以说，他们经历的"文化冲击"也带有

---

① 周煦良：《论民歌、自由诗和格律诗》，《文学评论》，1959 年第 3 期。

"跨文化"性质，虽然谈不上是完全异质的，然而冲击倒不小。因为这场新民歌运动来得太快，并且带有强烈的政治性，逼迫诗人们必须做出自己的选择。

第一节　新民歌的发动：政治号召与诗人集体人格

现在回过头来看，这场影响广泛的新民歌运动兴起的原因，与"大跃进"是分不开的。没有其强有力的刺激，就根本不会有这场新民歌运动的。同时，它与党和国家领导人的提倡与号召也是有联系的。没有党和国家领导人的提倡与号召，1958年"大跃进"中的新民歌创作是不会那么规模空前的。这两个因素相互支持、相互发酵，最终形成了一股诗歌急流。这两个因素之所以能够迅速走拢并黏合到一起，是因为政治需要特殊的文学形式发动全民参与空前的"大跃进"。这些民歌的生产机制与历史上一般的民歌不同，这场新民歌运动很难说是真正意义上的民歌运动，产生的民歌也并不具有学理意义上的民歌应有的素质。从历史来看，民歌应该是劳动群众在社会生活中"自发"的歌唱，而这场运动产生的"新"民歌却是"被发动"的。从这个历史标准而言，这并不是一场真正的民歌运动，其中体现出来的民歌应有的艺术因素是十分缺乏的。有人因此将这些民歌定为"虚假"的民歌。一些红极一时的理论讨论问题，现在看来，也就是"伪问题"，并不是民歌自身蕴含的"真问题"。

了解这场运动发动的过程，对我们回过头来理解当时产生的其他理论问题是有帮助的。这是"釜底抽薪"的办法。清晰地认识到外在人为因素是带来当时新民歌繁荣的主要力量，才能更好地找到反思的起点。这场运动不是一场真正的学理和传统意义上的民歌运动，只不过表面的繁荣掩盖其"虚假性"。真正反思了这个前提，才能更清晰地看到，建立在这个基础上的关于新民歌的理论探讨在某种程度上必然效果有限。其中展开的一些问题也是不成为问题的问题。下面首先粗略地回顾一下这场运动的发动过程。

毛泽东历来十分重视诗歌工作。1957年1月《诗刊》创刊号刊登了毛泽东写于该月的《关于诗的一封信》：

> 诗当然应以新诗为主体，旧诗可以写一些，但是不宜在青年中提倡，因为这种体裁束缚思想，又不易学。①

这一期的编后记又说：

> 毛泽东这封信对于新诗、旧体诗词，新诗和旧体诗词的关系，表示了明确的意见。这封信，对于我们的诗歌运动、诗歌创作，都是极为重要的。②

从中可知，毛泽东是提倡写新诗的。至于新诗到底要如何发展，这时还没有明确的意见。1938 年 10 月，毛泽东在谈到学习的问题时说："洋八股必须废止，空洞抽象的调头必须少唱，教条主义必须休息，而代之以新鲜活泼的、为中国老百姓所喜闻乐见的中国作风和中国气派。"③文中"中国作风和中国气派"本是指中国革命特点的具体性和特殊性，后来人们往往用这个词来指中国文艺要有中国的民族特征。20 世纪三四十年代曾经爆发过一场激烈的民族形式的讨论，但其论题是关于整个文艺的。毛泽东关于"中国作风与中国气派"等有关的论述与三四十年代的民族形式问题的讨论虽对当时及以后一段时间新诗的民族化问题讨论有一定影响，如有关田间、李季、阮章竞等民族特色诗歌创作的讨论，但这些论述不是专门对新诗而说的。关于新诗的民族形式问题及与此紧密相关的新诗发展道路问题的大范围的全国性热烈讨论是在 1958 年形成的。

这一年 3 月，毛泽东在一次中央工作会议上谈到收集民歌问题时说：中国诗的出路在于一种民歌和古典结合后产生的"新诗"。这种"新诗"并不是现在的新诗。"现在的新诗不成型"，将来的"新诗"将是"形式是民族的形式，内容应该是现实主义与浪漫主义的对立统一"：

> 我看中国诗的出路恐怕是两条：第一条是民歌，第二条是古典，这两方面都提倡学习，结果要产生一个新诗。现在的新诗不成

---

① 毛泽东：《关于诗的一封信》，《诗刊》，1957 年第 1 期。
② 同①。
③ 毛泽东：《中国共产党在民族战争中的地位》，《毛泽东选集》（第 2 卷），人民出版社，1991 年，第 534 页。

型，不引人注意，谁去读那个新诗。将来我看是古典同民歌这两个东西结婚，产生第三个东西。形式是民族的形式，内容应该是现实主义与浪漫主义的对立统一。①

后来毛泽东又在1958年5月党的八大二次会议上提出要全面搜集民歌，包括古代的、近现代的、当代的。毛泽东的这些看法与他1957年1月在《诗刊》上的"意见"相比，对于新诗的态度发生了很大的变化：由肯定转向了基本上否定。探究其中的原因是必要的。

1957年1月，文艺界"百花齐放，百家争鸣"的精神正盛②，毛泽东此时通过《诗刊》对新诗的肯定既是对一种诗体的开放心态，也是对新诗作者的尊重。到了1958年，社会形势已经发生了极大变化，"大跃进"的发动"改写"了毛泽东对新诗的看法。"新诗要走民歌和古典的道路"的观点与"大跃进"背后的一套意识形态想象是紧密关联的。两者背后都蕴含一种民族化和群众化的巨大想象：①诗歌领域巨大的民族化、群众化想象。②社会领域的巨大的民族化、群众化想象。一定程度上，前者是后者在文化领域的表征，后者是前者的深层背景。

由于毛泽东的号召，新民歌运动迅速在全国展开。毛泽东的这些指示奠定了新民歌运动及关于它的诸多理论问题讨论的方向，后来的情况基本上在这个框架中发展。虽然有极个别的论者提出了不同的看法，但很快就遭到了批判。1958年4月14日《人民日报》头版发表了《大规模地收集全国民歌》的社论：

> 收集民歌的方法是通过群众路线，深入群众，依靠群众，把民歌记录下来，分类整理，这比我们历史上任何时期收集民歌的方法都要完善得多了。有些县已经编出了一些民歌集子。看来，这项工

---

① 见《在成都会议上的讲话提纲》第22条注释，收入《建国以来毛泽东文稿》（第7册），中央文献出版社，1992年，第124页。

② "50年代初，毛泽东在不同场合，分别提过'百花齐放'和'百家争鸣'：1951年他为刚成立的中国戏曲研究院题词'百花齐放，推陈出新'；1953年，对中国历史研究委员会有关历史研究工作，有过'百家争鸣'的指示。但把这两个短语连在一起，并作为国家和执政党的一项发展文艺和科学的政策提出，则发生在1956年。"（洪子诚：《双百方针》，《南方文坛》，2000年第1期。）

作已经引起了各地领导机关相当的重视，已经完全有条件可以大规模地进行。

从此，各级党组织逐级下发了立即组织搜集民歌的通知，把它当作一项政治任务。各地都成立了采风的组织和编选机构。一个规模浩大的全民性诗歌"采风运动"就在全国开展起来了。这次诗歌"采风运动"与古代的乐府诗歌采风运动虽然都是上层领导发动的，表面形式虽然相似，但是本质却天壤之别。一者所采的诗是政府号召创作的，另一者是真正的群众创作。这一点是真正的问题核心，决定着运动的性质：真民歌、假民歌就依此而不同。

以上的简要历史回顾足以说明：1958年的新民歌运动并不是真正的民间文艺运动，毋宁说它是中央最高领导亲自倡导的、自上而下的政治性群众运动与国家政府行为。这个性质在很大程度上限定了关于新民歌理论的讨论范围和方向，使其不能真正按照学理的逻辑展开。"这些是现实主义和浪漫主义相结合的好诗"，"中国新诗的发展，无疑将受到这些歌谣的影响"[①]，这样的话以《人民日报》社论的形式出现，讨论就只能在所定的框架中进行了。在一定意义上说，从长远的历史逻辑来看，讨论中展开的一些理论命题只能具有极强的短时历史意义。

除了轰轰烈烈的"大跃进"的时代背景及领导人的提倡和号召的原因外，中华人民共和国成立后，诗人"集体文化人格"的变迁对1958年新民歌运动形成的影响也不可忽视。

当时诗人作为一个群体的文化人格深深地被不断进行的各种社会运动所影响。相对于中华人民共和国成立前许多文艺批判与争论来说，中华人民共和国成立后我党逐渐确立新的统一文艺规范，把作家的不同艺术个性纳入同一框架中。这些或大或小的文艺运动与事件对作家心理的影响不可低估，或者心悦诚服地接受或者困惑地认同党对他们的要求，虽然也时有挑战的姿态，但那实在是太微弱了。1957年夏天，文艺界开始了扩大化的反右运动。1958年2月《人民日报》发表了《文艺战线上的一场大辩论》，它是当时文艺界反右斗争的理论性总结，被广泛转载，影响巨大。这篇文章总结了1957

---

① 1958年4月14日《人民日报》社论：《大规模地收集全国民歌》。

年的反右派斗争，总结了 30 多年来文艺界的"两条道路斗争"：社会主义文艺路线和反社会主义文艺路线的斗争，文章认为"文艺是时代的风雨表。每当阶级斗争形势发生急剧的变化，就可以在这个风雨表上看出它的征兆"①。

在这个风雨急遽的时代，经历了中华人民共和国成立以来诸多批判运动的作家纷纷放弃了自己原来的独特审美个性，一步一步走向主流意识形态文艺思想所指示和要求的道路。当时大家所理解的主流意识形态文艺思想的道路不过是：文艺必须为政治服务，政治标准第一、艺术标准第二，作家必须走与工农兵相结合的道路等。由于有这样一个长时间的文化心理形塑过程，当 1958 年发动新民歌运动、号召新诗作者走民歌与古典诗歌相结合的道路时，几乎所有的诗人都自觉地投入其创作中，以党要求的新民歌美学特征来限制自己的艺术个性。我们还可以看到，当时关于新民歌长达两年的讨论几乎都是在"阐述"所号召的"民歌与古典诗歌相结合的道路"，所谓争论就是这个框架中的不同"阐述"。几乎没有人敢彻底地质疑这个框架。正如我们所看到的，这种局面的形成与中华人民共和国成立后历次文艺批判运动使诗人主动放弃自己原先独特的艺术个性是紧密相关的。新民歌运动得以形成有一个诗人"集体文化人格"长时期的历史孕育过程，这个孕育过程是新民歌运动得以形成的深层原因。

弄清楚了新民歌运动发动的背景和原因，就能更好地知道新民歌讨论中展开的理论命题的背后制约因素。理论问题的走向往往由历史背景决定。

第二节　开一代诗风：民族化、群众化、革命化诉求

"大跃进"新民歌以全新的时代特点大量产生，带来了十分引人注目的新艺术因素。这些新民歌既带有传统民歌的意味又带有古诗的意味，这些新的艺术因素引起了毛泽东的极大注意，他提出要在民歌和古典诗歌的基础上发展新诗。不久，作为文艺界领导人的周扬在《红旗》创刊号上发表《新民歌开拓了诗歌的新道路》，对毛泽东的主张迅速进行了相关的阐发，引起热烈

---

① 《文艺战线上的一场大辩论》，《人民日报》，1958 年 2 月 28 日，第二版。

的讨论。周扬在文章中说：

> "它们（新民歌）是生产斗争的武器，又是劳动群众自我创作、自我欣赏的艺术品。社会主义的精神浸透在这些民歌中。这是一种新的、社会主义的民歌；它开拓了民歌发展的新纪元，同时也开拓了我国诗歌的新道路。……大规模地有计划地搜集、整理和出版全国各地方、各民族的新旧民歌，这对于我们现在文学的进一步民族化、群众化，将产生决定性的影响，它将开一代的诗风，使我国诗歌的面貌根本改变。"①

周扬还认为新民歌体现了毛泽东提倡的革命的现实主义和革命的浪漫主义相结合的特点。最后他憧憬说："民间歌手和知识分子诗人之间的界线将会消泯。到那时，人人是诗人，诗为人人所共赏。"①周扬虽然没有明确讲到在民歌和古典诗歌的基础上发展新诗的问题，但提出新民歌开拓了我国诗歌的新道路，它将开一代的诗风，使我国诗歌的面貌发生根本改变的看法。这样，现代新诗的发展道路问题正式提出来了。在周扬看来，所谓诗歌发展道路应该是走新民歌的道路，因为它开了一代诗风，这一点是不容置疑的。但是新民歌到底在哪些具体方面开了一代诗风却成了一个引起广泛讨论的问题。这个一提出就引起广泛注意的问题实际牵涉的是新诗在未来到底应怎么走。

周扬的文章引起的讨论非常激烈，参与的人员、参与的刊物范围非常广，讨论的话题也开阔而深入。当时的一位研究者发现参与讨论的人员和期刊的范围很广：

> 参加讨论的有工人、学生、机关干部、诗人、批评家。先后发起讨论的刊物，主要的就有《星星》、《处女地》、《诗刊》、《萌芽》、《文汇报》、《人民日报》、《文学评论》、《长江文艺》等，争论十分激烈。

---

① 周扬：《新民歌开拓了诗歌的新道路》，《红旗》，1958 年第 1 期。

这位研究者还发现，周扬的文章引起的讨论话题相当广泛：

在全国各地，掀起了一场关于诗歌问题的讨论，这一讨论提出了许多问题，譬如：如何向新民歌学习；如何认识新民歌；新诗歌如何发展，在什么基础上发展；如何评价五四以来的新诗，等等。①

引出的这么多问题，简要地说，可以统摄到"新民歌开一代诗风"之下。因为其中的一些问题，我们在另外的地方安排了讨论，这里就只讨论一些其他地方没有深入讨论的"新民歌开一代诗风"问题。

首先，绝大部分人都赞成毛泽东和周扬有关开一代诗风的看法。比如，田间说："我们要开一代的诗风，就不能不在古典诗歌和民歌的基础上丰富和发展新诗。"② 徐迟也有类似的观点，他认为："开一代诗风，这是所有的诗人的要求。风，有东风、西风之分。"③ "东风"是指有中国气派、中国风格的，有民歌和古典诗歌传统的诗风，这就是徐迟理解的"开一代诗风"的含义。

有人认为"开一代诗风"不仅指民歌和古典诗歌的形式，还包括共产主义的思想内容。邵荃麟认为："所谓诗风，我想，不仅是指诗的风格和形式，恐怕应该是指一定历史时期中诗歌创作的倾向，因而也就包括决定风格和形式发展的思想内容。"④ 据此，他主张诗人首先要做一个社会主义的人、一个革命的人，然后才能开社会主义时代的诗风，最根本的问题是诗人的工人阶级化。"诗人的工人阶级化"在当时是一个相当普遍的看法。可见，当时居绝对支配地位的社会阶级观点也统摄了诗歌美学领域，影响了人们对"一代诗风"的理解。

也有人从创作方法上来理解"开一代诗风"，认为新民歌革命现实主义与革命浪漫主义高度结合的创作方法开了一代诗风。这种观点得到普遍的认同。革命现实主义与革命浪漫主义相结合的方法被给予了意识形态性

---

① 郑青：《诗歌发展问题的争论》，《文学评论》，1959年第2期。
② 田间：《谈诗风——在河北诗歌座谈会上的发言》，《蜜蜂》，1958年第7期。
③ 徐迟：《南水泉诗会发言》，《蜜蜂》，1958年第7期。
④ 邵荃麟：《门外谈诗》，《诗刊》，1958年第4期。

的合法地位，成了最高级的创作方法。比如，文外说："我的意见是：'大跃进'歌谣是可以而且已经开了一代诗风的。如革命现实主义与革命浪漫主义如何结合的问题，是有很多典范的，那么在这一点上就开了我们的诗风。"①

也有人从民族化、群众化的角度来理解"开一代诗风"。徐景贤认为："新民歌为诗歌开拓了一条道路，这就是诗歌的民族化、群众化的道路。所谓新民歌'开一代诗风'，照我的理解，也就是开民族化、群众化的诗风。"②这从一个侧面可以反映出，当时包括诗歌在内的整个文艺领域西化和民族化、大众主义和精英主义的紧张关系。这种文艺领域的紧张关系，是社会政治领域存在的相同矛盾关系的直接折射。

与此不同的是，我们也看到，针对如此多的关于"新民歌开一代诗风"的"新"理解，有个别人表现了不合节拍式的忧虑。高风说：

> 新民歌开一代诗风，新诗必须向新民歌学习，但是不能因此就认为只有走民歌体的道路，或者大家都写民歌。这样理解问题，是过于狭隘和简单了。所谓开一代诗风，主要是指一定历史时期诗歌创作的倾向，而不单单是形式问题；而向新民歌学习，更不一定就是全部写民歌或民歌体的诗。现在所面临的中心问题，是如何用劳动人民的语言表现劳动人民的思想感情，如何创立具有民族风格的诗，而不是采取哪种形式的问题。③

这里虽然保留了对"开一代诗风"的民族化、群众化的理解，可是如果细心琢磨就会发现，这样的理解在这里更多是作为烟幕弹，实际上是对新民歌道路一定程度上否定的幌子、否定的策略。高风表达了那个年代少有的对新民歌体在创作和理论上绝对优势地位的质疑，力图以自己清醒的思考去抵制主流意识形态对诗学问题的影响，表现了可贵的勇气和清醒。

从以上分析可知，虽然"新民歌开一代诗风"成了一个普遍的口号，然而对其含义的理解却有不同。这些对新民歌"开一代诗风"的不同侧面的理

---

① 文外：《门外谈诗》，《处女地》，1958年第12期。
② 徐景贤：《关于诗歌发展的基础和主流问题》，《文艺月报》，1959年第3期。
③ 高风：《对诗歌发展问题的几点意见》，《作品》，1959年第6期。

解之间到底有没有内在的联系？它们有没有共同的深层诉求？这种诉求和整个社会诉求之间又有没有深层的相同性？下面我们分别来看看这些不同理解背后的社会文化诉求。

这里首先要谈的对"开一代诗风"的理解是新诗要在民歌与古典诗歌的基础上发展。这种理解背后到底蕴含着什么社会文化诉求呢？这里分别分析新诗的民歌基础和新诗的古典诗歌基础两个方面来看看它们的社会文化诉求。先谈第一个方面。众所周知，民歌的特点就是它产生于劳动群众，与生产劳动紧密结合，为生产劳动服务。可以说，民歌既是群众化的又是民族化的诗歌形式。因此可知，新诗民歌发展基础的提出表现了群众化和民族化的深层社会文化诉求。再谈第二个方面。我们的古典诗歌体现了丰富的民族特征，无论是形式特征还是思想情感因素都是如此。新诗古典诗歌发展基础的提出则表现了一种民族性的深层社会文化诉求。这也正是为什么当有人要批判五四以来新诗发展脱离古典诗歌传统的"洋化"问题时，古典诗歌就成了民族性的有力武器。综合这两个方面可以看出：将"开一代诗风"理解为"新诗的发展基础是民歌与古典诗歌"，其深层社会文化诉求是群众性与民族性。如果进一步观察，可以发现：这种诉求与当时社会发展现代性图景中群众性与民族性的诉求同构。当时的主流意识形态领域存在着较严重的民粹主义思想，而构成其民粹思想的是群众性和民族性的社会思想诉求。由此可见，新诗发展道路的社会文化诉求与政治领域的社会思想诉求达到了同质同构。至此，我们才能理解"新诗要在民歌与古典诗歌的基础上发展"实质也不过是要解决新诗发展的群众化与民族化问题，以及其深刻社会背景。

其次要谈的对"开一代诗风"的理解是新诗要走革命现实主义与革命浪漫主义的高度结合的道路。这里看上去是两种主义同等重要，甚至还将"革命现实主义"放到前面，实质上其着重点是"革命的浪漫主义"，强调的是新民歌对现实世界的共产主义的畅想。正如郭沫若、周扬所说："诗歌和劳动在社会主义、共产主义新思想的基础上重新结合起来，正是在这个意义上，新民歌可以说是群众共产主义文艺的萌芽。"[①]可以这样说，对新民歌

---

① 郭沫若、周扬：《〈红旗歌谣〉编者的话》，《红旗》，1959年第18期。

"开一代诗风"的"革命现实主义与革命浪漫主义"的理解在一定的意义上是对诗歌发展道路"革命化"的理解。"革命化"在"大跃进"时期有着特殊的含义:"一大二公"的人民公社与"大跃进"被认为是共产主义的初步实现,因此可以说革命化也就是共产主义化。诗歌道路的"革命化"就是要求其表现共产主义思想。这是其第一个含义。第二个含义就是全民参与性,即群众化。"大跃进"的全民发动性和参与性,很好地说明了这一点。邵荃麟的一个观点也很好地说明了这种诗歌道路"革命化"和"群众化"的要求。他说,"开一代诗风"首先要求做一个社会主义的人、革命的人,最根本的是诗人的工人阶级化。"社会主义的人、革命的人"就是要求诗歌革命化;"诗人的工人阶级化"既有诗歌革命化又有诗歌群众化的要求。可见,"开一代诗风"要求新诗走革命现实主义与革命浪漫主义的高度结合的道路,其深层的社会文化诉求是诗歌发展的群众化和革命化。

总之,对新民歌"开一代诗风"的种种不同的理解,其深层社会文化诉求表现在三个方面:民族化、群众化、革命化。这三者之间有着深层的逻辑关系:民族化是为了更好地群众化,群众化是为了更好地革命化。具体来说,只有民族化的诗歌才能更好地群众化,而群众化的诗歌也应该是民族化的,民族化、群众化的诗歌才能完成革命化的诗歌建构。可以看到,新民歌现象不但是一种文艺创作现象,而且是一种政治行为。后一点才真正使得新民歌具有时代的合法性。新民歌在现实生活中起着广泛而巨大的社会政治作用,这是新民歌运动的灵魂和基本立足点。新民歌最大的特色就是直接配合各项工作,迅速推动生产和政治前进,包括解释党的政策、宣传革命道理、批判落后思想、与敌对力量做斗争、群众自我教育等。

要进一步追问的是,在新民歌运动中,民族化的诉求为什么最终与大众化诉求走到一起。它们之间的联系并不是天然的,其实民族化的东西不一定是大众化的。两者有时会表现一定的疏离,如京剧这种民族文艺现在就越来越远离大众了。这两者走到一起的原因就在于共同完成诗歌的"革命化"。到了这里,一个需要认真思索的问题是:实现新诗"革命化",为什么要以新诗的"民族化"为起点,而不是相反的新诗"西方化"呢?当时新诗"革命化"的目的是发动群众参与政治社会运动,而那时参与社会政治运动主体的底层群众主要还是习惯于各种传统文艺形式，因此为达到发动之目的必然选择传统的古典诗歌形式。一句话，那时的诗歌受众还是"传统"的受众。尽管新诗的各种"西化"因素在五四新诗革命中早已逐步引进，可是基本只局限在"高层"的知识分子之中，底层群众受到的影响还是比较小。

理解了新民歌运动的"民族化"起点问题，就能解释上面提到的新民歌"从民族化到群众化再到革命化"的内在社会文化诉求。新民歌民族化问题的提出就是要借群众性的民歌运动发动全民性的运动，从而达到特定的政治性与革命性目的。

这里还可以从另一角度来丰富这一解释。陈越认为，人们大致上是在两种意义上使用民族化这一概念。一是把它作为名词看。所谓民族化，即是文艺作品要求体现民族气派和民族风格。这种用法其实即是文学的民族性问题。二是把民族化这一概念作为动词看，因之民族化是本民族文学与他民族文艺发生关系时的一种立场、态度，即如何力求"化他为我"而防"化我为他"。正是这种在形式上并不拒斥他民族文艺，实质上却抱着对谁化谁的担忧、警惕的主张，使民族化作为一个口号，具有了自我封闭的特性。[1]1958年诗歌发展道路的民族化诉求，就体现了一种自我封闭的防御性策略，担心的是被洋化。这可以从当时的许多讨论中看出来。为了防止新诗发展道路在新的条件下偏离民族化、群众化的轨道，策略之一就是大力发起对五四以来新诗发展道路"洋化"方向的批判。当时几乎所有的论者都认为五四以来新诗发展的主要脉络是脱离群众的，是洋化的，即脱离了群众化、民族化的道路的。

正如上面的讨论，新诗发展道路对民族化的强调是与当时的时代背景有关的。我国在1956年基本完成对生产资料私有制的社会主义改造后，就开始探索中国自己的建设社会主义的道路。1958年"大跃进"提出，就"标志着党力图在探索中国自己的建设社会主义的道路中打开一个崭新的局面"[2]。诗歌领域的民族化诉求是以社会领域探索有中国特色的发展道路为背景的，所

---

[1] 陈越：《民族化：一个防御性的口号》，《文学评论》，1987年第1期。
[2] 中共中央党史研究室：《中国共产党的七十年》，中共党史出版社，1991年，第349页。

谓中国自己的社会主义发展道路的探索在诗歌领域就表现为民族化的强调和要求，社会意识形态的想象要求取得诗学想象的支持。如果对新诗发展道路问题（民族化、群众化）持十分开放的观念，有可能直接或间接给社会发展带来拆解性力量，当然这种拆解力量的大小取决于许多历史的具体因素，但是政治权力话语在深层意识中是不能不意识到这些的。所以，1958年前后为探索有别于西方资本主义，甚至一定程度上有别于苏联的社会发展道路，在诗歌发展道路上相应地表现为一种民族化诉求：提出在古典诗歌与民歌的基础上发展新诗。

第三节　重估新诗史：脱群众与洋八股

　　为了给1958年的新民歌取得历史合法性，其中的一个重要策略是重新评价五四以来的新诗史，在历史中为诗歌的当下道路找到理论依据。历史与现实往往是一个事物的两面，不知是人们的历史观决定了对现实的理解，还是人们的现实体验决定了对历史的看法。这是一个很难说清的"鸡生蛋、蛋生鸡"式的理论问题。不过在1958年的新民歌大讨论中，更多的是新民歌的现实要求决定了人们对五四新诗传统的"阐释"，现实的需要决定了应把眼光投向"历史"。

　　除此之外的另一个引起重评五四新诗史的直接动因是毛泽东对现代新诗的直接批评。毛泽东对新诗的批评直接引发了如何评价"五四"新诗传统的问题。不过，所谓评价其实不可能是真正独立的评判，大多都受到毛泽东观点的决定性影响。这主要包括：在古典诗歌与民歌的基础上发展新诗，新民歌充分体现了革命的浪漫主义和革命的现实主义相结合的精神，新民歌体现了社会主义乃至共产主义的精神，新民歌充分地与劳动群众结合且体现了民族传统（大众化、民族化），等等。这些主流的看法基本制约了当时人们对五四以来新诗发展传统的"阐释"。

　　在1958年新民歌讨论中，首先对五四新诗传统发表看法且形成重大影响的是周扬。他首先正面肯定了五四以来的新诗，认为它打碎了旧诗格律的镣铐，实现了"诗体的大解放"，产生了不少优秀的革命诗人。为了同群众接近，革命诗人也做出了很大努力。接着周扬大力批评了新诗的缺点，分量与

重量都大大超过了谈其成绩:

> 新诗也有很大缺点,最根本的缺点就是还没有和劳动群众很好地结合。群众感觉许多新诗并没有真实地反映他们的生活、思想和情感,在这些诗中感觉不出劳动群众自己的声音笑貌,更不要说表现劳动群众的风格和气魄了。群众不满意诗读起来不上口,特别不满意那些故意雕琢、晦涩难懂、读起来头痛的诗句。总之,群众厌恶洋八股。有些诗人却偏偏醉心于模仿西洋诗的格调,而不去正确地继承民族传统,发挥新的创造,这就成为新诗脱离劳动群众的重要原因。①

他批评新诗为"洋八股",是模仿西洋诗的格调,没有正确地继承民族传统,脱离劳动群众。总之,新诗没有民族化、群众化。显然,与一些彻底否定五四新诗传统的观点不同,周扬是在有所肯定的基础上批评了其重大缺陷。而后来的事实发展却只"选择"了他的批评性观点,并加以"放大"。这样,五四以来的新诗主流就成了一部"黑"传统。即使有人流露出一些保留的看法,也只是这个框架内的微弱声音。听到的只是一片激烈的讨伐声:五四以来的新诗是脱离群众的,是脱离民族传统的。也有人对五四以来的新诗进行了更为彻底而猛烈的攻击,采取彻底"推倒脚踏"的做法,欧外鸥是最突出的代表。他说:

> 五四以来的新诗革命本来是一次划时代的大革命。可是这个革命却越革越糊涂。尽管它的流派不少,五花八门,但大多数都是进口货的仿制品。如果不是签上中国诗人的姓名,几乎教人以为是翻译过来的东西。换句话说,五四以来的新诗革命就是越革越没有民族风格,越写越加脱离群众。多少年来,大多数的新诗不仅在形式上,就是它的构思与想象的表现也全部仿照西洋格调,是跟群众远离,没有群众基础的。只有很少数的诗人敝帚自珍,很少数的知识分子读之无味、弃之可惜地念它一下;甚至有些知识分子也不喜欢它。②

---

① 周扬:《新民歌开拓了诗歌的新道路》,《红旗》,1958 年第 1 期。
② 欧外鸥:《也谈诗风问题》,《诗刊》,1958 年第 10 期。

欧外鸥行文的决绝语气体现了那个时代的普遍的激进主义精神，也代表了那个时代社会文体的特征，他把周扬对五四以来新诗的批评加以极端化、激进化。欧外鸥的五四以来新诗革命是"越革越糊涂""新诗即洋诗"的观点引起了激烈的争论。郭沫若说：

> 五四以来的诗歌，虽然受外来的影响，但它总是中国人用中国话写的诗，要守一定的规律，在这个规律里面活动。有些诗是有它存在的价值的，不能对五四以来的东西一概抹煞。①

在这篇文章中郭沫若认为，应该肯定五四以来的新诗精神，对各个诗人的作品应该有选择地对待，不能"一概抹煞"。五四以来的新诗还是有它的生命的，自由诗的路子还是可以走。方牧也认为新诗有重大的贡献，应该给予恰当的评价，不能把新诗指斥为洋诗而全盘否定。② 这些不同的声音在当时是很难得的。

为什么会出现不同的观点呢？这不是简单的对新诗传统有不同评价的问题，背后的深层逻辑值得深究。细析可知，客观分析并肯定五四新诗传统者看问题遵循的是学理的逻辑，是事实的逻辑，其着眼点在现代新诗发展本身的逻辑关联，而简单粗暴否定五四新诗传统者采取的是非学理的逻辑，是扭曲事实的逻辑，其着眼点是主流社会的现代性想象，并以此去强力"统摄"新诗史。

到底应该怎么认识用"新民歌"的一套意识形态美学，去重评五四新诗史的呢？尤其是其中的两个观点：新诗的非群众化和民族化。正如前面所指出的，"大跃进"是一场全民参与的、探索中国民族特色发展道路的社会运动，需要强有力的群众化、民族化的意识形态支持，表现在诗歌领域就要求生产具有民族风格的易为群众接受的诗歌。五四以来的绝大多数新诗是不可能达到"大跃进"时代对新诗的这个要求的。其实，就中外文学史经验来看，诗歌不可能完全是群众性的，必须对诗歌的高度群众化要求保持十分清醒的认识。另外，诗歌中表现的民族性也是不断发展生成的，没有固定不变

---

① 郭沫若：《就当前诗歌问题中的主要问题答〈诗刊〉社问》，《新华半月刊》，1959年第4期。
② 方牧：《新诗是"洋诗"吗？——驳〈民歌万岁!〉中的错误论点》，《文汇报》，1959年1月24日。

的所谓民族性诗歌传统，诗歌传统是生生不息的。从这个观点出发，对五四新诗传统洋化的责难是受一种静止的本质主义的民粹主义传统观所支持的。如果把诗歌传统看作是古今中外融合而"流动"的，那么所指责的新诗的"洋化"也就成了新的传统。

与简单地指责新诗洋化、脱离民族传统不同，有人力图在此基础上进一步将问题具体化：新诗的洋化到底表现在哪些方面？脱离了哪些民族传统？张赛周认为中国五四运动以来的新诗走的弯路，是"文字文学"的新诗与它的母亲"口头文学"的民歌机械地分裂了。在这个分裂中，新诗强调了自由的语言，而忽视了便于歌唱吟诵的音韵特色。他还对新诗的体式——自由体——进行了非议，说它犯了自由主义，致使某些诗歌不像诗歌。① 张赛周从新诗"歌唱吟诵"的缺失和"自由体"的"自由主义"两个方面对新诗的洋化现象进行了批评。

对张赛周这样的批评，李霁野提出了不同的意见。他认为"要说自由体是新诗未取得丰富收获的原因，那是形式决定论，是不对的。自由体可以写出好诗，和其他诗体一样。新诗基本上是知识分子的作品，其缺点在思想感情、内容题材和语言。"② 冉欲达也认为："仅仅从形式上断言民歌体是劳动人民的形式，自由体是资产阶级知识分子的形式，这种看法本身就是形式主义的。"③ 某种诗歌体式（如自由体）是否能决定诗歌的好坏，进一步能否将其与某一阶级（劳动人民）相联系？张赛周和冉欲达都给予了坚定的否定回答，并指出这些观点是"形式决定论"和"形式主义"。

有的人甚至大力肯定"自由体"在体式上的某些优势，如力扬说："'五四'新诗的生命力，在于能够充分地反映日益纷繁和广阔的现代现实生活；能够充分自如地抒写复杂而巨大的思想感情。而这是旧诗形式难能为力，民歌形式也不容易做到的。"④ 提出自由体新诗的"表达"和"反映"能力要高于旧诗和民歌的看法，在当时是需要很大勇气与魄力的。如果在这个

---

① 张赛周：《新诗处于非改革不可的地步》，《火花》，1958 年第 9 期。
② 李霁野：《一封关于新民歌和新诗的信》，《新港》，1959 年第 3 期。
③ 冉欲达：《关于民歌和新诗》，《文学青年》，1959 年第 3 期。
④ 力扬：《关于诗歌发展的问题》，《长江文艺》，1959 年第 3 期。

观点的基础上再继续往前推进哪怕一步，就会将对五四以来新诗的负面评价带到正面，从而对当时的主流观点构成重大挑战。"新民歌"所"表达"和"反映"世界的能力还不如新诗，这种石破天惊的推论直接对当时的主流观点"民歌体没有限制"构成颠覆，然而力扬并没有直接迈出这一步。"民歌体到底有没有限制"也是当时提出的重大讨论主题，这点后面再详论。

一些更大胆的质疑来得更惊人，那就是对主流的大众化、民族化的诗歌批评标准表示彻底怀疑。当时流行的看法是："大众化"最主要的标准是受群众欢迎的程度，"民族化"最主要是指与"洋化"相对的古体诗和民歌传统。李霁野说："不被群众欢迎也有各种各样的原因。有时因为不惯见，有时是受文化水平的限制，暂时还不能接受，但情形慢慢可以改变"，"外国形式为什么不能中国化，而一定与民族形式成为不统一的矛盾呢？"[①]另外，他试图以新诗可以土洋并举的开放获得主流的接受和宽容，然而指责群众"受文化水平限制"而不欢迎新诗，在当时无论如何都是不能接受的。李霁野的彻底"叛逆"的观点，几乎成了当时的绝响。这绝响也很好地注释了他的可贵胆识和理论勇气。

把五四新诗史笼统地解释为脱离大众、脱离传统，是用全部的"黑"来评估新诗史。与此不同，另一个当时非常流行的做法是把五四以来的新诗史阐释为两条道路的斗争史。这种微妙调整的背后到底隐藏了什么策略？第一，既然有斗争，那么有黑暗的一面，也有光明的一面。逻辑也就更缜密了。第二，将"两条道路的斗争"引进了新诗史，也就同时将其引进了现实的诗坛：意味着在新民歌运动中，也存在着两条道路的斗争。斗争哲学的引入，"大跃进"新民歌也就获得了政治优越性，其对立面只能败走诗坛。

邵荃麟说："'五四'以来的每个时期中，都有两种不同的诗风在互相斗争着。一种是属于人民大众的进步诗风，是主流；一种是属于资产阶级的反动的诗风，是逆流。"[②]他把胡适、新月派、现代派、七月派等的诗风视

[①] 李霁野：《一封关于新民歌和新诗的信》，《新港》，1959年第3期。
[②] 邵荃麟：《门外谈诗》，《诗刊》，1958年第4期。

作反动的诗风,把郭沫若和以《王贵与李香香》为代表的解放区诗歌的风格等看作进步的诗风。这种对五四以来新诗史的理解是当时社会政治领域广泛流行的阶级斗争思维方式的延伸。两条路线斗争的思维方式几乎占据了当时所有人的思维空间,它是观察与理解世界的普遍途径,当然文艺也是未曾遗漏的领地。这种阐释是为"新民歌"寻找"合法地位"服务的:新民歌是进步诗风的发扬光大,且是在社会主义精神基础上的发扬光大。诗歌是丰富复杂的人文精神空间,以"进步"与"反动"来断论诗歌史的做法,都只能是粗暴。任何企图以简单宏大的政治话语去测量复杂诗歌史的做法必须慎之又慎。以两种不同诗风斗争去编排五四以来的新诗史就是如此。

在 1958 年新民歌讨论的背景下,作为当时文艺界领导人的邵荃麟[①]的看法产生了很大影响。虽然早在 1956 年臧克家就已经提出两条诗歌路线斗争的看法[②],但是由于大环境的原因,在当时并没有成为一个普遍接受的提法。邵荃麟的看法一经提出,就广为接受。比如,沙鸥就认为"新诗中的历史是一部斗争的历史,四十年来,两条路线的斗争像一根红线贯穿在新诗史中"[③]。在沙鸥眼中,革命的新诗是在与胡适、新月派、象征派、现代派、胡风派和右派的斗争中壮大起来的。在一场声势浩大的两条诗歌路线斗争的阐释中,这些人都感觉到为新民歌找到了合法性。人们总是在历史的阐释中去寻找现实的力量,其思维逻辑正如当年胡适为白话文运动而写一部《白话文学史》相同。

这一节我们讨论了,在"大跃进"新民歌运动中,为了维护新民歌的现实合法性,如肯定其民族性、群众性、革命性,是如何到新诗发展的历史中去寻找依据的。受到为新民歌找历史依据的推动,重评五四新诗史的运动冲上了前台。尽管存在一些不同的声音和争议,五四新诗史在时代的浪潮中最终被描"黑":①被描述为脱离群众的、洋化的;②被描述为存在两种诗歌

---

① 邵荃麟(1906—1971),浙江慈溪人。中国文艺理论家、现代文学评论家、作家。从 1953 年起,担任中国作家协会副主席兼党组书记,1965 年离任。(小琴:《辛勤奋斗的一生——追念我的父亲邵荃麟》,《新文学史料》,1983 年第 2 期。)

② 臧克家:《"五四"以来新诗发展的一个轮廓》,《中国新诗选 1919—1949》,中国青年出版社,1956 年。

③ 沙鸥:《道路宽阔,百花争艳》,《诗刊》,1959 年第 2 期。

道路的斗争。从根本来看，这两种描述实质区别并不大。最终，通过重评五四新诗史，新民歌终于获得了存在的历史依据。尽管现在看来，这种重评难掩政治性驱使下的客观性的缺失，它还是完成了自己应有的历史任务。

第四节　限制的有无：从侧面分歧到概念合流

新民歌到底有没有限制？这个问题是讨论另外一个相关的话题时带出来的。这就是毛泽东提出的"新诗应该在民歌和古典诗歌的基础上求发展"的话题。所谓以民歌和古典诗歌为基础发展新诗，就是主张新诗向民歌和古典诗歌学习。虽然毛泽东的观点作为总的方向被普遍接受，但是到底应如何发展新诗却意见分歧。到底学什么，一时还难有定论。

其中有一种意见十分尖锐，甚至能让人感到一种唱反调的意味。这种意见认为，以民歌和古典诗歌作为新诗发展的基础，包括了极为丰富的内容，不能理解为把五四以来的新诗一脚踢开，另起炉灶。意思就是说，新诗也可以成为诗歌发展的基础之一。再将问题结合当时的语境说具体点就是：以民歌和古典诗歌为基础的新民歌到底要不要吸收五四以来新诗的形式经验来克服自身先天的弱点？这个问题的答案中，隐含了一个新的问题。如果答案是需要，那么就意味着新民歌存在着自身无法克服的体式上的限制；如果答案是不需要，那么就意味着新民歌不存在体式上的限制。这样，随着一个问题带出来的另一个问题，作为体现了民歌和古典诗歌的特点而形成的"新民歌有无限制"的问题也提出来了。

其实，"新民歌有无限制"的提出，还与另外一个当时广泛讨论的"诗歌下放"问题有关。讨论起始于《星星》诗刊上刊登的贲常彬《诗要下放》的文章。这是一本创刊就带有"异议"特色的刊物，尽管在经历了"《星星》诗案"[①]后有所锋芒收敛，但还是充满活力。《星星》上的这篇文章认为：诗要下放，要在劳动群众中锻炼！诗歌的好坏必须跳出诗人自

---

① 巫洪亮：《"十七年"文学媒介权力结构探微——以1957年"〈星星〉诗案"为例》，《扬子江评论》，2013年第2期。

我的小圈子，为工农兵服务。诗歌必须到山上、乡下、街头、车间以及沸腾的劳动战线上去，把诗歌朗诵给工农群众听，让诗成为战斗的号角。①

1958年四川《星星》4～11期连续刊载不少文章讨论"诗歌下放"问题。②参加讨论者可以说都认同"诗歌下放"的主张，即让诗歌"下放"到人民群众中去。然而，当问题继续往前讨论时，争论就出来了。

首先，从对象来说，下放内容还是形式？雁翼就首先承认诗人必须首先下放，但"诗歌下放"主要指思想内容要群众化、革命化，诗歌的形式是排除在"下放"之外的，因为任何形式都能反映群众的生活斗争。③而沙里金却认为过去的诗歌形式也有脱离群众的倾向，形式也要下放。④对这个问题的不同理解，牵涉到对诗歌写作形式的估计。"形式也要下放"就隐含着对自由体的不认同，认为民歌体没有诗体限制；而认为任何诗歌形式都能反映社会生活，就隐含着认为新民歌体存在诗体限制。其次，从创作主体来说，除了诗人写诗，群众应不应该写诗？悟迟就认为不但诗人要写通俗易懂、反映工农群众劳动热情的诗歌；同时要提倡工农群众自己写诗。也就是诗歌创作主体要"下放"。⑤

这些对"诗歌下放"的不同理解，都认为以前的诗歌领域，或多或少，或此或彼，存在着一定的缺陷，必须依靠"下放"才能克服。对此，有少数人是持有不同看法的。最引人注目的是一位青年学生红百灵，他的观点引起了广泛的争论和批评：

---

① 赁常彬：《诗要下放》，《星星》，1958年第2期。
② 主要有：冬昕：《谁看？谁听？》，《星星》，1958年第4期；廖代谦：《诗歌如何才能下放》，《星星》，1958年第5期；雁翼：《对诗歌下放的一点看法》，《星星》，1958年第6期；沙里金：《我不同意雁翼同志的看法》，《星星》，1958年第7期；悟迟：《诗歌，不是诗人的专利品》，《星星》，1958年第7期；余翼洲：《雁翼同志的看法是正确的》，《星星》，1958年第8期；红百灵：《让多种风格的诗去受检验》，《星星》，1958年第8期；韩郁：《诗歌下放的真正涵义是什么》，《星星》，1958年第8期；冬昕：《新民歌是共产主义诗歌的萌芽》，《星星》，1958年第9期；红百灵：《我对诗歌下放的补充意见》，《星星》，1958年第9期；余音：《重要的是改变诗风》，《星星》，1958年第9期；工人小晓：《我的看法》，《星星》，1958年第10期；愚公：《必须向民歌学习》，《星星》，1958年第10期；傅世悌：《对〈对诗歌下放的补充意见〉的意见》，《星星》，1958年第10期；李亚群：《我对诗歌下放问题的意见》，《星星》，1958年第11期。
③ 雁翼：《对诗歌下放的一点看法》，《星星》，1958年第6期。
④ 沙里金：《我不同意雁翼同志的看法》，《星星》，1958年第7期。
⑤ 悟迟：《诗歌，不是诗人的专利品》，《星星》，1958年第7期。

（诗歌下放）是不是叫诗人们千口一致地唱一个调子的民歌呢？是不是叫诗人们的原来跳动着时代脉搏的各种风格都不要了呢？在百花齐放的今天，谁也不能过早地下这道命令。诗歌下放，除了多用民歌体唱给人民外，还必须是诗人们带着自己风格的诗去受大众的检验。不一定在形式上死套民歌，像民歌一样朴实优美的用词简明、韵调和谐、形象生动、气魄宏伟的他种风格的诗，也同样是人民需要的、欢迎的。①

这实际上对"诗歌下放"的做法表达了彻底的怀疑，认为这只能伤害诗歌。在意料之中，不久红百灵就遭到严厉批判。对此红百灵写了《我对诗歌下放的补充意见》。他说民歌虽有不少优点，却不是不可逾越的诗的顶峰，对自由体的抒情诗很多读者也爱得发狂：

我们的民歌还是有其欠缺之处，不可忽视。为了发挥它唱的本能，不得不编得短小、句子齐整、韵律严格，才易记易唱。但正由于这，使它不能有更大的容量，其思想、境界、面积是有限度的……民歌有了押韵、句子匀整，使诗句反显得不合语言的自然律、生硬，听来读来倒恰是不顺口也不顺耳的。②

这里提出了民歌容量不大，思想、境界、面积有限度的问题。这是第一次正面明确地提出"民歌体有限制"的观点，也是当时最为大胆地对主流观点的挑战。红百灵的这篇文章引起了更大范围的批评。

其实，任何文学体式由于其特殊的内在体式规定都有表达上的一定局限性。自由体有自由体的局限，如音乐性弱；民歌体有民歌体的限制，如固定格式表达的局限。对诗歌体式必须具体问题具体分析，不能简单地看待某种诗歌体式，甚至将其与一种阶级倾向对应起来。在这个意义上，红百灵的看法触及了问题的实质，然而也许是囿于红百灵的学生身份，他的"民歌体有限制"的观点并未在更大范围内引起注意。

后来，著名诗人、学者何其芳提出"民歌体限制"的问题，就引起了轩

---

① 红百灵：《让多种风格的诗去受检验》，《星星》，1958年第8期。
② 红百灵：《我对诗歌下放的补充意见》，《星星》，1958年第9期。

然大波,从而把这个问题带到了更热烈的讨论和广泛的注意中。1958 年,《处女地》发表了何其芳《关于新诗的"百花齐放"问题》。他说,民歌体虽然可能成为新诗的一种重要形式,但未必会成为支配的形式,因为民歌体是有限制的。他接着进行了具体分析:

> 首先是指它的句法和现代口语有矛盾。它基本上是采用了文言的五七言诗的句法,常常要以一个字收尾,或者在用两个字的词收尾的时候必须在上面加一个字,这样就和两个字的词最多的现代口语有些矛盾,写起来容易感到别扭,不自然,对于表现今天的复杂的社会生活不能不有所束缚。其次,民歌体的体裁是有限的,远不如我所主张的现代格律诗变化多,样式丰富。①

红百灵虽然指出了民歌体限制的事实,但并没有给出更细致的分析;而何其芳从民歌体内部的语言结构着眼,细致地分析了民歌体的局限。可以说,何其芳真正地找到了分析"新民歌体有无限制"问题的深层语言依据。从此,问题的探讨进入了一个更深的层次——语言层次。在他看来,诗歌体式的特点更多地体现为语言的特点;对诗歌来说,语言是更为重要的要素。当时许多关于此问题的讨论缺乏的就是这种深入细致的分析路径。现在看来,何其芳的观点也许真正触及了诗歌体式问题的帷幕,虽然他的具体分析过程还可以作进一步的讨论。

一个何其芳的简要年谱认为,因为《关于新诗的"百花齐放"问题》,"当时何其芳被文艺界很多知名人士认为是反对民歌体的新诗的"②。这篇文章确实引来了诸多商榷、讨论和批判。比如,李晓白讨论说,现代汉语复音双字词汇的确不少,但并非一定要放在结尾,所以处理恰当并不别扭。③ 李晓白仅仅局限在五七言诗句结尾词汇上讨论问题,并没有真正对接上何其芳所提出问题。尽管如此,两个人还都是就诗歌的语言来讨论问题。

而许多其他的讨论就将着眼点从语言转到了民歌体限制的有无。有人就

---

① 何其芳:《关于新诗的"百花齐放"问题》,《处女地》,1958 年第 7 期。
② 章子仲:《何其芳年谱初稿》,《武汉师范学院学报》,1982 年第 1 期。
③ 李晓白:《民歌体有无限制》,《诗刊》,1958 年第 11 期。

认为民歌的语言和句法不是一成不变的，会随着社会生产的向前发展而不断丰富增多，因而也就会突破五七言句式和单音结尾的要求。这样，民歌的语言和人民口头的语言就没有矛盾而一致了。①这样就将何其芳讨论问题的前提否定了。何其芳认为民歌的主要形式是五七言体，民歌体的限制体现为五七言的限制。而反对者认为民歌体并不局限在五七言体，它是各言皆备的。两者的区别不只在诗歌语言是不是能发展变化，更在怎么看待民歌的本质特征。到底新民歌是一种什么体式，具有哪些特点？这些都是他们讨论问题的前提，而他们都没有清晰界定，纷争当然也就无可避免，并且似乎永远没有结论。有一个当时的例子很能说明这一点。下面是一首很著名的陕西民歌《我来了》：

> 天上没有玉皇，
> 地上没有龙王，
> 我就是玉皇！
> 我就是龙王！
> 喝令三山五岳开道，
> 我来了！

这首诗到底是自由诗还是民歌？当年山西师范学院中文系三年级民歌研究小组认为：

> 何其芳同志认为这首《我来了》应算做"农民的自由诗"，而我们认为：非也。它是民歌，但它已不是我们过去印象中的旧式民歌了。它是在旧民歌的基础上已经发展了的民歌，是新民歌的一粒鲜艳而又茁壮的种子。②

一者认为是自由诗；另一者认为是民歌——突破了旧民歌语言形式的新民歌。这样，一个人心中的新民歌体与另一个人心中的自由体就没有区别了。不从概念界定入手，是讲不清楚这个问题的，当年的许多争论都有这个

---

① 张先箴：《谈新诗和民歌》，《处女地》，1958年第10期。
② 山西师范学院中文系三年级民歌研究小组：《也算参加讨论》，《处女地》，1958年第12期。

问题。何其芳认为民歌体多是五七言，是从现实情况着眼的，从一部《红旗歌谣》就可以看到这一点；而认为民歌体不是局限在五七言，是从发展的观点来看问题的。两者的着眼点是不同的。从发展的眼光来看，何其芳所说的民歌体的限制当然就没有了。如果不纠结于概念，从实际来看，双方其实最终走到一起了。其实，持发展观点的批评者与何其芳的观点是一致的，都承认新民歌语言和格式发展中的多样性。在这方面，他们的分歧其实是命名的分歧，而不是实质的分歧。两者都是以发展的多样性眼光来看待新民歌。

那么，这种眼光与"民歌体的限制"有没有关系？有。换一个角度看，这种看待新民歌发展的多样性的眼光，其实就是以另一种方式承认民歌体有限制；如果没有限制，何必要在发展中走向多样化。不过要说清楚，这里所谈的民歌体有限制的"民歌"是指传统的"五七言体民歌"。一些人认为新诗与民歌最终要合流，其中的含义之一也许就是指这种现象：民歌体五七言为主体的形式限制了诗歌的发展，要朝着多言体发展，最终与自由体合流。

随着"合流"的出现，另一个问题又浮出了水面：不断突破五七言体的所谓民歌（从杂言体到自由体），还能称为民歌吗，民歌体是一个无边的范畴吗？如果新民歌体式中的一切都可以突破，在不断的渐变中，也就走向了自由体。两者的界限也就没有了。"发展的民歌体"不断突破自身原来的质的规定性，就成了真正的自由体。

当然我们也充分理解他们的"言说"苦衷，他们的理论不借助"民歌体"的概念前提，在那个时代是没有生存空间的。无论是坚持传统五七言民歌体还是主张发展的民歌体，他们都以"民歌体"的概念出场，就为自己增加了意识形态合法性。但是必须看到，"发展的民歌体"，看上去是在民歌的"旧宫殿"内部进行维新工作，而实质效果却起了摧毁"旧宫殿"的革命作用，最终走向了自由体之路。虽然当时没有人清晰地指出这一点，但是当年很多看上去闹哄哄的争论，真正的支撑性来源也许就在此。

就算以发展者的眼光看问题，就算新民歌突破了五七言的句式，何其芳所说的民歌体的语言限制不存在了，是不是新民歌还有别的限制？这需要从语言的视角继续前进而触及一些更敏感而深层的问题，如新民歌中革命的现实主义和革命的浪漫主义问题；民歌到底应怎样为社会主义、为人民唱歌的问题；是否唯尊民歌通俗明朗风格的问题，等等。囿于当时的时代环境，这些问题没有得到更深入的探讨。当时绝大多数讨论者包括文艺界领导人发出的宏大声音就是：新民歌的形式没有限制，它有广阔的发展前景。如果谁说新民歌存在限制，与国家的主流观点不符，就可能被理解成反对新民歌的发展道路，问题顿时就会变得十分严重。之所以这样，是因为新民歌承担了主流社会现代性建构的政治诗学重任。为了承担这个重任，新民歌从主流意识形态那里获得了自己的质的规定性，如民族性、群众性、革命性等，这些都不可怀疑和挑战。当然，对问题的讨论就很难再深入了。

第五节　主流与支流

与民歌体是否有限制的争论相关，也与诗歌发展道路的讨论有关的是，新民歌是否是诗歌发展的主流及如果新民歌是主流又如何理解的争论。问题是雁翼在讨论"诗歌下放"时提出的：

> 诗歌下放的提出，是为了更好地、更具体地发展过去诗歌的主流。①

雁翼并没有明确说明"过去诗歌"的具体所指，也没有具体界定"主流"的具体含义。从行文逻辑上看，他的观点似乎与当时把新诗发展史看成两条道路的斗争有关，因为有主流就有支流，也就有斗争。新诗史中既然存在两条道路的斗争，那么就存在着斗争的双方。这斗争的双方，可以看成"敌我"性的，也可以看成"主次"性的。如果看成"主次"性的，也就是主流和支流的关系了。事实上我们看到，雁翼引起的讨论很快就从历史（新诗史）扩展到现状（新民歌）的判断：新民歌现在及将来是不是诗歌发展的主流？在何种意义上，新民歌是主流？或者说"主流"应如何界定？

在当时的环境下，毫无疑问，绝大部分论者认为：新民歌是诗歌的主

---

① 雁翼：《对诗歌下放的一点看法》，《星星》，1958年第6期。

流。这是诗歌事实所"证明"了的,得到了主流意识形态的认同。然而说新民歌是主流意味着什么呢?新民歌的哪些方面是主流?此时,对"主流"一词的理解却模糊朦胧、歧义纷生。

郭沫若就认为"新民歌是主流"指的是其思想、内容与精神——劳动人民的革命乐观主义和共产主义风格。形式因素不应划分主流,各种形式都能表达这种精神。①与此相反,也有人认为诗歌的主流除指内容因素外,形式因素也十分重要。就是说,诗歌的形式也有主流与非主流之分。民歌体形式就是诗歌的主流,不但是当前也是今后诗歌发展的主流。针对形式无关论,这些人说,用什么形式创作,这牵涉到文学艺术在社会主义建设的伟大斗争中的作用问题。形式问题不单纯是一个形式问题,而且是一个政治问题。②就这样又将一个关于形式问题的讨论带到了政治层面。在那个时代,所有诗学问题的讨论最终都会被带入政治的范围。似乎只有将诗学问题带入政治层面分析才有看问题的高度,才有政治敏锐性。我们从中看到,诗歌的形式问题从来不是纯粹的形式问题。

对将新民歌的形式看作诗歌发展的主流,并将其定性为一个政治问题的做法,有人提出了反对。他们认为,形式不是诗歌的决定因素:内容属于思想性的范畴,形式属于艺术性的范畴。群众可以用民歌体写诗,敌人也可用民歌体写诗。所以说形式问题不是一个政治问题,不能简单地将诗歌的形式问题归结为政治问题。③可以看到这是把形式问题从政治问题中剥离出来的努力。不过进一步看:把形式问题从政治问题中分离出来,形式就是形式这样的主张,其实质就是反对以民歌体统领诗坛,从而贬低以致排斥其他诗体形式。正如徐景贤所说,民歌是诗歌发展主流的提法有片面性,因为人们往往借此而压低和排斥别的东西,把别的东西规定为"次流"或"旁支",不利于艺术上的百花齐放。④他们为民歌体以外的诗体形式争取生存权利的一个策略,就是主张将诗歌形式与政治问题脱钩。

---

① 郭沫若:《就当前诗歌中的主要问题答〈诗刊〉社问》,《新华半月刊》,1959 年第 4 期。
② 天鹰:《驳"内容论"》,《文汇报》,1959 年 1 月 11 日。
③ 唐再兴、郑乃臧:《谈谈形式问题——与天鹰同志商榷》,《文汇报》,1959 年 1 月 30 日。
④ 徐景贤:《关于诗歌发展的基础和主流问题》,《文艺月报》,1959 年第 3 期。

他们所要表达的,何其芳一语道破:

> 诗歌的主流和非主流,是既不宜以诗歌体裁(民歌体和非民歌体)来分,也不宜以作者的成分(劳动人民的诗歌和非劳动人民的诗歌)来分。我不赞成说自由诗是主流,也不赞成说只有民歌是主流。劳动人民的诗歌和进步的革命的诗人的诗歌都是主流,都是主流的组成部分。①

从谁都可能成为主流来看,主流说当然就从根本上值得怀疑。实际上,这样也就泯灭了主流和支流的界限,亦即主流、支流的问题就不存在了。当然,何其芳更不同意将这个问题与政治挂钩:

> 说什么诗歌是主流,也还不等于就是"谁跟谁走"和"争领导权"的问题。②

如今回过头来看那段历史,用"主流、支流"来描述"大跃进"时期的新民歌运动是可以的,也是符合事实的,但用"主流"说来领导诗歌理论讨论的方向则不利于艺术自由发展。在具体的历史情境中,"主流、支流"的理论话语背后往往有其深刻的控制与权力欲望,应该引起特别的注意。

除了上面讨论的对诗歌主流的不同理解外,还有很多不同的观点。比如,凡是被群众认为好的诗歌,受群众欢迎的诗歌就是主流;民歌反映生活的深度和广度比新诗更大,当然是主流;因为喜欢民歌的人多、对社会主义建设作用大,必然是诗歌的主流,等等。细析之下,它们都与前面谈到的那些"主流"观有千丝万缕的联系,有的甚至是形式不同的表述而已。对这些观点,我们可以提出各种问题。比如,群众认为好是不是主流诗歌的价值标准?群众的诗歌"趣味"有没有可能是"塑造"出来的,从而具有某种虚假性?"民歌反映生活的深度和广度比新诗大"的认识是否具有遮蔽性?"对社会主义建设作用大"如何理解以及是否能成为好诗的标准?在这些连续不断的追问中,"新民歌是诗歌发展的主流"这个看似简单的问题背后

---

① 何其芳:《再谈诗歌形式问题》,《文学评论》,1959年第2期。
② 同①。

的潜隐问题以及它们间的复杂联系,还有它们背后的社会政治意涵,都逐步呈现了。

在这一章,我们讨论了在"大跃进"大环境中诞生的新民歌。它们形成了一场历史上少见的创作运动,也引发了一场有关新诗发展道路的讨论。讨论中触及的诗歌问题非常广泛,包括诗歌的形式(自由体的评价)、古典诗歌和民歌的资源汲取、诗歌的精神资源(革命的浪漫主义与革命的现实主义)、诗歌的发展道路,以及诗歌与群众、诗歌与政治的关系,还有新诗史的评价,等等。在新民歌运动还没有结束时,著名诗人臧克家就已经意识到运动带来了丰富的"诗歌问题":

> 群众创作热情澎湃,民歌数以亿计,好像大海。民歌丰富了诗歌园地,给它带来了强盛的生命力,预示了一个光辉灿烂的未来。这盛况是空前的,它给我们以极大的鼓舞和喜悦。同时呢,对于专业的诗人们,对于新诗,也是一个有力的刺激和鞭策,促使过去存在着的一些问题(诗与群众结合;诗人深入劳动生活,彻底改造思想感情;新诗的民族形式的建立,等等)趋于解决。①

不过,臧克家"趋于解决"的估计也许过于乐观。现在看来,以外在的政治力量激发的这场几乎全民式的诗歌创作运动,将诗歌的"群众性""民族性"夸大式发扬,从而压抑了另一种诗歌写作的可能。与此相关的理论探讨,也几乎定于一格,真正的诗学问题很难深入展开。诸多的讨论都缺少严格的现代逻辑,概念不明确,论证不周密,讨论往往成了"断言"。周煦良对这种"断言式的讨论"有一个很好的描述词"帽子满天飞":

> 由于这几年简直不写诗,所以我也如何其芳同志一样,很怕谈诗歌理论,甚至诗歌座谈会也不去参加。《文学评论》编辑部来信要我写关于格律诗的文章,才把最近两期的《文学评论》找来一看,发现那种帽子满天飞的情况,不禁有点触目惊心,同时觉得有些讨

---

① 臧克家:《民歌与新诗》,《人民日报》,1959年1月13日。

论实在近乎浪费。①

周煦良下面的平和而客观的声音,即使在现在看来也理性准确:

>   写民歌体,写自由诗,写格律诗,本来可以各不管各,"你走你的阳关道,我走我的独木桥";便是为了提倡,也只能是提倡多写些什么,而不是不去写些什么。至于哪种诗将成为我国新诗歌的主要形式,那更是目前谁也没法决定得了的问题,因为格律问题究竟只是诗的形式问题的一个部分,而无论写民歌,写自由诗,或者写格律诗,都可以写出很坏的诗来。写好诗并不是一件容易事情,创作的道路固然不止一条,但是没有一条路是容易走的,则是事实。去年大跃进的新民歌给我们重新明确了新诗歌的方向,但也不是给我们把所有新诗的问题都解决了的。为什么除了新民歌之外,别的形式的诗便不能写呢?②

"大跃进"前后围绕着"新民歌"的创作而开展的新诗发展道路的讨论,遮蔽了什么,缺点在哪里,周煦良早在当时就有了准确而理性的总结。

---

① 周煦良:《论民歌、自由诗和格律诗》,《文学评论》,1959 年第 3 期。
② 同①。

结　　语

　　行文至此，本书要讨论的主要诗学话题和诗学人物，都完成了任务[①]。回头一望，我们好像在青藏高原上走了一趟，体验到了一次荒芜而刺激的旅行。它大气磅礴，而又人烟稀少。这是一段特殊的历史，呈现的画卷处处带有一抹红色。我们甚至分不清这抹红色来自朝阳的渲染，还是夕阳的映照。然而它更像自己内部在熊熊燃烧，政治点燃了它，它也熏红了政治。

　　中华人民共和国成立后17年诗学理论批评的历史渊源可以上溯很长一段时间。我们并没有深入细致地去考辨这些。本书更关注的是中华人民共和国成立初期，随着社会的转型，诗学理论批评是如何自我调适的。社会的大转型带来的有欣喜也有阵痛，诗学理论批评自然不例外。本书通过对中华人民共和国成立初期大转折时期的阿垅、沙鸥诗论的分析，折射出当时的诗歌理论批评的诸多脆弱性和柔韧性的光怪陆离身影。这些诗学理论批评家在大转折时代，不断拆解自身，也相互攻击。从他们的手忙脚乱中可以看出，他们并不能处理好诗学的政治和政治的诗学之间的复杂关系。

　　在诗学与政治的复杂场域中，很多诗学内部的问题还是潜生滋长，尽管它们不得不呈现出各种或深或浅的"扭曲"样态。很多中华人民共和国成立前已在诗学理论批评上做出重大贡献的诗人和诗学家，此时不得不重新思索并打量自己的理论体系。艾青、臧克家、何其芳、卞之琳、林庚等，探索了各种诗歌形式因素与主流意识形态话语榫接的可能及各自的限度。他们提供的特殊诗学话语体系，丰富了新诗理论批评话语长河，让后人知道在极端的政治话语体系中，现代形式诗学因素能够生长的"极限"。

　　抒情诗和叙事诗作为两种基本的诗歌文类，承载了太多传统规制和时代

[①] 关于中国新诗，还有一位重要人物：毛泽东，未来有机会再做专门论述，本书中只简单谈及其少量观点。

期待。在当代 17 年的特殊氛围中，两者身上又多了一层拂之不去的政治烙印。沈仁康的抒情诗理论、安旗的叙事诗理论是那个时代为数不多的较系统的理论成果。政治的烙印与诗学的内质之间丰富的互迎互拒，决定了两个人的有关抒情诗和叙事诗的文类理论的内在复杂光影。这种复杂光影是抒情诗和叙事诗理论批评如何受到时代语境的规约的折射，也让我们从中看到逃离这种规约的某种可能性。

接近全民性的大规模的新民歌运动，也许是空前绝后的历史记忆。严格看来，这场由最高领袖发动并在全国推进的诗歌运动，并不具有真正的"民歌"自发性的特质。在中国历史上从来没有出现过，从最高领导到底层群众如此高热度地关注并讨论诗歌的前途和命运。不过，许多宏大的有关诗歌"命运"的诗学话题，却在新民歌运动中得到广泛讨论。一些当代诗学的哲学问题从来没有得到如此多的关注。诗歌"找到"了发展道路，就像发现"大跃进"似乎能解决社会进步问题一样，给诗学界带来了无比的亢奋。诸多的诗学讨论也因此变得面相单一，诗学问题应有的复杂性只能落下被遮蔽的命运。

如果说中华人民共和国成立后 17 年的诗学理论批评有一个总的特色，那就是其发展与展开渗透了政治因素。政治意识形态的高度参与，激发了诗学话题，唤起了诗人参与。然而打开的另一面却是框定性的封闭。历史已经成了历史。当下的诗人也许觉得没有必要甚至不屑于，去重新面对当年的诗学家贡献给我们的文本。这些文本能提供的养料也许不在于能给当下的诗歌创作多少灵感式的启发，而在于让后人感慨我们曾经拥有这样的一段过去。我们获得的将是：诗学与政治该如何相处的历史智慧。

后　记

　　虽然偶尔还忆起当年写作本书草稿时的酸甜苦辣，接近二十年前的学术"涂鸦"，自己是根本没有想到要将它大修大补而出版。人生的许多事都是由偶然性而注定。非常感谢中南大学给予出版经费的支持，使得这本小书能够作为时光记忆的意义得以面世。

　　小时候站在自家门口的小山顶，经常望到远处或与仙云或与日头相接的连绵高峰，心想："我还没有登呢，那是什么好地方？"大人告诉我，那就是庐山。后来我慢慢地知道，原来我生长在一个非常美丽的地方。在我的记忆中，鄱阳湖的浩渺、庐山的烟云、长江的涛声构成了她的一切。这里还有像我父母一样的农夫，吆喝着耕牛、叫卖着茄豆、呻吟着病痛……1998 年，我来到了北京读研究生。对一个乡下的孩子来说，不知道怎么处世，图书室的阿姨说怎么老用"你"而不用"您"喊人；对于我来说其实更不知道怎么写书、做学问。就是这样一本不成样子的小册子，也是在很多人的帮助指导下完成的。感谢吴思敬老师，还有经常在心中默念的帮助过我的人。我常常想，如果我留在家里种田，也许很有出息。父亲经常对我说，有一颗上进的心就好。我想，对命运的安排，也用不着悲叹，顺着它赶路就好了。走到哪里是哪里——这就是我的生活哲学。

　　十几年前，一阵风把我吹到了长沙，在一片新的沙洲要我觅生活。在一个新的城市，我由种"水稻"改成了种"小麦"，欣喜又紧张。我只能拿起锄头，重新刨土、下种。唯一的希望是不要饿死在这个新的田地里。这些年来，感谢我的同事、我的学生，他们给了我这样或那样的教益，能回报他们的只有继续早出晚归赶路。

我在岳麓山下的中南大学文学与新闻传播学院，期待着来自远方的各种声音，尤其是批评。我的邮箱是 bedddd@hotmail.com。

王晓生

2020 年 8 月 26 日于莲花山迩邈斋